뱀파이어
생존 투쟁기

뱀파이어 생존 투쟁기 4

토돌 판타지 장편 소설

초판 1쇄 찍은 날 § 2004년 2월 4일
초판 1쇄 펴낸 날 § 2004년 2월 14일

지은이 § 토돌
펴낸이 § 서경석

편집장 § 문혜영
편집책임 § 유경화
편집 § 이종민 · 신혜미
마케팅 § 정필 · 강양원 · 이선구 · 김규진 · 홍현경

펴낸곳 § 도서출판 청어람
등록번호 § 제1081-1-89호
등록일자 § 1999. 5. 31
어람번호 § 제1-0455호

주소 § 경기도 부천시 원미구 심곡1동 350-1 남성B/D 3F (우) 420-011
전화 § 032-656-4452 팩스 § 032-656-4453
http://www.chungeoram.com
E-mail § eoram99@chollian.net

ⓒ 토돌, 2003

값 8,000원

ISBN 89-5505-992-2 04810
ISBN 89-5505-896-9 (SET)

토돌 판타지 장편소설

뱀파이어 생존 투쟁기

4

알과 네 개의 모험

도서출판
청어람

목 차

4 알과 네 개의 모형

● Chapter 22
시련의 날(2)

Chapter 22

시련의 날(2)

"핫하, 과연 저렇게 말하니 미스터 강, 그대가 저 뱀파이어를 감싸고 돌고 싶어하는 것도 이해가 가는군. 하지만 말일세, 인간의 목숨을 최 우선해야 하는 퇴마사로서 저 정도의 뱀파이어로서 자신을 규정하는 마물이라면 그 잠재적 위험에 대해 충분히 인지해야 하지 않겠나?"

태인은 아랫입술을 한 번 깨문 후 다시 고개를 들었다.

"하지만 추기경 예하, 그렇게 말한다면 형사는 범죄를 저지를 가능 성이 있는 사람을 다 잡아 가두어야 한다는 겁니까?"

추기경이 난감하다는 듯 웃었다. 협회장도 이제는 다소 인상을 폈 다. 하지만 뒤이어지는 추기경의 말에 그 인상은 다시 일그러져야 했 다.

"자네, 마치 저 뱀파이어가 인간이라는 듯 말하는군. 인간이라면야 그 인권을 존중받아 범죄의 가능성으로 미리 처벌될 수야 없겠지. 하지만 저것은 뱀파이어일세. 인류에게 위험이 된다면 사전에 제거하는 게 퇴마사로서의 사명 아닌가?'

잔혹한 진실이 추기경의 입에서 날아오자 알은 슬픔에 몸을 떨어야 했다. 너무나도 잘 알고 있는 사실이었다. 인간의 세상에서 뱀파이어인 그에게 존중되어야 할 권리란 없었다. 애초부터 소속될 자리가 없는 곳. 그래도 정말로 많은 것을 바라지 않으니까, 그냥 조금만 머무를 자리 하나만 내어준다면 만족할 수 있는데. 눈물이 맺히려고 했다. 이건 알렉시안의 슬픔인지, 알의 슬픔인지 그는 구분할 수 없었다. 그때 그의 어깨를 자리에서 일어난 태인이 살며시 눌러주었다. 그 온기에 알은 눈물을 참았다. 알렉시안의 슬픔은 다시 잠들었고, 알은 다시 명랑하고 단순한 뱀파이어로 돌아갈 준비를 했다.

'그래, 다 끝나면 집에 돌아가서 쉴 수 있으니까, 갈 곳이 없진 않아.'

태인은 알을 달래는 건지 아니면 스스로를 달래는 건지 알 수 없는 행동을 하며 침착하게, 너무나 침착하게 입을 열었다. 그 눈빛은 서늘했으나 그 행동만은 공손했다. 태인의 내심을 읽은 추기경이 약간의 즐거움을 숨기지 않는 표정으로 들었다.

"그 말씀도 옳군요. 하지만 이건 제 사적인 것으로 말하겠습니다. 알을 그런 이유로 미리 없애는 것은 제 자신이 도저히 견딜 수 없습니다. 그러니 제가 그를 옆에 두는 것에 대해 적합한 보상을 치를 방안을 알려주시겠습니까?"

"허어, 새로운 Rank S의 퇴마사가 나타났다고 해서 기대가 컸건만 안타까운 일이군. 개인적 욕구의 충족을 위해 저 위험한 존재를 계속 옆에 둬야겠다는 건가? 이것 참, 협회장께서도 실망이 크시겠소이다."

"위로해 주셔서 고맙소이다. 하나 저런 전도 유망한 청년이라면, 작은 흠이 있더라도 그걸 보상하도록 해서 더 큰 공헌을 하게 해야지 망가뜨려서야 되겠소이까?"

협회장도 바티칸의 속셈을 이제 완전히 읽고 더 이상 웃음 짓지 않았다. 그러기에는 이번의 양보가 앞으로 그의 재선에 미칠 영향을 계산하는 게 너무 급했다. 추기경이 승리의 미소를 지으며 넉살 좋게 웃었다.

"핫하, 이거 누가 들으면 제가 미스터 강을 죽이기라도 하자는 걸로 듣겠소이다. 미스터 강이 저렇게 나오니 어쩔 수 없군요. 어떤 처분도 감수한다고 하였으니 저희 둘이서 논의를 해보지요. 미하일, 헬레나, 둘 다 수고했으니 자리를 좀 비켜주겠나?"

"알겠습니다."

둘의 영상이 사라지는 가운데 협회장도 태인에게 말했다.

"그러시지요. 미스터 강, 자네 입장은 충분히 들었으니 잠시 물러나 있어주겠나?"

태인은 협회장에게는 미안한 마음으로, 추기경에게는 살의를 누르며 인사해 보이고 돌아섰다.

"알겠습니다. 가자, 알."

"으응."

영상 회의실에서 나온 태인은 뒤도 돌아보지 않고 뚜벅뚜벅 걸었다. 평소보다 빨라진 걸음걸이가 지금 그의 기분이 어떻다는 것을 확실히 드러냈다. 알은 총총거리며 그를 뒤따라 갔다. 과연 저 뒤에서 어떤 말이 오갈지 불안했지만 당장은 밖으로 나온 게 기뻤다.

"저기 태인."

"응?"

알은 이제 나 어떻게 되는 거야라고 태인에게 물어보려 했지만, 뒤돌아선 태인의 모습이 너무나 기운이 빠져 있어서 처음 마음과 다른 말을 하고 말았다.

"저기 괜찮아? 미안해, 내가 세리우스를 놓아주는 바람에."

그 말에 태인은 빙그레 웃어 보이고는 자세를 바로했다. 그는 다시 호기롭게 웃으며 알의 머리를 가볍게 한 대 때렸다.

"아얏. 걱정해 주는데 왜 때려."

머리를 싸매며 불만을 표시하는 알을 보고 태인은 안도했다. 걱정하는 건 혼자서로 충분했다.

"누가 너한테까지 걱정해 달랬냐? 그리고 나한테는 사과할 필요 없다고 했잖아. 뭐, 징계는 좀 각오해야 할 거 같다. 기본적으로 전 세계로 돌아다니면서 각종 지저분한 사건은 다 맡아야 할 거야. 한국 땅에서 사건이 벌어지지 않는 한 한국 땅 밟기는 당분간 힘들 테니 그전에 마무리 지을 일 있으면 마무리 지어놔."

태인의 충격적인 말에 알은 잠시 입을 벌리고 아무 말도 하지 못했다.

"한국에 못 와?"

"아마도."

"그럼 게임도 못하고, 만화도 못 보겠네?"

"외국에도 만화책과 게임이 전혀 없지는 않겠지만, 일에 바쁘기도 할 테고, 사실 외국이라는 게 아프리카나 태평양의 한 섬, 아마존의 밀림 등도 포함해서 가리키는 말이니 그렇다고 봐야지."

그때부터 알은 태인이 알아들을 수 없는 말을 주문처럼 중얼대기 시작했다. '신간', '레벨', '이벤트' 등의 단어가 오가는 게 한국어 같기도 하고, 영어 같기도 했지만 전체적으로 희미하고, 흐릿한 데다가 알 수 없는 문법으로 나열되어서 뱀파이어 고유의 특수어 같기도 했다.

'뭐, 어느 나라 말이든 간에 그런 식으로 신세 한탄이라도 하면서 스트레스를 푼다면 말릴 건 없겠지.'

힘든 일을 맡는 이외에 이로서 협회의 랭크 S 퇴마사인 강태인이라는 자의 이미지는 완전히 망가질 것이라는 점에 대해서는 그는 알에게 말하지 않았다. 그건 처음부터 신경 쓰지 않는 문제였다. 오히려 걱정인 것은 이제 어떤 식으로 알을 대다수의 사람들에게 납득시키냐였다.

태인을 뒤따라가며 알은 울고 싶은 심정을 참으며 납득하기로 했다. 따지고 보면 이 정도 벌을 안 받는 게 이상한 것이었다. 태인이 봐주니까 세상 사람 전부가 봐줄 것처럼 착각했었던 게 잘못이었다.

'처음부터 이 일을 안 맡았으면 더 좋았을 걸. 흑, 이제 와서 이랬으면 저랬으면 해봐야 뭐 하겠어. 좋게 생각하자. 무슨 일을 어떻게 할지 몰라도 태인이 더 고생하면 했지, 내가 더 하겠어. 난 전에 만든 특제 관 덕분에 어디 가든 잠자리라도 편하잖아?'

알은 한숨을 내쉬었다. 이래저래 뱀파이어는 서러워도 하소연할 데도 없었다. 그러니 싫든 좋든 같은 뱀파이어라는 것만으로도 반갑고 어느 정도 통하지 않을 수가 없었다.

'세리우스는 무사히 도망쳤겠지? 지금 어디서 숨어 살고 있으려나.'

언젠가 남들 몰래이긴 하겠지만 다시 한 번 만났으면 좋겠다고 알은 생각했다. 물론 태인도 모르게 잠시 만나야 하겠지만 그래도 막연하게 뭐든 얘기해 보고 싶었다. 거기까지 생각한 알은 비로소 밝게 웃었다.

'헤헤. 사실은 지금도 진짜로 미안하게 생각하고 있지는 않은 거네. 그러면 나 혼나도 할 말 없는 거잖아. 이번에 이렇게 사고쳤으니 다시는 나한테 같은 뱀파이어랑 싸우라고는 안 하겠지? 우웅. 하지만 인간들은 자기들끼리도 서로 잘 죽이니까, 내가 이해가 안 갈지도.'

알은 이해심있게 고개를 끄덕였다. 자기가 뱀파이어라고 뱀파이어 입장에서만 생각해서는 안 되는 것이었다. 옆에서 지켜보던 태인은 알이 무슨 생각을 하는지는 정확히 몰랐지만 기운을 차린 것 같아 다행이라고 생각했다. 징계야 나오겠지만 그 정도야 각오한 바였다. 적당히 체념하니 차라리 속 시원했다.

다소 느긋해진 태인은 편안한 마음으로 그의 사무실을 열고 들어갔다. 편안한 기분으로 그는 소파에 앉았다. 알도 웬만한 서버용 컴퓨터보다도 성능만은 뛰어난 그의 개인 컴퓨터에 오락을 깔기 시작했다. 누가 컴퓨터 내용 감사 나올 것도 아니었기에 태인은 그냥 눈감아주기로 하고 일어나 창밖으로 펼쳐진 도시 전경을 바라보았다. 드넓은 자연이 펼쳐진 건 아니었지만 도시도 나쁘지는 않았다.

그러고 있는 둘에게 공식 연락이 온 것은 한 시간이 채 지나지 않아서였다. 혜련이 굉장히 기분 나쁜 표정으로 결정사항을 들고 찾아왔다. 그녀는 탕 하고 결과물을 책상 위에 내려놓으면서 알과 태인 이상으로 흥분해서 말했다.

"어떻게 이럴 수가 있어? 태인 너도 목숨을 걸고 싸웠잖아. 그런데 지금 이대로라면 전부 태인 네 잘못으로 덮어쓴 꼴이 되잖아. 이건 말도 안 돼!"

"흥분하지 마. 어떻게 결론이 나왔길래 그래?"

"전부 너와 알 탓이야. 신부와 수녀는 목숨 걸고 싸웠는데, 평소 뱀파이어가 완전하게 자기들에게 협력적이라고 사기친 너 때문에 상부에서는 판단 착오를 해서 인원을 부족하게 투입하는 바람에 졌다라는 게 사건의 개요고, 알은 다 잡은 세리우스를 같은 뱀파이어라고 놓아준 문제의 요마로서 처벌받아야 한다는 게 결론이야."

혜련은 흥분해서 다시 책상을 쾅 쳤다. 그 모습에 알은 움찔했다. 결국 모든 게 자기 탓이었으니 뭐라고 할 말이 없었다. 움츠러든 알을 보고 태인이 혜련을 말렸다.

"그만 해. 어차피 내가 자청한 거야. 아주 틀린 결론도 아니니 너무 흥분하지 마. 처벌은 어느 수준으로 결정났어?"

사실 혜련은 겉으로 보여주는 것만큼 흥분한 건 아니었다. 최대한 흥분한 척하는 것이 태인에게 어필하기 좋을 거라고 생각했기에 약간의 오버액션을 하고 있는 것뿐이었다. 그래서 혜련은 태인이 말리자 잠깐 생각하다가 적당히 화를 가라앉히는 척하기로 했다. 지나친 흥분도 태인의 의심을 살지 몰랐다.

"그간의 공로와 앞으로의 가능성을 감안해서 아무런 보상 없이 각종 난제인 사건 네 가지를 해결하면 이번 잘못을 사면해 주는 걸로 결론이 났어. 자기들이 뭔데 사람을 재판하고 난리야. 대체 언제부터 자기들한테 사법권이 생긴 거야?"

"하하, 그만 해. 네 가지 사건 해결이라, 그 정도면 생각보다 가볍네. 자격증 박탈이나 그런 것도 아니잖아?"

"지금 웃을 때가 아니라고!"

그 말에 비로소 웃음을 거두고 태인은 진지하게 그녀를 쳐다보았다. 깊이와 무게감을 동시에 지닌 눈빛이 그녀를 묘하게 안심시켰다.

"걱정해 줘서 고마워. 하지만 난 정말로 괜찮아. 그 정도로 알을 인정해 주겠다면 기꺼이 따라야지. 그러니까 너무 흥분하지 마."

"이 멍청아, 네 가지를 한다고 그게 다가 아니라고! 이번 일로 넌 일종의 불량 퇴마사로 찍혔단 말야. 그게 얼마나 네 앞날에 피해가 될지 모르는 거야?"

혜련의 말에 알은 고개를 푸욱 숙였다. 세리우스를 놓아주기는 했지만 태인에게 피해주고 싶지도 않았었다. 이런 식이 될지 정말 몰랐냐고 한다면 대답할 말이 없긴 했지만 말이다.

"그거라면 전혀 신경 쓰지 않아. 알잖아, 내가 출세니 그런 걸 바라지 않는다는 걸. 그러니까 너도 신경 쓰지 마."

"바보! 마음대로 해봐."

혜련은 휙 하고 등을 돌려 나갔다. 쾅 소리 내며 문이 닫히고 알은 우물쭈물 사과했다.

"태인, 미안해."

"임마, 넌 또 왜 사과하냐? 괜찮다니까. 혜련도 지금 홧김에 저렇게 말하긴 해도 오래 안 갈 거야."

태인은 자신있게 말했다. 그가 아는 한 혜련이 남의 일을 가지고 저렇게 흥분하는 것도 드문 일이었다. 그럼에도 흥분한다는 건 조금은 우쭐한 일이긴 했지만 오래갈 리는 없었다.

태인의 예상대로 문을 닫고 나가자마자 혜련은 자세를 바로 잡았다. 하지만 겉으로는 평상심으로 돌아온 것과 달리 혜련은 속으로 분노하고 있었다.

'네가 신경 안 써도 내가 신경 쓰여! 나, 혜련의 남자가 될 작자가 불량 퇴마사로 낙인찍혀 협회에서 추방당하다시피 한 패배자라니, 그런 건 용납할 수 없어. 절대로 안 돼.'

혜련은 지나가며 거울을 흘깃 봤다. 거기에는 도도하지만 그 도도함에 어울리는 아름다움을 갖춘 여인이 서 있었다. 그 여인은 외면의 아름다움만이 아닌 교양과 학식, 실력까지 전부 다 갖추고 있다는 걸 혜련은 알았다. 그런 여자의 곁에는 당연히 최고의 남자가 어울렸다.

'진작에 떼버렸어야 하는데. 대체 일개 뱀파이어 때문에 이게 무슨 피해야? 걱정 마, 태인. 그때 네가 나를 구해준 은혜에 보답하는 차원에서라도 네가 이대로 주저앉게 놔두진 않을 테니까. 넌 마음이 여려서 끊을 때 끊지 못하니까 내가 대신 처리해 줄게. 절대로 이대로 두지 않을 거야.'

태인이 먼저 이런 걸 부탁하지 않을 거라는 건 알았다. 하지만 미운 자식 떡 하나 더 주고, 아끼는 자식 매 하나 더 들라는 말은 괜히 있는 게 아니었다. 가끔은 상대가 미처 생각하지 못하더라도 정말로 필요한 걸 줘야 할 필요가 있는 법이었다. 그녀는 가볍게 고개를 흔들었다. 머릿결이 그 움직임을 따라 부드럽게 움직이며 찰랑거렸다.

'하아. 내가 태인을 좋아하긴 하는구나, 사서 고생해 가며 이렇게 해 줄 생각이 다 드는 거 보니.'

상대를 바꾸기에는 이미 늦었다면 태인을 잘 보조해 주는 수밖에 없었다.

고풍스러운 멋이 그대로 묻어나는 성 하나가 언덕에 서 있었다. 성을 이룬 회색 빛 돌은 세월의 힘에 의해 그 뾰족한 끝이 둥글게 다듬어져 있었고, 창틀을 이룬 나무도 오랜 세월 비바람을 맞아온 흔적을 갖고 있었다. 옛 양식이 그대로 보존된 성의 내부에는 그러나 현대의 전기에 의해 켜진 조명이 어둠을 몰아내고 빛을 밝히고 있어서 묘한 대조를 이루고 있었다.

성의 회랑에는 날개 달린 천사상들이 제각기 나팔이나 검, 책, 지팡이 등을 들고 기둥마다 서 있었다. 그리고 벽에는 제각기 서로 다른 성인들이 그 모습을 드리우고 있었다. 인간적인 부분을 제거하고 순수한 성스러움만이 드러나도록 만들어진 벽화와 조각은 회랑을 지상이되 지상이 아닌 장소로 만들었다.

그 성스러운 아름다움을 따라 미하일이 걸어갔다. 인간의 몸을 하고 있되 굳센 믿음과 고결한 정신으로 이루어진 내면을 그대로 밖으로 드러내는 그의 모습은 이 회랑과 너무나 잘 어울렸다. 회랑의 끝은 하나의 방으로 향해 있었다. 그 문 앞에서 미하일이 가볍게 노크를 했다.

"추기경 예하, 미하일입니다."

"들어오게."

추기경은 미하일이 들어오자 읽고 있던 책에서 눈을 떼고 그를 맞이했다. 예를 표한 후 맞은편 자리에 앉으며 미하일은 인사차 가볍게 말을 던졌다.

"책을 읽고 계셨습니까?"

"헤라클레스의 열두 모험을 보고 있었다네. 이단의 신화이기는 하나, 그 안에 깃든 지혜는 취할 바가 있는 이야기이지."

우연이라고 하기에는 묘한 일치를 보여주는 책 제목에 미하일은 쓴웃음을 지으며 대답했다.

"그자의 일을 비유하시는 것입니까? 일단 첫 번째 임무는 이번에 발견된 사령왕의 유적을 정화하는 일이라고 들었습니다만."

"그렇다네. 그자의 힘이 어느 정도인지 확실히 알 좋은 기회가 되겠지. 더불어 그 뱀파이어의 힘도."

미하일은 잠시간 침묵했다. 처음 마주쳤을 때, 그리고 그 뒤 두 번을 함께했을 때마다 조금씩 달라진 모습을 보여준 알이 그의 머리 속을 지나갔다.

"한데 정말로 그가 네 개의 사건을 해결하면 이번 일을 없었던 것으로 하실 생각입니까?"

추기경은 바로 대답하지 않고 말없이 책장을 다시 넘겼다. 미하일은 더 묻지 않고 공손하게 기다렸다.

틱. 틱.

벽난로에서 타오르는 모닥불이 작은 불티를 날렸다. 그 불길이 일렁임에 따라 추기경과 미하일의 그림자도 미묘하게 색이 엇갈렸다. 이리저리 일렁이는 그림자가 벽 문양과 어울려 약간 음울하면서도 잔잔한 분위기를 만들었다. 그때서야 비로소 추기경이 다시 입을 열었다.

"헤라클레스는 제우스의 피를 이어받은 특별한 존재였기에 헤라가 내린 열두 개의 시련을 극복할 수 있었지. 어떨까? 비록 내가 헤라는 아니라 하나, 고르고 고른 네 개의 임무를 그와 그 뱀파이어가 평범한 존재라면 통과할 수 있을까? 함께 행동했던 자네의 판단으로는 어떤가?"

미하일은 그 말에 대답을 미루고 한참 동안 고민했다. 강태인은 강했지만 그 한계도 분명히 있었다. 적어도 이번의 세리우스 같은 자와 마주친다면 결코 무사할 리 없었다. 하지만 반대로 말해서 세리우스 같은 요마와 또 마주칠 일이 몇 번이나 있을까도 의문이었다.

'일부러 골라서 어려운 일만 시킨다 해도, 세리우스같이 상식을 훨씬 넘어서는 극강의 요마와는 마주치기 힘들다. 하지만 도합 네 번, 아무런 지원 없이 난제만을 골라 부딪치게 한다면 그가 강하다 해도 한

계를 드러낼 건 확실하지.'

그렇게 결론이 나왔음에도 미하일은 쉽게 대답하지 못했다. 바로 그 옆에 모든 것이 불확실한 변수가 항상 따라다니고 있었다. 대답을 머뭇거리는 미하일에게 빙그레 미소 지어 보이며 추기경이 힌트를 주었다.

"그 뱀파이어가 '평범' 하다면 이라는 가정 하에서 대답해 보게."

"세리우스처럼 단신으로 그를 제압할 요마가 또 있을지, 있다 해도 그와 마주치게 할 수 있을지는 의문입니다. 하지만 무리를 이룬 요마도 많지요. 그가 강하다 해도 지원없이 힘든 일에만 밀어 넣는다면 네 번은 한계를 드러나게 하기 충분한 횟수입니다."

"그렇겠지. 하지만 그 뱀파이어가 우려하는 존재라면 어떨까?"

이번에는 대답을 빠르게 할 수 있었다.

"알렉시안은 세리우스를 제압하는 모습을 보여주었습니다. 평소의 그는 분명 그 정도의 힘은 없었습니다. 그러니 위기시의 그가 어느 정도로 변할지에 대해서는 누구도 현재로서 확실한 예측을 내놓을 수 없습니다."

그 대답에 만족한 추기경이 책을 덮으며 혼잣말처럼 중얼거렸다.

"이대로 그 둘이 사라진다면 그로서 특별하지 않음이 증명된 것이니, 명예로운 최후를 내려줘도 좋겠지. 그렇지 않아서 고심해서 골라 놓은 네 개의 난관을 그들이 헤쳐 나간다면 그건 그 뱀파이어가 헤라클레스 같은 존재임을 증명하는 것이겠지. 그때는……."

추기경이 잠시 말을 멈췄다. 미하일은 긴장해서 침을 꿀꺽 삼켰다. 추기경이 목에 걸린 십자가를 만지작거리며 비로소 말을 이었다.

"주의 이름으로, 그분의 가장 크나큰 적의 하나를 무찌르는 것이야말로 십자가에 대고 맹세한 우리의 사명이 아닌가. 하나 그분은 또한 사랑이시니, 우리는 모든 것에서 공의로워야 하네. 알겠는가?"

미하일의 눈이 반짝였다. 추기경의 말속에 숨은 뜻을 그도 안 것이었다. 이번 일 자체는 약속대로 더 이상 추궁하지 않아도 좋았다. 그 다음에는 그 다음을 위한 명분을 찾으면 되는 것이었다.

"알겠습니다. 예하의 지혜를 기다리겠습니다."

"헛허. 어찌 나의 지혜이겠나. 상대는 태초에 인간을 타락시킨 간교한 뱀의 지혜를 가지고 어둠 속에 숨은 자이니. 그 정체를 드러내게 할 지혜는 그분에게서만 나오는 것. 나는 기도로서 그 지혜를 받을 뿐이네. 힘겨운 싸움이 되겠지. 성십자회를 전원 소집하고 당분간 활동을 중단하게. 많은 준비를 해야 할 거야."

"명을 받들겠습니다."

미하일이 예를 표한 후 방을 나가자 추기경은 다시 책을 펼쳐 들었다. 열두 모험과 그 뒤의 모험까지 끝내었지만 결국 새로운 저주에 스스로의 몸을 태워 죽음으로 치닫는 헤라클레스의 이야기가 펼쳐질 차례였다.

● Chapter 23
사령의 도시

Chapter 23

사령의 도시

태인은 편하게 앉아 있고, 알은 더 편하게 드러누워 있었다. 사무실로 나가지도 않고 집에서 근신하며 처분을 기다린다라고 대외적으로 되어 있었지만 둘의 자세는 별로 근신하는 자세는 아니었다.

"네 가지 임무라, 대체 뭐가 떨어질까?"

"글쎄, 쉬운 게 떨어지지는 않겠지. 저쪽에서도 고르고 고르느라 시간이 걸리는 걸 테고. 너무 걱정하지는 마. 죽으라고 일을 시키겠냐?"

그렇게 말하며 태인은 웃어 보였다. 그 말에 알은 안심해서 도로 드러누웠다. 미리 걱정한다고 저쪽이 내릴 임무를 거절할 수 있을 것도 아닌 다음에야 그때까지라도 속 편하게 있는 게 현명한 일이었다.

뒹굴거리는 알을 보며 태인은 미소 지었다. 비록 내일 어떤 위험이 도사리고 있다고 해도 지금 이 순간은 평화롭고 아늑했다. 지금 이걸 잃어버리게 될지 모른다는 두려움만 제외한다면 모든 것이 만족스럽고 충분한 날이었다. 그래서 더 더욱 잃고 싶지 않았다.

'그래. 어떤 일이든 올 테면 와라. 세상을 사는 게 즐겁다는 걸 알게 된 이상 무릎 꿇을 생각은 조금도 없으니까 말야.'

그때 전화가 울렸다. 뒹굴거리다가 발끝으로 전화기를 들려는 알을 무시하고 태인이 직접 손을 뻗어 받았다. 전화기 너머의 상대와 잠시 얘기하고 끊은 태인은 자리에서 일어났다.

"일어나라, 알. 첫 번째 임무가 도착했어. 사무실로 간다."

"우웅. 휴가는 끝이구나."

사무실에 도착한 태인은 바로 자리에 앉아 책상 위에 도착해 있는 명령서를 개봉했다. 차분한 손길로 한 장씩 서류를 넘긴 그는 내려놓으며 중얼거렸다.

"흐음, 이것이 첫 번째인가. 상당히 빡빡하군."

"뭔데?"

알은 책상 앞에 쭈그리고 앉아 턱을 그 위에 걸치며 물어왔다. 그렇게 머리만 빼꼼이 내밀고 있는 알의 눈앞에 태인은 대답하는 대신 서류를 직접 들이밀었다. 알은 눈알을 굴리며 글을 읽어 나갔다.

"새로 발견된 고대유적에 다수의 유령 잔존으로 개발에 어려움을 겪고 있음. 그에 따라…… 음……."

더 이상 소리 내지 않고 눈으로 글을 읽은 알은 한마디로 내용을 요약했다.

"유령 대청소하라는 거네? 으윽. 근데 '다수'라니 도대체 어느 정도 다수인 거야? 쪽수만 많으면 다행이지만 보통 쪽수가 많으면 그중에 강한 대장도 있기 마련인데 이거 뭔가 힘든 일이 되지 않을까?"

알의 추론에 태인도 동의하여 고개를 끄덕였다. 발굴된 유적이 왕궁인 듯하다는 추론으로 보아 아무래도 왕을 위시한 주위 호위자들과 일반 신민의 유령일 가능성이 컸다. 그 위계질서에 따라 강한 유령이 포진해 있다고 본다면 아주 강한 녀석부터 약하지만 숫자는 많은 유령까지 골고루 있다는 뜻이었다.

'하지만 유적지에서 떠나려고는 하지 않는 지박령이라면 사실 난제는 아닌데.'

지박령이 강하다 해도 그 이상으로 강한 퇴마사들이 모여서 압도적인 힘으로 밀어버리면 의외로 허망하게 해결될 수도 있었다. 지박령이 생긴 장소가 시급을 다퉈 제거해야 하는 곳이면 모를까, 고대유적 같은 거라면 그 일대를 포기한 채 내버려 두었다가 여유가 생겼을 때 처리하면 되는 일이었다.

'그런데 어느 정도인지 제대로 파악이 안 되어 있음에도 지원은 없을 테니 알아서 빠른 시일 안에 처리하라니. 상당히 우격다짐인 명령이군.'

이건 단순한 처벌을 넘어 생명을 걸어야 하는 임무일지도 몰랐다. 임무 자체가 어렵다는 것만이 문제는 아니었다. 성공 가능성을 제대로 알기 힘든 임무를 그대로 떠맡긴다는 것으로 앞으로도 이런 식이 될 거라는 의미였다. 그중 어디 하나에서 잘못 걸리면 무슨 일이 벌어질지 몰랐다. 서늘한 바람이 목덜미를 스치고 지나가는 듯한 착각에 태인은 눈치 채이지 않게 몸을 살짝 떨었다.

'신경이 너무 예민해졌군. 이번 일을 보상하려면 그에 어울리는 업적이 필요하니까, 이 정도를 맡게 된 거지. 설마 임무 중에 죽으라고 이런 일을 맡길 리는 없잖아? 뭐, 그리고 여기 모인 유령들이 강하다 해도.'

"우웅? 걱정 안 돼?"

태인의 침묵을 고민이 아닌 여유로 착각한 알은 고개를 치켜들며 다시 물었다. 속으로 불안을 감추며 태인은 웃었다.

"지박령들 좀 쓸어버리면 되는 일인데 호들갑 떨 것 뭐 있냐? 적어도 세리우스를 다시 잡아오라는 것보다야 낫잖아?"

태인은 알에게라기보다 스스로에게 그렇게 말하며 자신감을 북돋았다.

'그래, 유령들이 강해봤자지. 나도 충분히 강해. 세리우스가 워낙에 나쁜 상대였을 뿐이야. 협회에서도 그걸 아니까 이번 일을 승낙한 걸 테고.'

그렇게 생각하고 나니 정말로 여유가 생겨서 태인은 진심으로 웃을 수 있었다. 그 모습에 알도 용기를 얻었다.

"아하하. 정말로 그런 거 시키면 도시락 싸들고 도망가야겠다."

알은 이제 나름대로 농담도 던지며 자리에서 일어났다. 상대가 세리우스보다 강할지, 어떨지는 알 수 없었지만 적어도 세리우스처럼 승패를 떠나 싸우기 싫은 상대까지는 아니었다. 이 좋은 집 놔두고 머나먼 이국 땅에 원한 관계도 없는 자와 싸우러 가는 것 자체로 즐거울 수가 지야 없는 일이었지만, 자처한 일이기도 했으니 불평을 늘어놓을 수는 없었다.

"그럼 언제 출발하는 거야? 오늘? 내일? 아니면 좀 더 있다가?"

"늦장 부릴 일이 아니지. 그래도 교통편도 구하고 해야 할 테니 하루 정도야 시간을 잡아야겠지. 마음의 준비는 해둬라, 알. 상당히 격렬한 싸움이 될지도 모르니까 주문도 준비해 둬. 난 혜련한테 갔다 올 테니까."

"응."

태인이 자리에서 일어나 밖으로 향하자 알은 손을 흔들어주었다.

달칵.

문이 닫히자 알은 태인의 의자에 대신 앉아서 한 바퀴 뱅그르 돌았다. 그리고는 다시 턱을 두 손 위에 올려 괴었다.

'난 내 잘못으로 이렇게 된 거지만, 태인은 나 때문에 고생하는 거니 내가 뭐라고 하면 안 되겠지. 그렇지만 걱정이다. 세리우스 때는 어떻게 무사히 살아남았지만, 이번에는 바티칸의 그 둘도 없는데 나랑 태인 둘이서 해낼 수 있을까? 유령 숫자만 둘 더 느는 건 아니겠지? 설마 하니 아무리 벌이라고 해도 말도 안 되게 강적이랑 싸우라고 시키지는 않았겠지?'

그 시간 태인의 부탁을 전해 들은 혜련 또한 똑같은 걱정을 말하고 있었다.

"괜찮겠어? 아무래도 느낌이 안 좋아."

"뭘 그렇게 걱정하는 거야? 아무리 징계 차원에서 떨어지는 임무라 해도 정말로 가서 죽으라고 할 리는 없잖아? 단지 일한 보람 안 나게 대가도 없고, 고생만 잔뜩 할 일들이기는 하겠지만 말야. 걱정 마, 처음부터 각오는 되어 있으니까. 단지 너랑 같이 못 가는 게 좀 안타까워서 그렇지. 언젠가 이 모든 게 끝나면 같이 여행이라도 가자."

웃으면서 자신을 안심시키려 하는 태인에게 더 이상 약한 모습을 보여주기 싫어서 혜련도 마주 웃어 보였다.

"그래, 믿을게. 여행이라, 무척 즐거울 거 같네."

"어디 갈지나 생각해 둬. 한동안 이런 일만 떠맡아야 하겠지만, 뭐 오래야 시키겠어? 적당히 시간 흐르고, 어느 정도 세인의 관심사에서 멀어질 때쯤 되면 끝나겠지."

"무사히 다녀와야 해. 이건 약속의 징표야."

그렇게 말하고 혜련은 그대로 발을 들어 태인에게 입술을 내밀었다. 태인은 순간 당황한 표정을 지었으나 바로 손을 들어 올려 혜련을 감싸 안은 후 다가오는 혜련에게 입 맞추었다. 몇 분의 시간이 흐른 후 둘은 다시 떨어졌고 태인은 손을 흔들며 방에서 나갔다. 끝까지 웃는 얼굴로 태인을 떠나보낸 후 혜련은 바로 쓸쓸한 표정을 지었다.

털썩.

소리 내며 의자에 앉은 후 혜련은 낮게 중얼거렸다.

"나도 약해졌나. 태인이 또 없다고 생각하니 한순간 외로울지도 모르겠다는 생각이 들다니."

그런 느낌이 드는 자신이 싫지만은 않아서 혜련은 아까처럼 당당한 웃음을 버리고 부드러운 미소를 띤 채 책상 위에 놓인 태인의 사진을 쳐다보았다.

"그때 사막에서 너 멋있었어. 그래서 나도 결정한 거지만. 하아, 하지만 역시 넌 아무리 봐도 요령이 부족해. 네가 이번 세리우스와의 싸움에서 목숨을 걸고 현장에서 싸웠다 해도 제대로 처신 못해서 능력도 없이 뒤에서 구경만 하던 자들의 압방아에 휘말려 징계 처분을 받게 되었잖아? 네가 실제로 무얼 해내는 것 이상으로 중요한 게 그걸 세상에 인정받는 일이라고."

혜련은 자세를 바로한 채 태인과의 지난날을 떠올렸다. 그냥 평범하고 안온한 가정만을 바란다면 태인은 최고의 남편감이었다. 하지만 그녀는 그 이상을 원했다. 그래서 태인은 언제나 하나가 모자랐다.

"네가 조금만 더 야망이 있는 남자였다면 좋았을 텐데. 하지만 이제는 걱정 마. 내가 메꿔줄 테니까."

'기다리기만 하진 않을 거야. 이대로 두고만 보면서 네 연인이라고 칭할 생각 없어. 넌 지금보다 훨씬 더 크게 비상할 수 있는 남자야, 태인. 겨우 뱀파이어 따위에게 발목 잡혀 있어서는 안 될 그릇이라고.'

혜련은 태인의 사진을 손에 들었다. 먼저 태인을 보고 다시 그 옆에 나란히 찍혀 있는 알을 쳐다보았다. 그리고 다시 태인을 보며 그녀는 작게 중얼거렸다.

"발목만이라면 기다려 줄 수도 있지만, 분위기가 좋지 않아. 바티칸에서 분명히 알을 노리고 있어. 이건 단순한 징벌 차원이 아냐. 협회와의 관계가 험악해지는 것을 각오하고서도 나서고 있어. 처음에는 추기경 차원인 줄 알았는데, 그 이상의 라인으로 올라갔어. 이대로라면 태인까지 위험해."

그녀의 얼굴에 더 이상 웃음이 머물러 있지 않았다. 태인에게 말하지 않았지만 당사자인 본인 이상으로 그의 처지를 걱정해서 여기저기 알아본 그녀였다. 그리고 이번 징계조치가 간단한 게 아니라는 것을 느낄 수 있었다.

혜련은 손톱으로 알의 얼굴을 가볍게 톡톡 치며 고민했다. 단순히 몇몇 강경파가 알의 제거를 주장한다고 보기에는 바티칸의 돌아가는 분위기가 이상했다. 이번 건만 해도 태인은 괜찮다고 말하고 있었지만, 정확한 숫자도 파악되지 않은 고대유적에 그대로 투입시키다니 이건 해결되도 좋고, 죽어도 좋고라는 행동에 가까웠다.

'아무리 태인의 힘을 높이 평가했다 해도 이건 아냐. 설마 하니 알을 제거하기 위해서라면 태인까지 같이 제거되어도 좋다라고 판단한 건 아니겠지? 어쨌든 이대로는 안 돼. 생각했던 것보다 태인의 입지가 훨씬 위태로운 느낌이야. 잘못해서 협회에서도 태인을 버린다면 태인이 혼자서 아무리 강해봐야 이 업계에서 못살아남아.'

혜련은 손톱으로 알의 목을 찌익 긁었다. 종이가 떨어져 나가며 뱀파이어의 목과 몸통이 분리되었다.

'애초부터 퇴마사와 뱀파이어라니, 말도 안 되는 조합이었어. 그건 그 뱀파이어가 어떤 뱀파이어와는 관계없이 기본에서부터 엇나가는 조합이라고. 솔직히 네가 미워할 수 없는 존재라는 건 인정해, 알. 하지만 난 너 때문에 태인이 이대로 몰락하도록 두고 볼 수 없어. 그러니 각오 단단히 해 둬.'

비행기의 퍼스트 클래스는 꽉 차 있지 않았다. 그래서 알은 맘 편하게 자리에서 일어나 여기저기 돌아다닐 수 있었다. 이코노미 클래스의 좁은 좌석에 비하면 훨씬 더 편한 퍼스트 클래스의 좌석이었지만, 활기찬 알로서는 제자리에 마냥 앉아 있는 것은 고역이었다.

이 왔다 갔다 하는 귀여운 소년이 마음에 들었는지, 아니면 비싼 돈을 지불한 손님에게 함부로 대할 수 없었는지 스튜어디스들도 크게 제지하지 않았다. 그런 알을 제자리로 돌린 건 공짜로 제공되는 기내식이었다.

"얌냠. 쩝쩝."

약간의 소리를 내가며 부지런히 먹어대는 알을 보고 태인은 자신의 몫의 일부를 알 쪽으로 넘겨주었다.

"어? 태인, 안 먹을 거야?"

입에 샐러드 소스가 묻어 있는 채로 물어오는 알에게 태인은 가볍게 고개를 끄덕여 보였다. 왕가의 유적에서 벌어질 일을 고민해서인지 그다지 입맛이 없었다. 거기다가 너무나 잘 먹는 알을 보니 양보를 안 할 수가 없었다.

"그럼 잘 먹을게."

알은 태인이 넘겨준 스테이크를 즐거운 마음으로 푹 찍어서 들어 올렸다.

'참 잘 먹는군. 뭐 갈릭 소스를 친 스테이크가 기내식답지 않게 잘 구워지긴 했지만. 잠깐, 갈릭?'

그제야 알에게 자신이 뭘 양보했는지 깨달은 태인은 알을 말리려고 했지만 이미 스테이크는 알의 입 속으로 넘어간 후였다. 잠시 뒤 터져 나올 비명을 예상하고 다른 승객에게 방해가 안 되도록 태인은 재빨리 결계를 쳤지만 알은 그냥 맛있게 계속 스테이크를 먹어치웠다.

'뭐지?'

갈릭 소스에 마늘 비율이 높지 않다고 해도 결코 없는 것이 아니었기에 태인은 의아해하며 알을 쳐다보았다. 그 시선을 느꼈는지 알이 먹다 말고 고개를 들었다.

"왜 그렇게 쳐다봐? 내 얼굴에 뭐 묻었어?"

알은 손을 들어 자신의 입가를 쓰윽 문질렀다.

"앗, 진짜로 뭐 묻어 있었구나. 그럼 말하지. 빤히 쳐다보고만 있으면 어떻게 알아?"

태인은 한숨을 내쉬곤 의자를 뒤로 눕히며 몸을 기댔다.

'햇볕, 성수, 성표, 마늘. 과연 알에게 제한으로서 남아 있는 약점이 뭐가 더 있는 걸까. 저 녀석, 지금도 분명 마늘을 싫어하는데, 그게 실제로 약점인 게 아니라 어쩌면.'

과거의 학습 효과에 불과할지도 몰랐다. 언제부터인지 모르지만 햇빛에 내성이 생겨 있었음에도 그걸 알기 전까지 알은 대낮에 돌아다닐 엄두를 내지 못했었다. 다른 것에 대한 두려움도 마찬가지가 아니라고 단정할 이유는 하나도 없었다.

'하지만 알의 마력이 단지 강해졌다고 해서 근원적인 약점이 다 사라질 수 있나? 이건 마력과는 별개로 알의 능력인가?'

태인은 쓸쓸하게 웃었다. 나이트는 차원을 건너다녔다. 비숍은 정확히 알 수 없지만, 퀸은 강력한 최면 능력으로 사람을 조종하는 듯했다. 그리고 룩은?

'설마 각종 위험에 대한 면역인 건 아니겠지? 겨우 그 정도라면 룩으로서 너무 약하잖아. 마력, 무력, 매력. 그 다음은 뭐지?'

딱히 떠오르는 게 없어서 고민하다가 태인은 피식 웃었다. 다지고 보면 알이 룩이라고 100% 확정된 것도 아니었고, 설령 룩이라 해도 각성한 것도 아니었다.

'너무 앞서 가지 말자.'

실컷 먹은 알은 배부르자 잠이 오는지 하품을 쩌억 하며 몸을 의자에 파묻었다.

"하암. 비행기도 자꾸 타니까 지겹다. 앞으로는 엄청 더 타게 되겠지?"

"비행기 안에서 시간 보내는 법도 익숙해져야 하겠지만, 그보다 별로 달갑지 못한 자연환경과 친숙해지는 법을 먼저 익히는 게 좋을 거야."

알은 다시 하품을 하며 동의했다.

"밀림이라니 재미없어. 하아, 내 평생 이런 곳을 다 가게 될 줄이야.

난 문명의 이기가 좋아."

거기까지 말하고서 알은 눈을 감았다. 등 따습고, 배부르니 슬슬 졸렸다. 잠든 알을 내버려 두고 태인은 승부의 방향을 머리 속에서 그렸다. 어느 정도의 적인지 명확히 파악된 것은 아니었지만, 다양한 등급의 유령을 보게 될 것이라는 건 확실했다.

'좋아. 이번 기회에 다양한 주술을 실전에서 써볼 수 있겠군. 세리우스와의 싸움에서는 무리한 무상반야광을 쓰도록 거의 강제당하다시피 했으니.'

언젠가 다시 그만한 강자들과 부딪쳐야 할지 몰랐다. 적어도 알의 예고대로라면 퀸과 비숍은 나이트의 아래가 아니었다. 하지만 그들이 단독으로 강한 자라고 해서 약한 자 여럿과의 싸움인 이번 싸움이 도움이 안 되는 경험이라고는 할 수 없었다. 깊게 파가려면 먼저 넓게 파야 하는 법이었다.

비행기는 마침내 비행장에 착륙했다. 안내 방송에 깨어난 알이 눈을 껌벅이며 아래를 내려다보았다.

"에? 밀림이 잔뜩일 줄 알았더니 아니네?"

"당연하지. 아무리 브라질이라도 100% 밀림으로 된 줄 알았냐?"

"우웅. 하긴, 어디서 나오는 우드엘프도 아닌데 밀림 한가운데 나무에 구멍 파고 살진 않겠지."

"밀림이 보고 싶다면 기다려. 어차피 여기서 헬기로 갈아타고 가는 동안 실컷 볼 테니까 말야."

그 말에 알이 눈을 동그랗게 떴다. 안도와 실망이라는 앞뒤가 안 맞는 표정이 알의 얼굴에 동시에 교차했다.

'우웅. 그럼 밀림 대탐험은 아닌가?

바닥 없는 늪. 소리없이 뒤에서 다가오는 거대한 뱀. 식인식물. 한순간 물어대는 독충. 찌는 듯한 더위와 습기 속에 한 발 한 발 나아가는 모험자를 잠시 상상했던 알은 곧 현실과 이상의 차이를 인정했다.

'시대가 어느 시대인데, 밀림 대탐험이겠어. 하지만 중간 모험 없이 바로 보스의 아지트 돌입이라니 뭔가 아쉽기도 하다. 하아, 하긴 그 아지트에서 대체 몇이나 마주칠지 모르지.'

알과 태인이 공항에서 내리자 역시 이번에도 마중 나온 자가 있었다. 거무틱틱한 피부에 곱슬머리의 사내는 선글라스를 끼고 정장을 입고 있어서 꼭 어디의 요원처럼 보였다. 그는 알과 태인을 들고 있던 사진과 비교해 보더니 고개를 끄덕이고는 유창한 영어로 인사를 했다.

"반갑습니다. 두 분을 목적지까지 안내해 드리도록 임무를 맡은 A라고 합니다."

"A?"

도저히 본명이라고는 믿기 힘든 그 소개에 태인은 살짝 눈살을 찌푸렸다. 하지만 상대는 넉살 좋게 웃으며 고개를 끄덕였다.

"사정상 본명을 외부에 밝히지 못하게 되어 있으니 이해하십시요. 이번에 맡게 되신 임무에 대해서는 설명 들으셨습니까?"

"대강은 들었습니다만 가는 길에 좀 더 자세히 설명해 주시겠습니까?"

태인도 더 탓하지 않았다. 어차피 본명을 들어봐야 이번 일 끝나면 다시 만나기 힘든 인연이었다. A면 어떻고, B면 어떠냐고 그는 생각하기로 했다.

"알겠습니다. 가시지요. 헬기 안에서 설명드리겠습니다."

알은 처음 타보는 헬기에 일순 기대감을 품었지만 막상 타보니 비행기 일등석보다 하나도 편할 게 없다는 사실에 실망했다. 그래도 헬기에서 내려다보이는 밀림의 풍경이 나쁘지 않아서 창문에 바싹 붙어서 아래를 내려다봤다. 그렇게 구경에 정신이 팔려 있는 알을 내버려 두고 태인은 'A'라고 스스로를 밝힌 요원과 대화했다.

"사실 보고서에 적힌 것보다 별달리 더 드릴 말씀은 없습니다. 원래 밀림에 뒤덮이고, 바닥 아래에 가라앉아 있어서 아직까지 발견 안 된 유적인데 이번에 우연히 난 화재 때문에 발견된 유적이지요. 화재의 가운데에서 침범되기는커녕 오히려 그 모습을 더 뚜렷이 드러낸 유적입니다. 아무래도 세월 속에서 잠자고 있다가 이번 화재에 깨어나 버렸다고 추정되는 바입니다."

태인은 고개를 끄덕이며 속으로 입맛을 다셨다. 현지에 오면 조금이라도 쓸 만한 정보를 구할까 내심 기대했었는데, 아무래도 힘들 듯했다.

"일단 유적을 외부에서 촬영한 결과로는 작은 도시인 듯합니다. 왕궁을 중심으로 일반 평민들이 살았을 듯한 집들이 쭈욱 둘러쳐 있습니다. 일단 집단으로 머물고 있는 유령들만 제거하면 고대 역사를 연구하는 데 있어서 매우 가치가 큰 유적이니 가급적이면 유적 파손이 안 되도록 처리해 주십시오."

'이건 혹 때려다가 혹 붙인 꼴이군.'

목숨을 걸고 싸우는 와중에 유적 파손에까지 신경 쓰라니, 상당히 무리한 주문이었다. 그렇다고 들은 이상 무시해 버릴 수도 없었다. 그런 복잡한 태인의 신경을 눈치 챘는지 A가 물어왔다.

"후회되십니까? 한순간의 판단 착오로 좌천된 꼴이 되셨으니."

"후회요? 핫하, 그럴 리가요."

태인은 자신있게 웃었다. 지금의 감정과 가장 거리가 먼 단어 중의 하나였다. 그런 태인을 보고 A가 묘한 눈빛을 던졌다.

"솔직히 보통의 경우라면 당신 정도의 인물이 왔을 때, 겨우 저 같은 요원 하나만 내보내서 마중하지 않습니다. 출세와 명예, 부 전부가 보장된 길에서 멀어져 함부로 친교를 맺었다가 불똥이 튈까 두려워하는 대상으로까지 전락했는데도 아무렇지도 않다는 겁니까?"

초면에 이런 질문을 던지는 것은 상당한 실례였다. 그러니 대답을 하기 싫으면 넘어갈 수도 있는 문제였지만 창에 얼굴을 붙이고 있는 알의 귀가 쫑긋거리는 것을 본 태인은 대답하기로 했다.

"글쎄요. 솔직히 말해서 정말로 아무렇지도 않군요. 출세, 명예, 부 특별히 그런 것에 초탈했다고도 생각하지는 않지만."

"않지만?"

"지금 가진 것만도 충분히 만족스럽달까요. 얻지 못한 것을 아쉬워 하기에는 지금 가진 것이 너무 많아서 말이죠."

"많다라, 그렇군요."

A도 더 물어오지 않았다. 알이 다시 창문 아래만 보는 것을 보고 태인은 부드럽게 웃었다. 밀림의 한가운데에서 마침내 도시가 드러났다. 석조 건물로 된 도시는 놀랍게도 완벽하게 보존되어 있었다. 세월의 흔적 속에서 하다못해 모서리라고 깎여 나가고 기둥이라도 몇 개 무너지고 해야 정상이건만, 사람이 살고 있지 않을 뿐 단 한 군데에도 손상이 가 있지 않았다. 한눈에 보아도 정상이 아니었다.

"이제 그만 가봐야겠군요. 안내해 주셔서 감사합니다. 알, 가자."

태인은 부적 한 장을 태운 후 헬기 밖으로 그대로 뛰어내렸다. 낙하산을 메고 있지 않았음에도 그는 허공을 유유히 내려갔다. 그런 태인의 뒤를 알이 허겁지겁 따라 뛰어내렸다. 박쥐 한 마리가 파닥거리며 강림

하는 천군의 뒤를 따랐다. 그 모습을 보며 A가 조용히 중얼거렸다.

"만족한다라, 당신이 그 말을 끝까지 지킨다면 그것으로도 좋겠군요. 어느 쪽으로든 왕은 깨어날 테이니."

A, 드뤼셀 아크필드는 만족하며 헬기의 기수를 돌릴 것을 지시했다. 현재는 과거와 놀랄 만큼 닮아가고 있었다. 그렇게 되도록 그가 손쓰기는 했지만 결국 최종선택은 그가 할 일이었다.

"어떨까요. 과연 이 넓고도 좁은 지구에 왕이 쉴 자리가 있을는지."

내려오던 태인은 허공에 멈춰 섰다. 파다닥거리며 뒤쫓아오던 박쥐가 그 옆에 와 어깨에 앉았다.

"왜, 더 안 내려가?"

"결계다. 외부 잡인들의 출입을 불허하는군. 하지만 우리는 잡인이 아니니 들어가야겠지?"

태인의 손에서 빛나는 광구가 생겨나 허공의 한 점에 가 꽂혔다. 일순간 보이지 않던 막이 찢어지고, 안에서 강력한 흡인력이 생겨났다. 그 빨아들이는 바람에 알과 태인은 그대로 빨려 들어갔다.

쿵.

주술의 힘으로 위치를 유지하는 태인과 달리 알은 사정없이 바닥에 메다꽂혔다. 에구구, 허리야를 중얼거리며 본래의 모습으로 돌아온 알의 옆에 태인이 자세 좋게 내려왔다. 나도 저렇게 멋있게 내려와 봤으면 하던 알은 옆에서 들려오는 웅성거림에 주위를 둘러보았다. 분명 위에서 볼 때만 해도 텅 비었던 도시에 어느 순간 사람들이 꽉 차 있었다.

"에?"

무슨 말인지 알아듣지 못할 말을 중얼거리면서도 사람들은 부지런히 돌아다니고 있었다. 이 사람들이 갑자기 어디서 나타난 건지 궁금해하는 알의 의문을 태인의 혼잣말이 풀어주었다.

"과거의 모습인가."

'과거?'

그 말에 알은 다시 주위를 둘러보았다. 그러고 보니 오가는 사람들 중 누구도 하늘에서 떨어진 두 불청객을 신경 쓰지 않았다. 어떤 말인지 알아들을 수는 없었지만, 바구니에 각종 음식을 담아 들고 오가는 처녀들, 아이를 업은 채 도란도란 얘기를 나누는 아주머니들, 막 뛰어노는 아이들, 뭔가를 파는지 자리에 앉아 있는 아저씨. 복장도, 언어도, 생김새도 다 달랐지만 현대와 어떻게 보면 별반 다르지도 않은 그 모습에 알은 웃었다.

"헤에, 꽤나 즐겁게들 지냈구나. 그런데 여기가 왜 유령 도시가 된 거지?"

알과 달리 남미의 역사에 대해 어느 정도 아는 태인은 대답하지 않았다. 지금 이 도시가 보여주고자 하는 게 과거라면 다음에 펼쳐질 장면도 뻔했다. '그 일'이 아니라면 유령 도시가 될 리가 없었다. 예상대로 일순간 장면이 바뀌고 도시 전체가 불에 타기 시작했다. 갑옷을 입고 대포를 쏘는 침략자들이 들어오고 도시의 주민들은 이리저리 뛰어다녔다.

"까아악!"

비명 소리와 붉은 피는 누구든 동일했다. 공포와 분노, 증오에 찬 표정은 국경과 인종을 뛰어넘어 알아볼 수 있었다. 사방으로 피가 튀었다. 바로 자신의 앞에서 쓰러지는 여인을 보고 알이 흠칫했다. 마악 아이를 껴안은 여인에게 내려치는 불을 뿜는 총구를 보고 알은 소리쳤다.

"안 돼!"

하지만 총은 알을 통과해서 그대로 뒤에 있는 여인을 관통했다. 피와 함께 여인은 쓰러지고 알은 고개를 숙였다. 이건 과거의 영상이었다. 순간적으로 흥분해서 막아섰지만 그가 바꿀 수 있는 일이 아니었다.

태인은 담담하게 서 있었다. 참혹한 광경이라 하나 과거의 영상일 뿐이었다. 이런 것에 흔들려서야 훌륭한 퇴마사라 할 수 없었다. 하지만 이리저리 움직여 보다가 포기하고 제자리에 고개 숙이는 알을 태인은 어리석다고 칭할 생각은 들지 않았다.

'과거라는 걸 알기에 담담한 자와 알면서도 몸을 떠는 자 중 어느 쪽이 더 현명한 거라고 누가 말할 수 있을까. 하지만 난 퇴마사로서 이곳에 왔으니 일을 시작해야겠지.'

"이제 그만 모습을 드러내시지요. 과거는 충분히 보았습니다."

도시의 정중앙. 가장 높은 신전인지, 왕좌인지 모를 꼭대기를 향해 태인이 외쳤다. 그러자 도시에 타오르던 불길이 사라졌다. 대신에 기묘한 울림이 대기 중에 퍼져 나가며 그곳에 검은 기류가 뭉쳤다. 인간 형상이 된 검은 기류가 왕좌에 앉자 기묘한 울림은 사라졌다. 그리고 허공에서 왕관이 나타나 그 존재의 머리 위에 내려앉았다.

황금과 보석으로 된 왕관을 쓰고 어둠으로 된 몸을 가진 가운데 붉은 눈만이 빛나는 상대를 보고 알은 침을 꿀꺽 삼켰다. 한눈에 보기에도 상대가 이곳의 주인이라는 걸 알 수 있었다.

"나의 도시를 침범한 자가 너희인가?"

높은 단위에 앉아 있는 왕의 눈에서 나오던 붉은빛이 타오르듯 더 강하게 뻗어 나갔다. 놀랍게도 상대의 말은 말이 아닌 뜻으로서 울렸다. 말 자체는 어느 나라 말인지 여전히 알 수 없었지만 그 뜻 자체가 정신에 전달되어 알 수 있었다. 상대의 강대함을 깨달은 알은 슬그머니 태인의 뒤쪽으로 한 발자국 움직였다. 태인은 그런 알에게 신경 쓰지 않고 상대를 올려다보며 말했다. 너무 크지도 않지만, 주눅 들지도 않은 당당함을 넘어서는 자연스러움이 깃든 목소리였다.

"그렇습니다."

말을 알아들은 것인지, 정신을 읽은 것인지 상대가 다시 그 묘한 언어로 대답했다.

"돌아가라. 너희는 침략자의 후예는 아니니 마지막으로 자비를 베풀겠다."

분명 왕 한 명에게서 나오는 목소리일 텐데도 신기하게 온 도시에 울렸다. 사방을 메운 그 소리를 가르고 태인의 말 또한 나아갔다.

"당신의 원한은 잘 보았습니다. 하지만 이제 그만 승천하심이 어떨지요. 저 또한 임무가 있어서 물러나지 못합니다."

"감히 그 광경을 보았음에도 그 말을 하는가! 그날 어린아이부터 노인까지, 남자, 여자 할 것 없이, 왕인 나부터 저 아래 백성까지 모두 죽임을 당했다. 지금 그 원한의 무게를 가볍다 네가 말함인가?"

알은 위압감 서린 그 목소리에 자기도 모르게 고개를 끄덕였다. 방금 본 광경이 실제로 일어난 일이라면 저쪽이 원한령이 되어 잠들어 있던 것도 이해가 갔다. 아니, 당연했다. 그러니 태인은 무슨 말로서 저 왕의 분노에 대항할 것인가? 알은 시선을 다시 태인에게 향했다.

"그것은 아닙니다. 하지만 과거가 아닙니까. 당신의 원한은 이해하나, 그 원한이 언제까지 당신과 당신의 백성을 붙잡아두게 하시렵니까. 정작 당신의 복수가 향해야 할 대상은 이미 떠난 지 오래입니다."

"닥쳐라! 네가 무엇을 아는가! 피맺힌 그 원한이 네게는 과거의 일일지 모르나 내게는 아직도 생생한 현장이다."

그 말과 함께 검은 기류가 쏟아져 들어왔다. 하지만 태인의 주위로 어느 순간 빛의 막이 쳐지고, 기류는 막에 흡수되어 그대로 사라졌다.

"과거에 불행이 있었다 해서 그 불행에 붙들려 새로운 가능성조차 모두 놓치시렵니까?

"오만한 자여, 네가 그 일을 당했어도 과거로 치부하고, 버리라 하겠는가. 더 이상의 협상은 끝났다. 네게 우리의 분노를 감당할 만한 어떤 힘이 있었는지 보자!'

검은 기류의 손에 아마도 왕의 권위를 상징하는 듯한 홀이 들렸다. 역시 보석과 금으로 된 그것이 휘둘러지자 도시의 곳곳에서 땅이 흔들리며 시체가 일어서기 시작했다. 그 모습에 알의 안색이 더 하얗게 질렸다.

"태인, 우리 포위당했어! 숫자가 엄청나게 많은 거 같아. 대체 몇이야? 맙소사……."

태인이 펼쳐 둔 결계 안으로 당장 들어오는 녀석은 없었다. 그러나 골목골목마다 나타나는 시체의 개수는 줄잡아도 몇 천에 달해 보였다. 하나하나라면, 아니, 몇 십 마리 정도라면 어렵잖게 해치울 자신 있는 알이었지만 이 엄청난 숫자에는 질려서 태인을 쳐다보았다.

"어쩌지?"

"수련 좀 해두랬더니 익힌 것 없어? 벌써부터 쩔쩔매면 곤란한데. 저쪽은 아직도 패가 몇 개는 더 있어 보이는데."

말하는 사이에도 시체는 점점 더 늘어나서 완전히 주위를 빽빽하게 메웠다. 무슨 기념일 행사라도 하듯 거리마다 꽉꽉 들어차서 몰려나오는 시체를 보고 알은 겁을 먹고 외쳤다. 몇 천이 아니라 그 이상이 되어 보이는데 믿었던 태인까지 저런 말은 한다면 큰일이었다.

"저 많은 숫자를 어쩌란 말이야! 일일이 다 때려잡다가는 나중에 가면 마력이 바닥나서 손가락 하나 까닥 못할 지경인데."

조급한 알과 달리 태인은 뭐가 그리 여유로운지 담담히 알을 책망했다.

"약한 적이 엄청난 수로 몰려나올 때도 대비했어야지."

"놀진 않았지만 이런 상황에 처할 줄은 몰랐다고. 무슨 초속성 과외 공부 한 것도 아닌데 그 시간 안에 얼마나 새로 배우길 바란 거야!"

나름대로 열심히 했는데 놀았냐는 식으로 태인이 말하자 알은 억울했다. 그래서 큰소리치며 반론을 펴려고 했다. 하지만 시체들이 막에 와 부딪치기 시작하자 그게 문제가 아님을 깨달았다.

"잠깐. 설마 그러면 지금 태인도 이 상황에 대한 타개책이 없는 거야? 큰소리 탕탕 치며 상대를 도발해 놓고 아무 뒷수가 없는 거야?"

알의 얼굴에 오만가지 상념이 교차했다. 설마 여기서 시체더미에 깔려 압사할 줄이야. 차라리 미하일의 불꽃검에 화장당하는 편이 나을 거라는 생각이 알의 머리를 스쳐 지나갔다. 다행히 태인은 알을 버리지 않았다.

"한 번 네 실력이 어느 정도인지 보려고 한 것뿐이야. 그럼 이번엔 넌 저것들이 접근 못하게 수비나 해. 공격은 내가 다 할 테니까."

태인은 당당하게 말하며 품에서 부적을 한 다발 꺼내 들었다. 알은 저 많은 좀비를 대체 태인이 뭘로 쓸어버리려는 걸까 잠깐 궁금해했다.

'화조비천상? 그걸로 일일이 때려잡다가는 태인이 그전에 지쳐 죽을 거고, 광연소마탄? 그건 좀 낫지만 그래도 저 많은 수를 어쩌기는 좀 아닌 거 같은데.'

몰려오는 시체들은 그대로 막에 와 계속 부딪쳤다. 한 마리 한 마리는 막에 부딪쳐 그대로 타서 없어졌지만 한 마리가 타는 사이 두 마리가 덤벼들고, 두 마리가 타는 사이 네 마리가 덤벼들었다. 부동금강인은 꼿꼿이 버티고 있었지만 언제까지 버틸지 알은 걱정되어 새로운 방어 주문을 준비했다.

그사이 태인의 손에서 부적이 연이어 떠나가며 허공으로 치솟았다. 일곱 개의 부적이 차례대로 빛으로 변해 흩어지며 그 자리에 영기가 뭉치기 시작했다. 영기는 점차 한 마리 동물의 모습을 취해갔다. 커다란 몸통에 기다란 꼬리, 강해 보이는 다리와 매서운 눈빛이 나타났다. 때를 맞춰 태인의 입에서도 한마디가 흘러나왔다.

"풍호출원림(風虎出原林)."

새하얀 호랑이의 모습이 마침내 태인의 위에 완성되었다. 하지만 그건 보통 호랑이가 아니었다. 돌연변이로 태어나 색깔만이 하얀 호랑이와는 비교도 할 수 없게 커다란 덩치에다가 온몸에 감도는 신령스러운 기운은 그것의 모습이 호랑이와 닮았다 해도 호랑이라 부르기 주저하게 만들었다. 그리고 그 백호가 포효하자 사방이 울리며 바람이 일어났다.

고오오오.

살을 에는 삭풍이 둘을 중심으로 몰아치기 시작했다. 하지만 그건 단순한 삭풍이 아니었다. 비유적인 의미에서 살을 에는 게 아니라 정말로 바람에 휩쓸린 시체들이 토막나 잘려 나갔던 것이다.

콰앙!

처음에 주위에만 몰아치는 것 같던 바람이 일순간 폭발적으로 강해지며 거대한 폭풍이 되어 주위를 휩쓸었다. 강력한 기운을 머금은 폭풍은 걸리적거리는 시체들을 모조리 토막 내었다. 온 도시가 때 아니게

들이닥친 폭풍에 휘말렸다. 그 폭풍 위로 무수한 시체들이 빨려 들어가고 조각조각났다. 처음에는 팔다리 같은 큰 부위로 잘렸지만 얼마 안가 거의 다져진다고 할 수준으로 갈가리 찢어져 사라졌다. 백호의 발톱이 된 바람이 한 구의 시체도 남겨놓지 않고 도시를 깨끗이 정화했다.

알은 입을 쩍 벌리며 그 광경을 살펴보았다. 몇 천을 넘어가던 그 많은 시체들이 말 그대로 추풍낙엽이 되어 사라지고 있었다. 알은 그 바람이 단지 좀 세게 부는 바람만이 아니라는 걸 바로 알 수 있었다.

'우와아. 저거 그러니까 무사들이 검기로 물건을 베듯 주력을 이용해 만들어낸 바람이 그대로 시체를 베어버리는 거 맞지? 하지만 이렇게 많은 시체를 일거에 쓸어내다니 어느 정도인 걸까?'

알의 존경 어린 시선을 느낀 태인이 부드럽게 미소 지었다. 적이 단순한 악당이라면 호기롭게 웃어도 보련만 상대의 사정을, 아니, 그럴 수는 없었다.

"모르시겠습니까, 당신의 백성들은 여기에 머물러 옛 원한을 되씹으며 계속 고통받기보다 새로이 나가고 싶어했다는 것을?"

하지만 사령왕도 예상했다는 듯 담담하게 되받았다.

"후, 웃기지 마라. 단지 네가 그 침략자들처럼 강했기에 이번에 저들을 쓰러뜨릴 수 있었을 뿐이다. 하지만 이번에는 아까와 비할 바 없이 더 강력한 원을 지닌 자들이 나타날 것이다. 그들도 네가 제압할 수 있겠는가?"

그 말과 함께 사령왕이 지팡이로 땅을 치자 거기에서 희끄무레한 안개가 솟아났다. 회색 빛과 붉은빛이 섞인 안개는 보기에도 사이한 기운을 뿜으며 도시의 바닥에 깔리며 흩어졌다. 아니, 그건 안개가 아니었다.

'망령들이구나! 일종의 레이스나 그런 거 같은데. 그것들보다도 한

단계 위야. 이렇게 안개로 착각할 정도로 몰려나올 정도면 대체 어느 정도 숫자인 거지?'

좀비만큼 많은 숫자는 아니었지만 훨씬 강한 힘을 가진 망령들이었기에 알은 다시 긴장했다. 한 마리 한 마리야 알도 우습게 잡아줄 녀석들이었지만, 그게 몇 백 마리가 되면 얘기가 좀 틀렸다. 아니, 몇 백이 더 되는지 아직도 계속 땅에서 솟아나오고 있었다.

"오백 마리도 넘겠다!"

"정확히 오백십일곱이다, 소년이여. 마지막까지 도성에서 저항하던 용사들이지. 저들의 원한을 그대들이 맞설 수 있겠나?"

놀라는 알의 모습이 마음에 들었는지 사령왕이 친절하게 정확한 숫자를 밝혔다. 하지만 태인은 여전히 여유로운 모습이었다. 그 모습에 알도 약간은 여유를 찾았다.

'태인한테 뭔가 또 방법이 있는 건가?'

그리고 알의 기대를 저버리지 않고 태인의 손에서 부적이 떠나가며 새로운 형상을 만들었다. 검은 거북과 뱀이 하나처럼 얽혀 있는 그것은 역시 지상에 실존하는 그 무엇과 직접적으로 일치시키기는 힘들어 보였다. 보고 있는 것만으로도 온몸이 서늘해지는 착각이 들 만큼 냉기를 뿜어내는 그 존재는 신화 속의 영수 그대로였다. 그리고 태인이 그 정체를 밝히는 주문을 외쳤다.

"빙무임태허(氷武臨太虛)!"

태인을 향해 몰려들던 안개 같은 망령들의 움직임이 멈췄다. 신수의 몸을 휘감은 뱀의 입에서 나온 냉기가 정적의 공간을 만들어내었다. 지독한 한빙지기는 그것이 닿은 망령들의 움직임을 그대로 멈추어 버려 마치 정지된 사진을 보는 것 같은 착각까지 불러일으켰다. 그 냉기의 공간이 그대로 퍼져 나가며 지옥의 망령들을 전부 집어삼키자 이번에는 거북의 머리가 입을 열었다. 푸르스름한 냉기가 다시 한 번 일대를 휩쓸고, 한순간 얼음덩어리들이 갈라지더니 바스러져 사라졌다. 몇 백이 넘던 망령들이 한 번에 사라지자 사령왕도 더 이상 여유롭지 못했다.

그가 건재한 이 사령들의 왕국은 다시 재생되도록 되어 있었다. 그래서 시체와 망령들을 잃더라도 저 둘을 잡을 수만 있으면 상관없었다. 하지만 그의 계획대로라면 이 압도적인 수를 상대한다고 끝없이 주술과 마법을 퍼부은 끝에 둘이 탈진하고 쓰러져 자신에게 마무리당해 새로운 사령으로 거듭나야 했다. 하지만 이렇게 일격에 다 쓸려 나가다니 이건 예상과 너무나 어긋났다. 거기다가 이토록 강한 주문을 연이어 쓰고도 상대는 아직 지친 기색이 없었다.

"이제는 떠나갈 결심이 서셨습니까?"

여전히 호기롭게 서 있는 태인을 보고 사령왕은 침음성을 흘렸다. 그의 내심을 반영하듯 검은 기류가 흔들렸다.

"닥쳐라. 아직 끝나지 않았다. 나와라, 죽음의 기사단이여. 저 오만한 자들에게 기나긴 세월을 닦아온 우리의 분노를 보여라."

그는 결국 아껴두고, 아껴두었던 그의 마지막 카드를 꺼냈다. 웬만하면 안 쓰려고 한 것이지만 저런 자를 상대로 쓰지 않는다면 영원히 써보지 못할 가능성이 컸다.

"데스 나이트 열둘인가? 뭐, 세리우스 하나보다는 상대하기 편하겠지만, 보통의 인간이 어느 정도 한이 맺혔으면 저렇게 되는 걸까. 안됐다. 저건 힘은 손에 넣을지 몰라도 영혼을 완전히 지옥에 저당잡히는 교환인데."

이미 두 번이나 태인이 난적들을 쓸어낸 걸 본 알은 이제는 호들갑

떨지 않았다. 태인도 새로이 부적을 품에 꺼내고 왕을 바라보며 말했다.

"계속해서 힘으로 강제할 수밖에 없겠군요."

그 말과 함께 태인의 손끝에서 부적이 하늘로 솟아올랐다. 뒤이어 하늘이 어두워졌다. 원래부터 햇빛이 이상하게 약하던 곳이었지만 이제 아예 어두워져서 알은 무슨 일이 일어났나 싶어 위를 올려다보았다. 갑자기 생겨난 먹구름이 태양을 가리며 온 하늘을 뒤덮고 있었다. 그 사이로 언뜻언뜻 커다란 비늘이 달린 몸통이 보였다. 뱀이라고는 도저히 생각할 수 없었다. 바다를 닮은 푸른빛의 비늘이 보석보다 밝게 반짝이는 가운데 그 비늘을 따라 기다란 벼슬이 나 있고, 먹구름 사이에서도 작은 태양처럼 빛나는 구슬을 들고 있는 발까지 보였으니 그건 절대로 뱀이 아니었다.

"용?"

알은 혹시 하며 중얼거렸고, 그건 사실로 드러났다. 구름 사이로 두 개의 뿔이 달리고, 빛나는 눈에, 기다란 수염을 드리운 용의 머리가 나타났던 것이다.

"뇌룡유운해(雷龍遊雲海)!"

그 말과 동시에 여의주에서 빛이 번쩍이며 구름 사이로 퍼져 나갔고 그 빛은 제각기 뭉치며 구체가 되었다. 먹구름 사이로 빛의 구체 수십 개가 박혀 찬란히 빛났다. 그 빛에서 느껴지는 기운을 깨달은 사령왕이 발작하듯 외쳤다.

"모두 저놈을 공격하라!"

그렇게 외치지 않아도 죽음의 기사들은 이미 태인을 향해 달려들고 있었지만 그들이 태인에게 다가가는 순간 구체는 다시 빛줄기로 변해 지상을 내리쳤다. 사방에 지그재그로 꺾이는 빛들이 쏟아져 메웠다.

보통의 번개보다도 굵은 번개들이 연이어 죽음의 기사들을 때렸다. 멋진 광경이지만 너무나 눈부셔서 알은 눈을 감았다.

우르르 쾅쾅.

뒤이어 바로 곁에서 울려 퍼지는 거대한 천둥 소리에 알은 귀까지 막았다.

우르르 쾅. 우르르!

몇 번이고 천둥 소리가 연이어 퍼지고, 눈을 감아도 빛이 왔다 갔다 하는 게 확실히 느껴졌다. 마침내 소리가 잦아들자 알은 슬며시 눈을 떴다. 주위에는 번개가 이곳을 때렸다는 자국인 구덩이만이 사방에 파여 있을 뿐 죽음의 기사들은 어디 갔는지 하나도 보이지 않았다.

사령왕이 야수가 울부짖는 듯한 비명과 함께 자리에서 일어났다.

"네놈이 나의 수호전사들까지 모두 죽였구나!"

"죽인 것이 아닙니다. 해방시킨 것이지요."

"닥쳐라. 어떤 형태로 존재할지도 우리가 정한다. 네 멋대로 죽여놓고 그것을 해방이라고 주장하는가! 너 또한 그 침략자들과 다를 바가 하나도 없구나."

태인은 씁쓸하게 웃었다. 상대의 말이 꼭 틀렸다고 할 수는 없었다. 그가 죽음의 기사들을 죽이고 해방이라고 한다면 누군가는 알을 죽이고 성전이라 할지도 몰랐다. 그 사태를 막기 위해서 여기 와 있는 것이었지만 말이다.

"그럴지도 모르겠군요. 당신을 걱정하듯 승천하라, 원한을 풀라 말하지만 사실은 나와 알을 위해 여기 와 있는 것일 겁니다. 당신의 원한이 깊다고 해도 결국 현대인에게는 역사 속의 한 페이지도 차지하지 못하는 이야기일 뿐입니다. 갚을 대상조차 잃어버린 원한을 언제까지 붙잡을 것입니까. 그만 잠드시지요."

"크크. 그래, 강대한 자여. 네게는 그만한 힘이 있다. 그러나 내가 순순히 납득하고 사라질 거라 기대하진 마라. 내가 부리던 자들이 사라졌음은 곧 내 힘을 다른 데 쓸 수 있음을 의미한다."

사령왕은 자리에서 일어나 무언가 주문을 외우기 시작했다. 그 주문을 따라 검은 기류가 들썩이며 맴돌이쳤다. 태인은 바로 고개를 저으며 새로이 부적을 꺼냈다. 이번만큼은 알도 태인이 뭘 쓰는지 바로 알아볼 수 있었다. 찬연한 불꽃으로 된 날개를 펼치며 관을 쓴 머리를 드리우고, 공작보다도 화려한 꼬리를 드리운 새들의 왕. 주작이 날갯짓하며 허공에 그 자태를 드리웠다.

"화조비천상(火鳥飛天上)."

태인이 불러낸 주작은 그렇게 크지는 않았다. 물론 보통의 새와는 비교가 안 되게 커서 비행기를 1/4 정도로 축소시켜 놓은 정도의 크기는 되었지만 그 날개 그림자에 사방 천 리가 뒤덮인다는 말은 너무 과장이었다. 하지만 그 불새가 날아오는 것을 정면으로 바라본 사령왕의 눈에는 그 이상으로 커 보였다. 자신의 앞쪽 전부가 거대한 불새에 뒤덮여 있는 착각까지 들었다. 그는 옥쇄를 각오하며 홀을 앞으로 내밀었다. 그러자 검은 기류는 불길이 되어 타오르며 불새와 부딪쳤다.

검푸르게 빛나는 지옥의 불길이 커다란 화구가 되어 피닉스와 부딪쳤다. 같은 불꽃이라지만 전혀 정반대의 성질을 지닌 두 힘은 서로를 소멸시키며 급격하게 사라졌다. 사령왕의 온 힘이 불길에 쏟아졌다. 그에 따라 그를 감싸고 있던 검은 기류가 사라지고, 앙상한 해골이 드러났다. 서로 다른 불길이 완전히 사그라들자 사령왕은 다시 새로운 주문을 준비했다. 하지만 태인은 더 이상의 동작 없이 그런 그를 쳐다보았다. 사령왕은 한순간 의문이 들었으나 곧 그 이유를 알 수 있었다.

"끝났네. 대단해, 태인."

불새와 지옥화가 서로 소멸되는 것을 보고 알은 태인에게 진심으로 감탄했다. 사령왕은 아직 승부가 끝나지 않았다고 생각했는지 새 주문을 준비하려고 했지만 화조비천상의 성질은 이제 알도 잘 알았다.

'뭔가, 이건!'

사령왕은 갑자기 다시 느껴지는 강력한 기운에 놀라 뒷걸음쳤다. 그의 눈에 다시 나타난 거대한 불새가 보였다. 불새는 그대로 그의 몸을 덮쳤다. 성스러운 불사조의 불꽃이 원한으로 이끌어온 그의 몸을 태웠다. 그는 어떻게 이럴 수 있냐고 묻지 않았다. 대신에 불꽃 속에 사그라드는 손으로 태인을 가리키며 원한에 찬 저주를 내뱉었다.

"그래, 그때의 침략자와 같이 너 또한 강대하니 어떤 정의와 어떤 원한을 내가 말해도 결국 너의 뜻대로 될 수밖에 없겠지. 그러나 너무 기뻐하지 마라. 이대로가 좋은 거라고 말하며 현재의 행복에 네가 안주할지라도 어느 순간 그 오만에 희생당한 과거의 원한이 다시금 돌아와 피의 보수를 요구할 것이니, 그때 네가 아끼던 모든 것이 부서져도 네가 새 출발을 말하며 원한을 잊어버리라는 말을 할 수 있겠는가? 크크. 너 또한 원한에 사로잡혀 나와 같이 파멸해 가는 것을 내가 지옥에서 지켜보겠다. 크하하핫."

그렇게 말하는 사령왕의 음성은 실로 기괴하면서도 오싹했다. 손톱으로 칠판을 긁는 소리는 그에 비하면 천상의 음악이라고 할 정도였다. 온몸을 관통하고 지나가는 그 서늘한 저주에 알은 몸을 부르르 떨었다. 그러자 태인의 주위에서 나온 부드러운 기운이 알을 감쌌다. 따뜻하게 몸을 간지럽히는 힘에 알은 다소 기운을 찾아 태인을 보며 말했다.

"우리 잘한 거 맞지?"

"후. 그래, 뭐가 옳다고 100% 말할 수 있는 건 없겠지만, 현실적으로 이게 최선일 거야."

태인의 말에 알은 고개를 끄덕였다. 그래, 이게 최선이었다. 옛 원한을 따져 봐야 이제 기억하는 자들도 없었다. 그냥 잊어버리고 새로운 행복을 찾는 게 서로에게 좋은 일이었다. 그래서 자신도 여기 이렇게 와 있는 것이니까. 더 이상 어떻게 할 수 있는 것도 없고, 다시 그 상황으로 돌아간다 해도 다르게 할 수 있는 것이 없으니까. 알은 그 부분은 고민하지 않고 잊기로 했다. 그건 어렵지 않았다. 잊어버리는 것은 그의 장기 중의 장기였으니 말이다. 그러고 나자 다른 게 걱정되어 알은 물었다.

"그런데 사령왕의 저주 괜찮을까?"

태인은 빙그레 미소 지으며 알의 머리를 쓰다듬었다.

"너무 걱정하지 마. 저 정도 힘을 지닌 자의 저주가 아무 힘도 없다면 거짓말이겠지만, 그걸 받은 나도 무력하지 않으니까. 무엇보다 지금의 현재를 지키기 위해 이 밀림도 마다하지 않고 온 거니까."

그랬다, 사령왕이 어떻게 저주를 하든 태인은 순순히 따를 생각이 없었다. 바로 그 저주대로 되지 않기 위해, 알과 자신이 평화롭게 살수 있는 나날을 만들기 위해 여기에 싸우러 온 것이었으니까. 지금 현재에 존재하여 자신의 옆에서 까불거리는 뱀파이어를 지키기 위해서라면, 이미 과거가 된 망령의 저주 따위는 몇 번이고 받아낼 자신이 있었다. 그 과거에 약간의 미안함이 든다 해도 태인에게도 현재가, 그 현재에 함께하고 있는 존재들이 중요했다.

"네 가지 중 하나를 해치웠으니 이제 세 개 남았어. 걱정 말고 가자."

"웅. 그런데 태인 많이 강해졌다? 결코 상대가 약했던 것은 아닌 것 같은데."

알이 감탄하며 쳐다보자 태인은 가볍게 어깨를 으쓱했다. 방금 씁쓸해한 주제에 속물스러운 생각이기는 했지만, 바티칸에서 고르고 골라 던져 준 어려운 상대를 가볍게 꺾고 나서 알이 저렇게 칭찬해 오자 약간 우쭐한 기분도 들었다.

"뭘 이 정도 가지고 새삼스럽게."

거기까지만 했으면 좋으련만 알은 기어코 뒷말을 하고야 말았다.

"하지만 저번에도, 저저번에도 세리우스랑 붙어서 두 번 다 완전히 깨졌잖아. 이번에도 그렇게 될까 봐 걱정했는데 이번에는 이겨서 다행이야."

콩.

안 해도 좋을 말을 한 대가로 알은 결국 머리를 한 대 맞아야 했다.

"임마, 그건 상대가 나빴던 거고. 아무리 Rank라는 게 절대적 기준이 아니라 해도 S를 가위바위보로 딴 줄 아냐. 자율 선사님께 사문의 비기를 건네받고 난 후로 웬만한 요마들은 내 상대가 아니었다고. 그 뒤로도 다시 한 차례 깨달음이 있었는데 네 눈에는 내가 실력도 없이 큰소리치는 걸로 보이냐."

"쳇쳇. 세리우스한테는 그냥 당해놓고 괜히 만만한 나만 때려. 내가 틀린 말 했나 뭐."

알은 입술을 삐죽이 내밀며 불만을 표했지만, 속으로는 태인을 다시 보고 있었다. 확실히 세리우스란 상대가 워낙 안 좋았을 뿐, 태인이 약한 것은 절대 아닌 듯했다.

'근데 대체 그런 세리우스가 어째서 그때 나의 그 주문에 당한 거야? 힘의 차이라는 게 그쯤 되면 상극이니, 천적이니 하는 게 성립할 차이가 아니잖아. 우웅. 도저히 모르겠네.'

반항하는 알을 태인은 더 혼내지 않고 발걸음을 뗐다. 그동안 계속 괴로운 일만 있었는데, 어쨌든 깔끔하게 한 건 해결하고 나니 기분이 한결 나아졌다. 원한령들에게 일일이 신경 써서야 애초에 퇴마사란 못해먹는 직업이었다.

"안 올 거냐? 헬기 불러났으니 가야지!"

앞장 서서 위로 떠오르던 태인이 아래를 내려다보며 외치자 알은 세리우스에 대한 생각을 접고 다급히 뒤쫓았다. 안 그래도 태인이 두 걸음 걸으면 네댓 번은 날개를 움직여야 되는 알이었다. 파닥거리며 자신을 쫓아오는 알을 보고 태인은 만족했다. A가 아까의 질문을 또 던져 온다 해도 조금도 바뀌지 않은 대답을 해줄 수 있었다. 매일이 오늘 같을 수 있다면 산다는 것도 괜찮은 일이었다. 거기까지 생각한 태인은 순간 자신이 예전과 얼마나 다른 생각을 했는지 깨닫고 그냥 웃어버렸다.

'핫하. 이거야 먹을 가까이 하면 닮는다더니, 알한테 옮았나. 좌천에 반쯤 유배당해 궂은 일 도맡아하는 처지가 즐겁다니. 뭐, 하긴 만만한 뱀파이어 하나 옆에 있으면 거기가 바로.'

"천국일지도 모르지."

알은 태인이 또 뜬금없는 소리를 하자, 멀쩡한 척하지만 사실은 연이어 사신을 불러낸 게 무리가 되었던 게 아닐까 잠시 고민했다. 그 무리의 결과로 저렇게 헛소리를 하는 게 아닌가 걱정되었지만, 정말로 입밖에 그 걱정을 내었다가는 억울하게 또 맞기만 할 것 같아서 그냥 조용히 뒤를 쫓았다.

추기경은 이맛살을 찌푸리며 올라온 보고서를 읽었다. 중간 과정이 제법 자세하게 적혀 있었지만 내용은 한마디로 요약하면 간단했다.

강태인이 Rank 5가 그냥 딴 것이 아님을 유감없이 입증하며 어렵잖게 상대를 격파했음. 그에 따라 뱀파이어 알렉시안은 거의 활약없이 옆에서 지켜보기만 했음.

"허어, 내가 이자의 힘을 너무 과소평가한 것인가, 아니면 사령왕의 힘을 너무 과대평가한 것인가. 어차피 처음은 시험타였다고 하나 이렇게 간단히 해결될 줄이야. 이래서야 새삼 나이트 오브 뱀파이어의 힘이 어느 정도였다는 것을 확인한 걸 제외하면 얻은 게 없지 않나."

추기경은 고개를 저으며 자리에서 일어났다.

"그래, 그것도 소득이군. '나이트' 만 해도 그 정도였으니 '비숍' 과 '퀸' 까지 깨어난다면 그 피해가 상상을 초월할 것이라는 건 확신할 수 있으니. 소소한 걸 따질 때가 아니야. 주께서 예언을 내리심은 그것을 막으라는 뜻일 터, 이번에야말로 고심을 기울여 골라야겠군. 어느 정도라야 그 뱀파이어의 진면목을 드러나게 할 수 있을 것인가."

추기경은 자리에서 일어나 벽을 쳐다보았다. 벽에는 넓게 펼쳐진 세계 지도가 나타나 있었고, 그 지도의 곳곳에는 작은 기호들이 표시되어 있었다. 그중 한곳에 다른 기호와는 달리 확연하게 크게 쓰여진 기호가 있었다.

"그래, 저 정도라면 실망시키지 않겠지."

● Chapter 24
흑룡의 무게

Chapter 24

흑룡의 무게

알의 우려와는 달리 호텔에 돌아와서도 태인은 멀쩡했다. 두 번째 무상반야광을 썼을 때 앓아눕지는 않아도 역시 한동안 무력한 기간이 있었다는 걸 기억하는 알은 태인의 눈치를 슬며시 살폈지만 쌩쌩해 보였다.

'헤에. 사신을 차례대로 다 불러낸 게 큰 무리는 아닌가 봐.'

"좀 쉬어라. 아무리 바티칸이라도 설마 임무 완료라는 보고가 떨어지기 무섭게 새 임무를 내리지는 않을 테니까. 난 좀 잘 테니 너도 알아서 해."

"응."

그래도 아예 안 피곤한 건 아닌가 보네라고 생각하며 알은 고개를 끄덕였다. 태인은 침대에 드러누워 곧 잠에 빠졌고, 알은 심심해서 뒹굴거렸다. 그나마 뉴욕에서는 최소한 말이라도 통했지만 브라질에서 영어 통하기는 상당히 어려울 것을 알도 알았기에 밖에 나갈 엄두가 나지 않았다. 거기다가 브라질의 호텔은 알의 예상과 다르게 깔끔하고 깨끗했다. 무덥지도 않고, 텁텁하지도 않아서 후진국이니까 엉망이 아닐까라고 걱정했던 알로서는 무척 다행이었다. 하지만 호텔 밖만 나가면 상쾌 유쾌하다고는 하기 힘든 공기여서 알은 그냥 방에서 뒹굴거리기로 했다.

"우웅. 뭐 하지. 나도 낮잠이나 잘까? 아니면 마법이나 좀 연습해 둘까? 태인은 보니까 생각보다 다양하게 익혔던데. 하지만 마법책도 안 가져왔고, 어차피 내가 여러 가지 익혀봐야 태인이 하는 거에 비하면 별 효율도 없을 것 같고."

정말로 노력하고자 했다면 어찌 그게 무위로 돌아갔겠냐마는, 알은 게으름을 피울 핑계부터 찾았다. 부지런히 마법 익혀 일세를 풍미하세는 그의 원대한 인생 설계에서 전혀 도움이 안 되었다. 무릇 현대인이라면 강대한 마력으로 세계에 그 영명을 떨치겠다처럼 쪼잔한 꿈이나 꾸느니, 어떻게 하면 목 좋은 곳에 작은 상가라도 하나 마련할까 같은 원대하고도 거창한 이상을 품는 편이 낫다는 게 알의 지론이었다.

"하아. 그냥 세상이 날 좀 놔두면 좋겠다. 예전에 편의점에서 밤샘 아르바이트하고, 한 푼 두 푼 모아서는 공사장 지하 같은 데서 숨어서 잘 때가 편했는데. 지금은 아무리 호텔에서 자고 넓은 집에서 자도 툭 하면 목숨의 위협이니."

알은 한숨을 푸욱 내쉬었다. 오두막집에 콩나물국, 아니, 지하실 나무관에 방금 뽑은 피 약간, 그 정도에 만족하면서 보다 나은 내일을 꿈꾸는 그때가 돌이켜 보면 참 행복한 시기였다. 몸을 빙글 돌려서 엎드린 알은 두 팔을 아래에 받쳐서 고개만 들어 올렸다.

"지금이 그때보다 좋아진 거라고는."

알의 눈에 쓰러져 자고 있는 태인이 들어왔다.

"하나는 있구나."

두 팔을 풀고 알은 바닥에 철푸덕 엎드렸다. 그는 더 이상 불평을 안 하기로 했다. 그 하나로 충분했다. 일이 다 끝났을 때 다시 돌아갈 수 있는 집이 있다는 것은 좋은 것이었다.

'그래, 그냥 지금 이대로만 있을 수 있다면 그걸로 충분해. 근데 뭐 하고 놀지?'

편하게 생각하고 있던 알의 귓가로 태인의 목소리가 들려왔다.

"흑룡? 제길. 바티칸 이 자식들 누구 죽이려고 작정했나?"

'우웅? 태인 화났나?'

알은 약간 멍한 정신 상태에서 그냥 자는 척하기로 했다. 왠지 지금 일어나서는 안 될 듯했다. 그가 아직 자고 있는 줄 알았는지 태인은 계속 흥분한 채 말했다.

"일을 처리했다는 보고가 떨어지자마자 하루 만에 다시 임무를 내려보내는 거야 그렇다 치고, 아무리 속죄의 의미가 있다고는 해도 몇 백 년째 활동 중인 흑룡을 단신으로 잡으라니 너무 심하잖아, 이거."

태인은 팩스 종이를 잡고 있는 손에 힘을 주었다. 콰직 하며 종이가 구겨졌다.

"이런 식이면 세 번째, 네 번째는 진짜 목숨을 걸어야겠군. 아니, 이미 이번부터 목숨을 걸어야겠지."

가볍게 한숨을 내쉬고 태인은 자세를 바로 잡았다. 흥분한다고 안 할 수 있는 일도 아니었다. 이미 결심할 그때 이런 고난을 각오했었다.

비록 예상보다 조금 더한 고난이라고 해서 흔들릴 만큼 얕은 결심은 아니었다.

'그래, 어차피 몇 번도 더 죽으려면 죽었던 목숨이지. 지켜야 할 것 조차 버리고 살아남아서야 죽은 것보다 뭐가 낫겠어.'

"걱정 마라, 알. 최악의 경우 내 목숨을 거는 한이 있어도 너를 위한 뒷마무리는 짓고 죽을 테니까."

다시 각오를 세운 태인의 눈에 자신감이 돌아왔다. 하지만 그 눈빛은 잠들어 있는 알을 보고 곧 연민으로 바뀌었다.

'너라도 떼어놓고 갈 수 있으면 좋겠는데, 이번 일 자체가 너를 빼놓고는 성립을 안 하니. 조금만 더 고생해라.'

마지막으로 알을 깨우기 앞서 태인은 거울을 한 번 쳐다보았다. 이제부터 알이 안심하고 뒤따라오게 하려면 자기 자신부터가 믿음직한 모습을 보여줘야 했다. 침대도 아닌 바닥에 엎드려 퍼질러 자고 있는 알을 태인은 발로 툭 쳤다.

"그만 일어나라. 언제까지 잘 거냐, 이 잠꾸러기 녀석아?"

"으응?"

알은 마악 깬 척하면서 자리에서 일어났다. 그런 알에게 태인이 짧게 말했다.

"짐 꾸려라. 다음 장소로 이동이다."

"집에 돌아가는 거야?"

알은 기대에 부푸는 척하면서 물었다. 아니라는 걸 알고 있었지만 태인을 실망시키기는 싫었다.

"아니, 중국 간다. 바티칸의 일 처리 속도가 요즘 들어 엄청 빨라졌더군. 일반 관료 조직이 가히 모범으로 삼아 본받아야 할 정도야."

실망하는 알을 보며 태인은 쓴웃음을 지었다. 자기도 모르게 비꼬는 말이 나오는 게 순순히 받아들이려고 하면서도 바티칸에 대한 반항심이 생겨나기는 난 모양이었다.

'치졸하군. 알에게 그 말을 해서 뭐 하겠다고. 당장 알이 날뛰는 걸 막아야 할 입장이면서.'

"이번에 또 중국이야? 진짜 너무한다. 좀 쉽게 해주지. 이번에는 뭘 잡으라는데?"

"흑룡."

태인은 짧게 한 단어로 대답했다. 알이 이 말에 어느 정도 난리를 칠지 짐작을 하는 만큼, 그 자신은 별거 아니라는 식으로 말할 수밖에 없었다. 최악의 경우가 닥치더라도 최소한 그전에라도 덜 불안하게 해주는 게 최선의 배려였다. 그리고 알은 그의 예상에 충실하게 반응했다.

"흐…… 흑룡? 용? 어떤 용?"

자세히 설명해 줄수록 알의 경악이 더 커질 거라는 것을 알았지만 우격다짐으로 밀어붙일 수도 없는 일이라, 태인은 자세히 말했다. 평이한 어조로 들리도록 주의하면서 말이다.

"흑룡. 중국에서 현재 알려진 바로만 5백 년째 활동 중인 존재이니, 상당히 난감한 상대이지. 겁없는 자들이 덤빈다 싶으면 죽여 버리고, 너무 많은 자들이 몰려왔다 싶으면 숨어버린 후 나중에 다시 나타나서 자신을 건드린 데 대해 보복을 하니 현재에 이르러서는 거의 포기하고 내버려 두고 있는 상대인데, 우리가 잡아야 할 대상이 되어버렸다."

'흑룡'이라고 말할 때만 해도 다른 흑룡이 아닌가 했던 알의 눈동자가 동전 두 배만하게 커졌다. 알은 진심으로 정말로 대단한 걸 골라주는 그 추기경 할아버지의 얼굴이 다시 보고 싶어졌다.

"그러니 마음의 준비를 해라. 이번보다는 어려운 싸움이 될 거야. 제자리에 박혀서 이만 가는 원한령과는 차원이 다른 존재니까."

말로는 어렵다고 하지만 안색이나 어조는 조금도 겁먹은 기색이 아닌 태인을 보고 알은 두 팔을 마구 휘저었다.

"태인, 흑룡이야. 이무기가 아니라 용이라고. 설마 전에 용의 힘을 빌린 주술을 썼다고 해서 스스로가 용보다 강하다고 착각하는 건 아니지? 웅?"

"글쎄, 고전적인 말이지만 길고 짧은 건 대봐야 안다고 하지 않나?"

'거짓말쟁이! 방금 전에 스스로도 무지 걱정했으면서 아닌 척하다니.'

목구멍까지 그 말이 치솟았지만 알은 끝내 입 밖으로 꺼내지 못했다. 그래도 순순히 납득할 수 없어서 알은 두 팔을 마구 휘저으며 외쳤다.

"태이인, 당장 거절해! 이번 일은 말도 안 돼. 이건 완전 죽으라는 소리랑 똑같잖아. 어떻게 이런 걸 시킬 수 있는 거지? 정말로 용을 잡을 생각이면 그때 세리우스만큼은 몰려가야 하는 거 아냐?"

"어차피 중국에 가서 만나봐야 하는 사람들도 있고, 차라리 잘된 거야. 그러니 너무 호들갑 떨지 마라. 그리고 흑룡이 꼭 세리우스보다 강할 거라고 생각하냐? 아니, 나보다도 반드시 강할 거라고 생각하냐?"

"그건……."

'태인 스스로도 약하다고 생각하면서.'

알은 고개를 숙였다. 태인에게 더 이상 물어볼 수 없었다. 더 이상 말해 봐야 태인을 괴롭히기만 할 거라는 것을 알은 본능적으로 느꼈다. 그래서 한참이나 머뭇거리다가 다시 고개를 든 알은 다르게 물었다.

"자신있는 거야?"

"나도 아직 앞날이 창창하니, 이런 데서 순직할 생각은 없어. 그럼 마음의 준비가 되었냐?"

그를 보고 안심하는 알을 위해 태인은 당당하게 말했다. 정작 그 자신은 속으로 엄청나게 골치가 아팠지만 말이다. 알의 호들갑은 틀린 게 아니었다. 강약을 떠나서 특정 방향으로 행동하도록 제약되어 있는 원한령과 달리, 상대는 자유자재로 돌아다니며 진퇴를 가늠할 줄 아는 신수였다. 몇 백 년도 넘게 그 넓은 중국에서 버티고 있는 자의 능력이 범상할 리 없었다.

'내가 더 강하다고, 아니, 최소한 100% 승리를 장담할 수 없다고 판단되면 아예 숨어버리겠지. 그러면 말 그대로 평생 추적만 하다가 볼 일 다 볼 텐데. 제길. 내가 약하다고 생각하기를 원해야 하나? 하지만 그게 오판이 아니라 진짜라면 내가 죽는다는 소리인데.'

태인은 속으로 쓴웃음을 지었다. 물론 그쪽이 그렇게 판단했다고 순순히 죽어줄 생각은 없었다. 적어도 흑룡이 알지 못할 한 가지 비장의 카드는 그에게도 있었다. 스스로가 비장의 카드라고 결코 생각하지 못하고 있는 알이었다.

'알을 자꾸 각성시켜서 좋을 게 하나도 없건만, 알에 대해 가장 우려하는 바티칸이 알의 각성 위험을 높이는 행위를 하다니 참 역설이로군. 뭐, 중국 자체는 그때 약속한 대로 소림사를 방문하기 위해서라도 가봐야 하니까. 힘내도록 해야겠지. 이제 겨우 두 번째인데, 벌써 이래서야 안 되지.'

고개를 끄덕이는 알의 어깨를 태인은 가볍게 툭 치고 돌아섰다. 이제부터가 시작이었다.

'그래, 괜찮아. 아무리 힘들어도. 목적지를 모르면 길이 다 뚫려 있어도 갈 수 없지만, 목적지만 알면 길을 만들어서라도 나아갈 수 있으니. 적어도 내게는 이제 이루고 싶은 것이 생겼으니 말이야.'

　또다시 비행기에 탄 알은 이번에는 제법 얌전했다. 태인은 그런 알을 보고 속으로 한숨을 삼켰다.

　'실컷 잤으니 피곤해서 그런 건 아닐 테고. 하긴 아무리 그래도 이번 일이 어떻게 돌아가는지 전혀 못 느낄 수는 없겠지. 어쩔 수 없나.'

　태인은 의자를 뒤로 약간 젖히고 몸을 눕혔다. 지금 와서 알에게 이런 말 저런 말 꾸며 해봐야 더 이상 먹힐 단계는 아니었다. 차라리 중국에서 어떤 식으로 이번 사건을 해결할지에 대해서 고민하는 게 나았다. 그 편이 알의 웃음을 다시 찾아주는 빠른 길이었다.

　알은 멍한 눈길로 창밖에 시선을 던졌다. 비행기 밑으로 구름이 흘러가고, 다시 구름 밑에 푸른 바다가 보였다. 시리도록 맑고, 고운 풍경이었지만 그의 풍경은 아니었다.

　'태인은 목숨을 걸었구나. 나 때문이겠지? 추기경이 정말로 노리는 건 태인의 목숨이 아니라 내 목숨일 텐데.'

　바다의 색깔은 갈 때나 올 때나 별 차이 없었다. 하지만 갈 때는 그냥 푸르게만 보였던 바다가 지금은 슬퍼 보였다. 바다를 자꾸 보고 있으니까 그 속으로 빠져들 것 같아서 알은 구름으로 눈을 돌렸다. 새하얀 구름이 유유히 흘렀다. 한 점의 어둠도 섞이지 않은 그 순수한 백색에 알은 위축되었다.

　그 구름 사이에 약간 짙은 먹구름 한 토막이 알의 눈에 띄었다. 본격적으로 비 오는 날의 먹구름만큼 짙지는 않았지만, 주위의 흰구름보다는 조금 더 짙었다.

'난 저 구름 같은 걸까? 저 구름만 없어지면 완벽하게 맑은 하늘이 될 텐데. 추기경도 나만 없애면 온전한 인간의 세상이 될 텐데 하는 걸까.'

알은 자신이 사라진 다음을 생각해 보았다. 태인은 아마 꽤나 슬퍼해 주겠지만, 다른 좋은 사람들이 옆에 많으니까 털고 일어날 수 있을 것이었다.

'아마도 혜련 마녀랑 결혼해서 잘살겠지? 태인은 현실 감각이 약간 떨어지지만 혜련 마녀라면 충분히 그걸 보조할 거야. 추기경 할아버지와 미하일 신부도 자신들의 바람이 이루어졌으니 만족하고 태인을 그만 괴롭히지 않을까.'

결국 모든 문제의 근원은 알 자신이었다.

'나 때문에 태인이 생명의 위험에 빠지는 건 싫은데. 내가 없어져야만 하나? 중국 땅에서 슬그머니 어딘가로 사라지면 태인이 흑룡과 싸우지 않아도 될까?'

알은 고개를 저었다. 그런 식으로 어둠 속으로 사라지면 더 큰 문제가 벌어질지 몰랐다. 지금도 뱀파이어인 자신에게 너무나 많은 자유가 허용되어 있다고 난리인데, 그렇게 사라지면 태인이 어떤 처벌을 더 받게 될지 몰랐다.

'사라진다면 누구도 다른 말이 나오지 않게, 충분히 많은 자가 보는 앞에서 확실하게 죽어야 하겠지? 그래서 태인이 나를 빼돌렸다든지 하는 말이 나오지 못하도록 해야겠지?'

그냥 피해망상이 지나친 거라고 하고 싶지만, 자신의 생각이 틀리지 않다는 걸 느꼈기에 알은 슬펐다.

'그냥 나도 조금만 행복하게 살면 안 되는 걸까. 정말로 난 바랄 수 없는 걸 바랐던 걸까. 지금도 바라서는 안 되는 걸 바라서 태인까지 위기로 몰아넣고 있는 걸까?'

알의 눈빛이 점점 더 흐릿해졌다. 물을 투과한 빛이 산란되어 흩어졌기 때문만은 아니었다. 의식 또한 깊은 곳으로 침잠해 들어가고 있었다. 그리고 그 깊디깊은 곳에서 알은 자신과 마주쳤다.

'이제야 진실에 마주할 용기가 생겼나?'

'뭐가 진실인지 아직 모르잖아.'

'모르는 건가? 모르고 싶은 건가?'

'난…….'

편하게 몸을 눕히고 중국에 도착한 이후를 생각해 보던 태인은 갑자기 드는 한기에 몸이 오싹해졌다. 극한의 빙정으로 된 세리우스의 검이 그의 몸을 통과할 때보다 더한 한기였다. 마치 영혼 자체가 얼음칼에 찔린 느낌이었다. 그 느낌에 태인은 본능적으로 정해진 '이름'을 불렀다.

"알?"

"으응?"

알이 눈을 깜박이며 태인에게 대답하자 한기는 빠르게 걷히기 시작했다. 그래도 여전히 서늘한 느낌이 남아 있어서 태인은 알의 기운을 확인했다. 그러나 그때 자신의 피를 먹였을 때처럼 변하거나 한 것은 없었다.

'생각하다가 깜박 잠들었나? 비행기 에어컨도 제법 강하니.'

어느덧 그 순간의 서늘함이 많이 회박해져서 태인은 이제 에어컨이 켜진 비행기 안에서 잠드는 바람에 느낀 한기 정도로 치부해 버렸다.

그런 태인에게 알이 갑자기 알 수 없는 질문을 던져 왔다.

"나 있어도 돼?"

태인은 무의식 깊은 곳에서 그 질문의 진정한 의미를 본능적으로 느꼈다. 하지만 그랬기에 그는 그 질문을 가볍게 일축해 버렸다.

"뭔 소리 하냐? 도착하면 내려야지. 이 안에서 살려고?"

"아, 그렇구나."

알은 태인의 말에 고개를 끄덕였다. 생각해 보니 바보 같은 질문이었다. 상대에게서 어떤 답이 나올지 잘 알면서 묻는 건 쓸데없는 장난이었다.

'정말로 문제가 생긴다면 그때는 나도 각오해야겠구나. 고마워, 태인.'

알은 이제 다시 밝게 웃었다. 더 이상은 마음의 짐 때문에 끙끙댈 필요 없었다. 각오가 섰다면 남은 것은 그전까지 즐기는 것뿐이었다.

'그리고 다 잘될지도 모르잖아. 태인도 확실히 강하긴 강하니까 말이야.'

"냐앙. 중국 사람들은 무슨 맛일까? 한 번도 못 먹어봤는데."

시답잖은 고민을 하는 알을 보고 태인은 피식 웃었다. 어쨌거나 원기를 차린 듯하니 다행이었다.

'흑룡의 피도 볼 수 있기를 바라야겠지.'

길다면 긴 시간 끝에 비행기는 중국 땅에 내렸고, 알은 두 손을 잔뜩 치켜들고 만세를 불렀다. 하지만 중국 땅에 내린 태인이 다음 목적지를 어디로 잡았는지 알았다면 알은 절대로 만세를 부르지 않았을 것이다.

정확히 42시간 뒤 알은 태인의 뒤에 숨어 속으로만 한숨을 내쉬면서 서 있었다. 둘의 앞에는 머리에 선명하게 계인을 박아놓은 승려가 반 장을 취하며 인사를 하고 있었다.

"어서 오시지요."

"처음 뵙겠습니다. 강태인이라고 합니다."

"안녕하세요. 알이라고 합니다."

알의 목소리는 자기도 모르게 떨리고 있었다. 그도 그럴 것이 들어 오는 문에 있었던 '소림사'라는 석 자는 알의 입장에서는 '사형장' 내 지는 '교도소' 같은 것보다 훨씬 무시무시한 글자였다. 하지만 알은 이번에는 태인에게 원망의 눈길을 던지지 못했다.

'하아. 다 필요해서 온 거겠지. 그럴 거야. 그렇지만 도망가고 싶어! 여기는 무서운 사람들이 너무 많아!'

예전에도 한 번 절에 가서 묵은 적이 있었지만, 그래도 거기는 규모 가 인간적이었다.

'여기는 대체 뭐 하는 인간들이 하나같이 만만찮은 힘을 지닌 채 이 렇게 잔뜩 몰려서 사는지. 하아, 무협지에서 보니까 심심하면 망하고, 깨지고, 단체로 죽고, 일괄적으로 사로잡히고 하는 건 순 뻥이라니까.'

알은 한숨을 포옥 내쉬었다. 물론 여기의 승려들이 하나같이 만만치 않다고 해서 하나하나가 태인만큼 강하다는 건 아니었다. 아니, 더 정 확히 말해서 알 자신과도 1대 1로 싸운다면 여기 있는 자들 대부분을 이길 수 있을 듯했지만 문제는 쪽수였다.

'끄응. 이 정도로 강하면서 열여덟씩 뭉쳐서 떼거리로 싸우길 예사 로, 아니, 최강의 조직으로 군림하지.'

대소림을 거대 폭력 조직으로 전락시키며 알은 떨어질까 무섭다는 듯 태인의 뒤만 쫄래쫄래 따라갔다. 달마원이니, 장경각이니 하는 곳을 멀리 떨어져서 눈짓으로만 구경하던 알은 자신이 대웅전의 뒤로 안내되었음을 깨달았다.

'에라, 모르겠다. 설마 죽이기야 하겠어. 괜히 기죽지 말자. 자, 당당하게, 당당하게.'

그렇게 속으로 외치며 가슴을 편 알은 하지만 단 1분도 지나지 않아서 그 결심을 취소시켜야 했다. 들어간 방 안에는 사람 눈빛인지, 호랑이 눈빛인지 의심스러울 만큼 강렬하게 빛나는 눈을 지닌 노승들이 줄줄이 앉아 있었던 것이다. 그중에는 눈빛이 맑기는 해도 부드러운 노승도 없는 것은 아니었지만, 알은 그런 노승이 오히려 더 무서웠다.

'한 명, 한 명은 태인보다는 약해 보이지만 정말 떼거지다. 여기만큼 무서운 곳은 전 세계를 통틀어도 저쪽 밀종 본산이나 교황청, 그것도 아니면 저 멀리 메카나 여하튼 몇 안 되겠지?'

그 노승들 가운데에서도 한가운데 자리에 앉아 있는 자는 옷 색깔이 조금 달랐다. 알은 눈치로 상대가 여기 우두머리인 소림사 방장임을 느꼈다. 그래서 태인이 예를 표할 때 재빨리 그대로 따라했다. 노승들도 태인에게 마주 인사해 보였다.

"반갑소이다. 빈승 자혜라고 하오이다."

"속인이 소림사의 방장을 뵙습니다. 강태인이라고 합니다."

"알렉…… 알이라고 합니다."

분위기를 따라 자신의 본명을 다 말하려던 알은 순간 혀끝을 맴도는 껄끄러움을 느꼈다. '알렉시안'이라는 이름에 지금까지 없던 저항감이 들었다. 예전에 말했을 때는 낯설음이 느껴졌다면 지금은 그 이상의 거부감이 느껴졌다. 어째서인지 잘 알 수는 없었지만 알은 순간의 충동으로 스스로를 그냥 '알'로 소개해 버렸다. 태인이 불러주는 그 이름이 좋았다.

"여기 계신 분들은 나와 같이 자 자 배분을 쓰는 본사의 장로들이오. 대부분이 한국어를 모르니 이해하길 바라오. 그래도 일단 이 기회에 서로 면식을 익혀둠이 나쁘지 않을 듯하여 불렀소."

"배려에 감사드립니다. 인사 올리겠습니다. 강태인이라고 합니다. 뵙게 되어 영광입니다."

"알이라고 합니다."

알이 이번에는 뚜렷하게 알이라고 말했다. 어딘지 모르게 귓가에 낮은 비웃음 소리가 들리는 듯했지만 쓸데없는 환청 같은 것은 무시해 버렸다. 노승들이 조용히 합장하며 불호를 외었다.

"나무아미타불."

그렇게 말하는 불호도 한국에서와 좀 다르게 발음되어서 그럴 거라고 짐작하고 들으니 간신히 눈치 챌 수준이었다.

'저분들은 계속 여기 계실 건가? 태인도, 나도 중국어 모르는데. 방장스님이 계속 통역할 건가?'

그건 아니었는지 방장스님이 중국어로 뭐라고 말하자 다른 장로들은 자리에서 일어나 나갔다. 태인은 부드럽게 미소 지었다. 소림사의 고위층과 인사를 시켜주되 계속 자리에 배석해서 위압감은 주지 않겠다는 작은 배려가 느껴지는 행동이었다. 아니라고 해도 방장과는 달리 말은 하지 않아도 그를 바라보는 눈초리가 곱지는 않은 장로도 여럿 됨을 느끼던 참이었다.

'저분들이 저러는 거야 당연하지만, 방장스님이 이 정도까지 잘해줄 줄은 몰랐는데. 무언가 바라는 게 있어서 잘해주는 게 아니면 좋으련만.'

널따란 방에는 이제 덩그러니 셋만 남았다. 방 밖에 지키는 자가 있기는 했지만, 적어도 방 안에는 셋이었다. 어디선가 은은하면서도 상쾌한 향이 풍겼다. 처음 맡는 순간부터 기분이 좋아질 정도로 달짝지근하지는 않았지만 시간이 지날수록 마음을 맑게 하고, 기분이 청명해지게 하는 향이었다. 요리로 비유한다면 바로 혀끝을 자극하는 강렬한 맛은 없지만 담백하고 정갈하여 물리지 않고, 먹고 나서 뒤탈이 없으며, 뱃속에서 소화된 이후에는 몸 구석구석에 좋은 기운이 되어 퍼지는 산채 요리였다.

그런 향 가운데 바깥에서 부드러운 산들바람이 불어왔다. 바람이 스치고 지나가며 가져온 솔 향이 방 안에 피워져 있던 향불의 향과 어울려 한층 더 맑은 공기를 만들었다. 100% 순수한 공기보다도 더욱 맑은 공기 속에서 태인과 알은 제각기 감탄했다.

'과연 소림사답군. 고아하면서도 절제됨을 잊지 않았고, 그러면서도 스스로의 위엄을 내세워 오만하지도 않음이니.'

'아아, 이런 곳에 별장 하나 있으면 소원이 없겠다. 아니, 아예 콘도가 있으면 분양해서 돈벌이 잘될 것 같은데.'

둘의 표정이 기분 좋게 변하는 것을 보고 방장스님도 조용히 웃어 보인 후 이야기를 꺼냈다.

"강 시주께서는 주작의 힘을 즐겨 쓴다고 들었소. 다른 사신의 힘도 쓸 수 있다 하던데 왜 주작을 유달리 즐겨 쓰는 것이오?"

본 내용과는 관계없는 그 질문에 태인은 다소 안도했다.

'신변잡기적인 이야기부터 꺼내어 긴장을 가라앉혀 준다는 것은 역시 오늘 큰일은 없을 거라는 건가?'

"그게, 일단 상황이 화조비천상을 사용하기에 가장 적합했던 때가 많았기 때문입니다. 강한 자 하나만을 상대할 때가 많았습니다."

그거 하나만 물어보고 말면 너무 티가 난다고 생각해서일까, 자혜 대사는 다시 물어왔다.

"그런 상황이라 해도 얼마든지 다른 사신의 힘을 쓸 수 있었을 텐데."

"하긴 그건 그렇습니다만, 왠지 도르게 주작이 끌려서 저도 모르게 자주 사용하게 되더군요. 그냥 입맛의 문제라고 할까요."

"그렇구려. 특별한 이유는 달리 없는 것이구려."

자혜 대사는 아무렇지도 않다는 듯 가볍게 넘어갔다. 하지만 그의 입가에는 알듯 모를 듯한 미소가 걸려 있었다. 그는 화제를 전환할 생각이었는지 이번에는 알을 쳐다보았다.

"왼편의 시주는 알렉시안이라고 하셨지요?"

알은 한참이나 머뭇거렸다. 역시 알이라고 부르는 건 아주 가까운 몇 명밖에 없었다. 옆에서 태인이 왜 대답을 안 하냐고 눈치를 주자, 그제야 알은 마지못해 대답했다.

"네."

"시주가 세리우스를 놓아보내셨지요?"

"그, 그건…… 죄송합니다. 죄송합니다."

알은 더 이상 변명할 생각 하지 않고 바로 고개만 연이어 숙였다. 그 모습에 방장스님이 가만히 손을 내밀었다.

"허허. 그만 하시지요, 탓하고자 함은 아니었으니."

알은 다시 허리를 숙이려고 했지만 보이지 않는 힘이 그걸 막았다.

"그 뒤로 그 강대한 마검신이 다시 나타나지 않고 있으니, 그자도 스스로의 명예는 지킬 줄 아는 자란 뜻이겠지요. 하나 100년 후는 어찌 될 지 모르니 후손에게는 크나큰 짐을 떠넘긴 셈이라 그것이 가슴이 답답할 따름입니다."

그 말을 하고 소림 방장은 잠시 불호를 외었다.

"죄송합니다."

"후우, 시주만을 탓하는 것은 아니오. 그 살육의 책임에 소림도 비켜 있다고 할 수 없으니."

"그게 무슨 뜻입니까? 세리우스가 벌인 살육에 소림도 책임이 있을 지 모른다니요?"

도저히 무슨 말인지 이해할 수가 없어 태인은 눈을 동그랗게 떴다. 알도 같은 생각으로 방장스님을 쳐다보았다. 알은 재빨리 소림의 책임 이 될 만한 그럴듯한 이유를 추리해 보았다.

'음. 소림사에서 세리우스를 시켜 일을 벌였다라는 건 말도 안 되겠지? 그럼 그때 죽은 큰스님이 실력이 부족한 게 죄다? 에이, 그건 너무 심하잖아. 그러면 세리우스가 그런 일을 벌인 게 소림사에 원한이 있 어서? 그것도 아닌데. 그 성격에 누군가와 원한이 있으면 찾아가서 깔 끔히 마무리하지 애꿎은 사람을 죽일 세리우스가 아닌데.'

알은 너무나 당연하다는 듯이 세리우스에 대해 그렇게 떠올렸다. 그 건 추측을 넘어 확신이었다. 하지만 그런 자신에 대한 의문이 생기기 전에 방장스님이 다시 입을 열어 알의 주의를 돌렸다.

"후우. 세리우스, 아니, 세류연이라고 해야 할지. 그의 무공은 소림 과 무관하지 않소이다."

"아, 보았습니다. 허공 대사께서 돌아가시게 된 그 싸움에서 그가 보 여준 새로운 무공이 소림의 무공이라 하였지요?"

방장스님이 침통한 표정으로 고개를 끄덕였다. 그 모습을 보고 알은 역시 스님들도 이해하기 어려운 존재야라고 생각했다.

'에, 겨우 그거 가지고 소림의 탓이라는 거야? 소림사에서 세리우스를 데려다가 가르친 것도 아닌데.'

태인도 거기에 대해서만큼은 알과 의견이 일치했다.

"그것만 가지고 이번에 벌어진 일이 소림사의 책임이 크다라는 것은 지나치지 않습니까? 어차피 세리우스의 주요한 능력은 검과 차원을 걸어다니는 그 능력이니까요. 세상 사람 누구도 이번 일을 놓고 소림의 책임을 운운하지 않습니다."

하지만 태인의 위로에도 방장스님은 조용히 고개를 저었다.

"핵폭탄을 만든 자들이 반드시 사람이 상하길 바라서 만든 것은 아닐 것이오. 그러나 결국 핵폭탄 자체는 사람을 크게 상하게 하기 위한 것이니, 만든 자가 어찌 그 폐해와 무관하다 하겠소. 그저 몸을 건강하게 지키고 불법을 수호하기 위해서라고 하나, 그러기에 소림의 절예가 너무나 강한 것은 천하가 아는 사실이오. 거기다가 그의 본신절기인 신법과 검법조차 소림과 무관하지 않으니 어찌 소림의 책임이 없다 하겠소."

"네?"

대체 무슨 말인지 알 수 없어서 알과 태인의 입에서 동시에 같은 말이 흘러나왔다. 비록 태인의 말은 짧고 작게 나왔고, 알의 말은 길고 크게 나왔다는 차이가 있긴 했지만 말이다. 뭔가 잘못 듣지 않았냐는 눈길을 던지는 둘에게 방장스님이 탄식하듯 자세히 설명했다.

"처음에 팔령마검신 세류연이 나타났을 때부터 나돌던 의혹이었지요. 그의 무공이 오히려 정종의 무공에 뿌리를 두고 있지 않냐는 것이었소."

무공에 대해 자세히는 모르는 태인이었지만 방장의 말이 어딘가 이상했다. 세리우스의 차원을 넘나드는 능력이 금강부동신법을 익힌다고 얻어지는 것인지 의문스러웠다. 그래서 마악 질문을 하려는 찰나에 방장스님이 먼저 말을 이었다.

"그가 차원을 넘나드는 능력이 있다고 하나, 무공이 경지에 오른 고수들의 움직임도 그렇게 둔한 것이 아니라오. 은거했던 각파의 장로나 전대 기인들까지 전부 나선 상황에서도 환형유령보라 불리며 그들의 합공을 무력화시킨 몸놀림이 차원을 넘나드는 것만으로 가능했을 것 같소이까?"

"그렇다는 것은?"

이제야 태인도 어느 정도 알 것 같았다. 차원을 넘나드는 능력이 대단하긴 해도 무공고수들의 반응 속도도 상식의 차원에서 논할 게 아니라는 것 정도는 그도 알았다.

"금강부동신법. 천하는 넓다지만 그래도 정중동의 묘리를 극한으로 살리는 데 있어서 둘째가라면 서러울 만큼 감히 자부하는 소림의 절기요. 거기에 불영선하보, 역시 홀연하게 사라지면서 남겨진 기가 만들어낸 잔상이 어지간한 고수의 이목조차 혼돈케 하는 또 다른 절기라오. 기실 환형유령보가 이 둘과 관계있지 않냐는 의문은 처음부터 제기되었음에도 누구도 확신하지 못한 것은 그것이 앞서 둘조차 뛰어넘는 것이었기 때문이지요. 이제야 알았으니. 차원을 넘나드는 능력과 정중동의 극한인 금강부동신법에 색즉시공, 공즉시색의 원리를 지닌 불영선하보의 결합. 그것이 지금도 신법의 장단점을 논할 때 아예 논외로 쳐버리는 환형유령보의 탄생이었던 것이오."

거기까지 말하고 방장스님은 침통하게 불호를 외었다. 그래서 알은 어쨌든 자기한테 잘해준 이 고마운 스님에게 약간의 위로라고 해야 되겠다는 생각으로 말했다.

"하지만 그런 원리라는 건 무공을 익히는 자라면 누구라도 생각할 수 있는 것 아닐까요? 꼭 세리우스가 소림의 걸 익혔다고 할 이유가 있나요?"

그런 알의 마음씀을 느꼈기 때문일까, 침통한 가운데에서도 방장스님은 빙그레 미소 지으며 알에게 설명했다. 알을 어느덧 어린아이로 보았기 때문일까, 스님의 말투는 약간 바뀌었다.

"그 말은 맞으면서도 틀렸다네. 원리만으로 간단히 무공이 나오는 것은 아닌지라 설령 원리가 같다 해도 그것을 드러내는 수법에 있어서는 각 문파만의 특징이 있을 수밖에 없다네. 보통의 사람들은 알아보기 힘들다 해도 무공의 고수끼리는 그 작은 특징을 놓치지 않지. 물론 경지를 넘어선 자는 그 원리를 취할 뿐 형식에 매이지 않는 것도 사실이네. 그러나 그 경우에도 원리에 대한 해석 방향과 그 깊이라는 데 있어서 어느 문파에 근원이 있는지 특징이 드러난다네. 그리고 환형유령보는 너무나 흡사하였다네."

"그러면……."

"그래도 확신하지 못했던 것은 어린 시주의 말대로 팔령마검신쯤 되면 스스로 원리에서 무공을 만들어내는 경지요. 그 원리에 대한 이해가 극에 다다른다면 실로 하나로 다다르게 됨이니 소림과 같아졌다 해서 소림에서 나왔다고 할 수 없었음 때문이지. 그러나 자네들이 겨우 그를 제압한 듯하였을 때 그가 다시 보인 것은 전부 정종의 절학들이었으니, 진실로 그의 무공은 기초부터 넓고, 깊게 쌓아올린 정종의 정통절학들이오. 하아, 불법을 닦고, 도를 닦고 한다고 하면서도 사람을 손상케 하는 수법들을 잔뜩 만들어 자랑하였던 것이 돌아와 우리를 치니 인과응보라 할 수밖에 없을 것이오. 나무아미타불."

예상치 못한 사실을 알게 된 알은 침을 꿀꺽 삼켰다. 알은 당연히 세리우스가 익힌 것 중 가장 중요한 것들은 아주 유명한 마공일 거라고 생각하고 있었다. 무엇보다 세리우스도 자기와 같은 뱀파이어이니까 당연히 마공이어야 할 거라고 생각했다.

'그런데 뱀파이어가 정종의 무공을 익혀? 그럴 수도 있나? 무공은 마법과는 다른가? 아니, 무공도 단순히 휘두르는 수준이면 모를까, 높은 경지라면 그렇게 되나?

자신이 무협지에서 읽은 것과 조금 다르다는 생각에 알은 갸우뚱했다. 하기야 무협지는 단지 소설일 뿐이니까 실제와 다를지도 몰랐다. 그래도 뭔가 이상해서 알은 고개를 갸우뚱갸우뚱했다. 태인도 같은 의문이 들었지만, 그는 알처럼 속으로 고민하지 않고 직접 물었다.

"무공이 주술과는 다르다는 것은 알고 있습니다. 그래서 어느 정도까지는 육체적인 단련과 기의 쌓음만으로도 이룰 수 있다는 것은 압니다. 저 자신도 건강을 지킬 수준은 익혔으니 말입니다. 하지만 그런 수준을 넘어 진정한 경지에 다다르려면 역시 정신과 몸이 따로 놀아서 가능합니까?"

둘의 의문에 자혜는 너무나 간단히 대답했다.

"물론 불가능하오."

알은 스님이 무슨 말 장난 하나 싶어서 맥이 탁 풀려 버렸다. 하지만 태인은 그렇지 않았다. 자혜 대사의 말이 무언가 그가 생각하는 근본을 건드리고 있었다. 기존 체제에 들어오는 그 위험에 태인은 바로 반사적으로 대응했다.

"그렇다면 어떻게 세리우스가 소림의 무공을 기반으로 한다는 것입니까? 그는 뱀파이어입니다."

자혜 대사는 약간 농이 섞인 듯한 웃음을 짓더니 대답하는 대신에 태인에게 도로 질문했다.

"하면 강 시주의 옆에 있는 자는 어떠한지요? 그도 마성을 가진 자이오?"

"알은⋯⋯."

순간 말문이 막혀서 태인은 입을 다물었다. 뱀파이어는 으레 마성에 빠져 피만을 탐하며, 어둠 속을 헤매야 한다는 게 얼마나 수많은 개체로 된 것을 하나로 뭉뚱 그려 버리는 말인지 그 자신이 가장 잘 알았다. 하지만 잠깐 당황했던 것이 사라지고 나자 태인은 다시 논리적으로 반박했다.

"그렇다 해도 알도 사용하는 마법은 흑마법입니다. 거기다가 세리우스는 알과 다릅니다. 그는 말 그대로 대학살을 벌인 살인마입니다. 그런 그가 흑마법을 쓰지 않으면 달리 누가 마성에 빠진 자라는 겁니까?"

"우리도 처음엔 그렇게 생각했었지요. 한데 그는 뱀파이어이더군요."

태인은 이제 섣불리 대답하는 대신에 곰곰이 생각에 빠졌다. 이런 식의 선문답을 걸어온다면 무턱대고 대답할 게 아니라 그 의미를 생각해 봐야 했다.

'그래, 그는 뱀파이어지. 그거야 당연한 거고. 그런데 어째서 그게 세리우스가 마성의 소유자가 아니라는 의미가 될 수 있다는 거지?'

태인은 곰곰이 생각에 잠기었고, 자혜 대사도 말없이 있었다. 그 둘 사이에 끼어서 알만이 불편한 침묵에 답답해했다. 대체 태인이 무슨 생각을 하는 건지 알 수 없어서 눈알만 굴리면서 알은 자기대로 생각에 빠졌다.

'그러고 보면 뭔가 좀 이상하다. 일단 검을 쓰는 순간에는 한없이 냉혹하지만, 그 반대로 쓸데없이 검을 뽑지 않는 게 세리우스인데, 이번에는 왜 그런 거지? 거기다가 약한 인간들까지 죽이는 건 정말로 그답지 않은 일인데. 웅? 내가 무슨 생각 하는 거야? 내가 언제부터 그를 알았다고.'

알은 말도 안 되는 생각을 하는 스스로의 머리를 자기 손으로 한 대 콩 쳤다. 그런 그를 내버려 두고 태인이 마침내 입을 열었다.

"그에게는 뱀파이어가 정이고 인간이 사라는 말입니까?"

"사냥꾼이 호랑이를 잡는 것은 정이고, 호랑이가 사냥꾼을 잡는 것은 사라고 누가 말할 수 있겠소이까. 나무아미타불."

"하지만 그건 경우가 다릅니다. 세리우스가 쫓기는 호랑이라는 건 말이 안 되고, 사냥꾼이라고 쳐도 너무 많은 사람을 죽였습니다. 적어도 그가 먹기 위해 사람을 죽였다고 할 숫자는 아니지 않습니까?"

태인의 말이 맞다는 듯 자혜는 고개를 끄덕였다. 그러더니 알 쪽을 잠시 보고는 다시 태인을 보았다. 태인은 긴장해서 이 스님이 무슨 말을 하려는 건가 하고 마주 보았다.

"알렉시안 시주께서는 잠시 자리를 비켜주시겠오?"

주인이 비켜달라는데 손님이 무슨 말을 하랴. 알은 순순히 고개를 끄덕이고 자리에서 일어났다. 스님이 무슨 말을 할지는 몰라도 자기가 알아도 될 일이라면 태인이 나중에 다 말해 주겠거니 하고 알은 밖으로 나와 계단에 쭈그려 앉았다.

남겨진 태인은 이제 본론이라는 걸 직감하고 고요히 마음을 가라앉

했다. 문이 닫히고 나자 자혜 대사는 작은 목소리로 말했다.

"모르는 일이오, 그 하나가 살기 위해 얼마를 죽여야 하는지는. 그에게 어떤 사연이 있는지, 뱀파이어들에게 무슨 이유가 있는지 인간인 우리가 어찌 다 알겠소."

태인은 고개를 끄덕였다.

'이게 시험인가? 내가 뱀파이어의 편을 들거나 하는지 떠보겠다는 건가? 후, 알과 오래 살아서 제대로 판단을 못하는 게 아니냐 묻고 싶은 거겠지.'

태인은 모범답안을 골랐다.

"하지만 어떤 사연이 있다 해도 그는 인간을 죽였습니다. 그것도 수천이나요. 이미 정당화될 만한 이유가 있고, 말고 할 수준이 아닙니다."

자신의 말이 반박당했건만 자혜 대사는 기분 좋게 웃었다. 그 모습에 왠지 모를 불길함을 태인은 느꼈지만 무시하고 평정을 유지하기로 했다.

"훌륭한 말이오. 어떤 사연이 있다 해도 인간인 우리가 어찌 인간의 죽음을 방관하겠소. 그래서 묻고 싶소. 만약에 밖에 있는 시주가 살기 위해 인간을 먹어야 한다면 그래도 강 시주께서는 그를 살려둘 것이오?"

평정을 지키겠다는 태인의 결심은 바로 무너져야 했다. 알을 밖으로 내보낼 때부터 간단하지 않은 질문을 던질 거라고 예측은 했고, 예상 안에 있던 질문이었음에도 대답이 간단하지 않았다.

"알은…… 사람을 죽이지 않습니다."

"지금까지는 그러하오. 하나 앞날을 누가 알 수 있겠소? 어디까지나

만일의 사태에 대비해 묻는 말이오. 어이하겠소?"

자혜 대사의 얼굴에서 미소가 사라졌다. 부드럽기만 하던 눈빛도 형형하게 빛났다. 고수의 풍모를 풍기며 물어오는 자혜 대사에게서 태인은 시선을 돌렸다. 단지 기운만이라면 사실 꿀릴 이유가 없었다. 비록 상대가 소림의 방장이라 하나 그 또한 퇴마사들 사이에서 떠오르는 신성이었다. 하지만 알에 대해 이런 식으로 물어온다면 그는 마주 볼 수 없었다. 그리고 대답 또한 바로 할 수 없었다.

"세리우스에 대한 이야기를 하다 말고 왜 알의 이야기를 하십니까?"

질문에 대한 역질문이라는 게 치졸한 대답법이라는 것을 아는 태인이었지만 달리 할 말이 그에게 떠오르지 않았다.

"나무아미타불. 예전에도 말했다시피 알렉시안이 세리우스를 죽이지 못했다 하여 그를 치죄하자고 하지는 않을 것이오. 호랑이와 사냥꾼 중 어느 쪽이 선이라고 누가 말할 수 있겠소. 하나 그렇다 해서 호랑이가 마을을 습격하도록 내버려 두는 사냥꾼도 없을 것이오."

"그거야 그렇습니다만……."

우물거리는 자신을 느끼며 태인은 쓴웃음을 지었다. 그답지 않은 일이었지만 어쩔 수가 없었다.

"묻겠소. 만약에 알렉시안이 사람을 죽여야만 살아갈 수 있다면 그대는 어이할 것이오?"

여전히 눈을 마주치지 못한 채 태인은 힘겹게 대답했다.

"그랬다면 처음부터 살려두지 않았을 겁니다."

한국을 넘어 전세계에서도 손꼽아줄 수 있는 수준에 달한 주술사라고는 도저히 할 수 없게 태인은 기백없는 목소리로 힘없이 대답했다. 그러나 자혜 대사는 조금도 틈을 주지 않고 그를 몰아쳤다.

"과거가 아닌 미래를 묻는 것이오."

"저는……."

더 이상 도망칠 곳이 없음을 깨달은 태인은 그 자신에게 되물었다. 분명 처음의 그때 알이 인간을 해쳐야만 살아갈 수 있는 존재라는 걸 알았다면 조금도 주저하지 않았을 것이다. 아니, 그의 이름조차 알기 전에 없애 버렸을 것이다. 하지만 지금은? 퇴마사가 인간을 해치는 뱀파이어를 보았다. 그렇다면 그 다음에 해야 할 일은 너무나 당연했다. 그럼에도 태인은 쉽게 대답을 꺼내지 못했다.

'할 수 있을까?'

알이 지닌 위험을 자혜 대사가 알고 있는지, 어떤지는 알 수 없었다. 하지만 태인 스스로는 잘 알고 있었다. 그럼에도 알을 지키겠다고 결심할 수 있었던 건 그게 아무리 큰 위험이라 해도 실현되지 않은 잠재적인 위험이었기 때문이다. 그러나 정말로 그 위험이 실체화되어 단 한 번이라도 알의 그 손에 인간이 쓰러진다면?

'그때는 더 이상 살려둘 이유가 없겠지.'

이유? 거기까지 생각해 놓고 앞에 자혜 대사가 있음을 알면서도 낮게 웃었다.

"큭. 큭."

그런 이유와 관계없이 그 자신의 감정이 거부하고 있었다. 그 순진하게 웃는 얼굴을 정의의 이름으로 처단한다는 행위 자체를 이미 그의 감정이 거절하고 있었다.

'그래, 처음부터 녀석을 살려두어야만 할 이유는 없었어. 난 사냥꾼이고 녀석은 호랑이니까. 죽이려면 알렉시안의 존재를 확인했을 때부터 얼마든지 가능했어. 그럼에도 여기까지 온 건 애초에 내가 바라지

않았기 때문. 하지만 녀석이 누군가를 죽인다면 그때의 알은…….'

태인은 잠시 상상했다. 손끝으로 인간의 심장을 갈라내는 알의 모습을, 아니, 알렉시안의 모습을.

'그래, 인간에게 위해를 가하는 알은 이미 알이 아니겠지. 만약에 녀석이 그렇게 된다면, 그렇다면…….'

태인은 고개를 치켜세웠다. 그의 눈은 더 이상 노승의 눈을 회피하지 않았다. 오만하지 않으나 비굴하지도 않은 진정으로 강인한 자의 면모를 되찾은 모습으로 태인은 입을 열었다.

"그때는 제 손으로 거둘 겁니다. 다른 누구에게 수고를 끼치기 전에 제 손으로 말입니다."

자혜 대사가 다시 빙그레 미소 지었다. 그는 태인에게 반장을 취했다.

"어려운 결심을 하시었소. 서로에게 불행한 일은 나도 일어나지 않기를 바란다오. 좋은 일만 있어도 짧은 인생에 새로운 악연이 생겨 무엇이 좋겠소. 하나 모든 것이 사람의 뜻대로만 되지는 않는 법이니 어이하겠소."

하지만 태인은 미소 짓지 않았다. 그의 눈에서 앞에 앉아 있는 자혜 대사와 바티칸의 추기경이 겹치고 있었다. 둘이 다른 인물이라는 것은 잘 알고 있었다. 요구하는 것이 똑같지는 않다는 것도 알고 있었다. 그럼에도 닮아 보였다. 태인은 아까까지의 공손함은 내다 버렸다는 듯이 반항적인 목소리로 대답했다.

"어째서 그리도 잘 대해주나 하셨더니 그 말을 듣고 싶으셨던 겁니까?"

태인은 참으려고 했으나, 참아지지 않았다. 바티칸만 해도 피곤한 마당에 소림까지 자극해서 좋을 것이 하나도 없다는 걸 알았으나 한마디 빈정거림을 던지지 않을 수 없었다. 하지만 자혜 대사는 노하지 않고 부드럽게 말했다.

"오해하지 마시게, 시주. 이번 싸움에서 우리가 네 큰 어르신들을 잃은 것은 자네도 알 걸세. 그럼에도 소림만이 아니라 무당, 아미, 화산까지 전부 자중할 것을 부탁한다고 나도 나름대로 애썼다네."

"……."

태인의 눈빛이 죽지는 않았지만 대답하지도 못했다.

'그래, 적어도 바티칸보다는 낫군. 거기처럼 드러내 놓고 압박하는 대신에 유화책을 쓰고 있으니 말이야. 제길, 낫군. 나아.'

"후우, 자네가 못마땅히 여길 만도 하지. 그러나 내가 굳이 이런 말을 하는 것은 자네를 아껴서이기도 하네. 무엇이 옳고, 무엇이 그른지 잊지 않기를 바라서이네."

"제가 뱀파이어라도 될까 봐 그러십니까?"

태인의 얼굴에는 다시 냉소가 떠올랐으나 자혜 대사의 미소는 더욱 부드러워졌다.

"그럴 리야 있겠는가. 다만 인간인 이상 사감을 버릴 수는 없겠으나 대의를 잊지 말아달라고 부탁할 뿐일세."

"대의라…… 그렇군요."

태인이 한참의 시간 간격을 두고 대답했다. 그의 마음은 여전히 분노해 있었으나 그 방향을 알 수 없었다. 대의를 말하는 자혜 대사에게인지, 그 대의에 승복하고야 마는 자신에게인지 알 수 없었다.

"더 이를 말이 없으면 물러나도 되겠습니까?"

"그리하도록 하시오."

"좋은 만남. 깨우침에 감사드립니다."

말과 너무나 반대되는 목소리로 대답한 태인은 바람이 일게 허리를 숙여 보이고는 방을 떠났다. 본래 흑룡에 대한 정보를 소림에서 얻을 생각이었지만 태인은 마음을 바꾸었다. 어차피 신룡이 꼬리를 숨기고 자 한다면 인간으로서는 집념으로 쫓는 수밖에 없었다. 지금 와서 알의 목숨을 놓고 말하는 소림에 다시 손 벌리는 건 그의 자존심이 허락하지 않았다. 아니, 어쩌면 자존심이 아닌 다른 마음이었는지도 모르지만 말이다.

태인이 나가고 문이 닫히자 자혜는 조용히 불호를 외었다.

"나무아미타불. 사조님, 과연 바로 된 것인지 모르겠으나 이것이 최선이길 바랍니다."

그의 귓가로 그날 허공의 말이 다시 생생이 들려왔다.

"나타난 자가 북의 마군성이라면 인과가 그의 편에 있으니 내가 죽을 것이다."

"하늘이 어찌 마의 편에 있단 말입니까?"

"어찌 간단히 정과 사를 나누겠느냐. 사불승정(邪不勝正)이라 하나, 그렇게 되어도 인간이 이기지 못할지도 모른다."

"어찌 그럴 수가?"

"나와 세리우스의 싸움 장면을 보게 되면 잘 보아라. 그가 쓰는 무공이 정도의 무공인지, 사마외도의 무공인지. 그러면 내 말을 알 것이다. 그러니 이제라도 인간은 더 더욱 정도를 가야 한다. 바른 길을 떠나서는 무엇도 얻지 못할 것이다. 그러니 내가 죽어도 슬퍼하지 마라. 인간이 받아야 할 응보이니 내가 앞서 받음으로서 새로운 인과를 뿌릴 것이다. 그로서 중앙의 마왕성이 그 흔적을 드러낼 것이나 경거망동하지 마라. 쉽게 눈에 띄지 않아도 네 마군성 전부 그의 곁을 지킬 것이니 가벼이 여기다가는 오히려 크게 당하리라."

"하면?"

"그의 곁을 지키는 자로서 또한 그를 해할 수 있는 자가 남의 주작이다. 그에게 한 가지만 일러두어라. 그걸로 충분할 것이다. 주작이 인간을 버리지 않게 하라. 그걸로 충분하다."

"하면 무어라고 이르오리까?"

"그것은……."

자혜는 다시금 불호를 외었다. 그의 사조가 일생을 바쳐 천기를 읽고 또 읽은 끝에 내린 결론이나 정확할지는 누구도 장담할 수 없었다.

"모사재인 성사재천(謀事在人 成事在天)이라. 하나 또한 성사재천이라 하여 어찌 모사하지 않을꼬."

문 앞에 쪼그리고 앉아 있는 알에게 태인이 약간 거칠게 말했다.

"가자, 알. 여기서의 볼일은 끝났다. 이제 본격적인 용사냥 시작이다."

평소처럼 다리 길이 차이를 배려해 주지 않고 성큼성큼 걸어가 버리는 태인을 알은 후닥닥 쫓았다. 무언가 태인의 기분이 안 좋다는 게 확실히 느껴졌기에 알은 안에서 무슨 말을 주고받았냐고 감히 묻지 못했다.

'그렇다고는 해도 어떻게 잡을 방법은 있는 거겠지? 설마 무작정 여기저기 가보자는 건 아닐 테고. 이 넓은 중국인데. 에이, 모르겠다. 한

일 년 막 돌아다니면 그건 그거대로 어때. 중국 여행인 셈치는 거지.'

깊은 산속을 한 여인이 걸어 올라가고 있었다. 산세가 상당히 험하고 바닥은 울퉁불퉁한 것이 길이 제대로 나 있지 않았건만, 여인은 힘들어하기는커녕 자기 집 뒤뜰을 산책하듯 우아한 자세로 걸었다. 그러다 여인은 길을 살짝 틀었다. 이제는 아예 짐승만이 겨우 다녀서 사람이 다니기는 힘들게 수풀이 우거진 곳을 여인은 고고히 걸어갔다. 주위에 바람이 불고, 풀들이 알아서 비키며 길을 터주었다.

그렇게 한참을 더 올라간 여인은 마침내 산꼭대기에 다다랐다. 산정상은 하늘이 커다란 삽으로 파내었는지 가운데가 움푹 들어가 있었다. 그 들어간 부분에는 물이 고여서 커다란 호수를 이루고 있었다. 여인은 호수에 대고 나지막이 말했다.

"거기 있는가요? 나와보시지요. 부탁이 있어 왔습니다."

호수에 사는 물고기에게 말한 것일까, 아니면 호수 자체에 대고 말한 것일까, 의문은 곧 풀렸다. 호수의 물이 부글부글 끓어오르듯 거품이 솟아오르며 터지기를 몇 차례, 갑자기 물이 갈라져 솟구치며 그 사이로 거대한 머리가 올라왔다.

모양만은 사슴뿔을 닮은, 그러나 사슴보다 훨씬 큰 뿔을 달고 눈동자만 해도 커다란 접시보다 더 큰 상대는 기나긴 수염을 늘어뜨리고 온몸을 검은 비늘로 덮고 있었다. 비늘의 검은색은 단순한 검은색이 아니어서, 그 비늘에 와 부딪친 햇빛이 미묘하게 튕겨나 빛나면서 심해에서 건져 올려 갓 가공을 끝낸 흑진주처럼 반짝였다.

그 머리만으로도 강대한 힘을 느끼게 하는 상대의 온몸에서 패도의 기운이 흘렀다. 하늘을 상대로도 물러서지 않을 기세를 뿔에서부터 온

몸으로 내려가며 뿜어대는 그것은 흑룡이었다.

"무슨 일로 오시었소?"

용이 조용히 입을 열었다. 그러자 사방에서 소리가 울리며 잔잔해져 가던 호수면이 다시 파르르 떨렸다. 분명 입에서 나오는 말일 텐데 마치 주위의 공기와 땅, 물 전부가 한꺼번에 대답하는 듯도 했다. 그렇게 나오는 말 또한 어떤 인간의 언어하고도 달랐다. 대자연의 울림 그 자체로서 어디에도 해당되지 않지만, 또한 자연에서 벗어나지 않는 존재라면 누구라도 그 뜻을 이해하게 되는 말 이전의 뜻이었다.

그러한 뜻은 실로 강한 기운을 머금어 펼쳐졌지만 여인은 여유롭게 웃으며 대답했다.

"최근에 당신을 쫓기 시작한 인간이 있다는 소식은 들었는가요?"

"들었소. 그자의 옆에 뱀파이어 하나가 붙어 있다는 것도. 그리고 그 뱀파이어에 당신네들의 관심이 많다는 것도. 그게 걱정되어 오신 거라면 돌아가시오. 젊었을 때라면 혈기로서 미약한 힘으로 감히 나를 건드리고자 하는 녀석들을 죽여 버렸겠지만, 지금은 나도 보다 한 차원 높은 곳을 향해 도를 닦는 몸, 굳이 살업을 일으켜 수행에 방해를 받고 싶지 않아서 애초에 찾지 못하게 숨어버릴 생각이니 걱정 말고 떠나시오."

계속해서 울리는 용의 '뜻'에는 세월과 힘의 깊이가 어려 있었다. 하지만 동시에 상대에 대한 존중도 깃들어 있었다. 닭 한 마리 잡을 힘이 없어 보이는 여인이었지만, 흑룡으로서도 함부로 대할 수 없는 힘을 숨기고 있는 게 틀림없었다. 그렇지 않고서야 퀸 오브 뱀파이어로 불릴 수 없는 노릇이었다.

정중한 흑룡의 말에 스레이나는 고맙다는 듯이 웃으며 고개를 끄덕였다. 하지만 용건은 그게 아니었는지 그녀는 발걸음을 돌리지 않고 다시 입을 열었다.

"아니, 다른 부탁을 하고자 해요. 당신이 수행 중이라니 미안하게 되었으나 우리에게도 너무 필요한 일이라서 말이에요. 드뤼셀의 연락을 받자마자 허겁지겁 온 제 체면을 봐서라도 부탁을 들어주지 않겠어요?"

용의 수염이 부르르 떨리고 바람에 날렸다. 바람에 날려서 수염이 떨린 것인지, 수염이 떨려서 바람이 일어난 것인지는 확실하지 않았지만 말이다.

"무슨 부탁이오?"

"그 둘을 상대해 주세요. 인간 쪽은 죽여도 좋아요. 뱀파이어 쪽만 살려두면 괜찮아요."

죽음을 말하는 것에 어울리지 않게 스레이나의 표정은 부드러운 미소를 잃지 않았다. 용은 내키지 않는 듯 떨떠름한 어조로 대답했다.

"그대의 부탁을 거절할 수야 없겠지만, 내가 수행에 방해받는 것은 어떻게 보상할 것이오?"

"방해를 받을지, 도움을 얻을지는 두고 봐야 알 일 아니겠어요? 문제가 생긴다면 모른 척하지 않을 테니 너무 따지지 말아주세요. 그럼 이만 믿고 가보겠습니다."

자신의 답변을 듣지도 않고 돌아서는 스레이나의 뒷모습을 흑룡은 잠시 동안 노려보았다. 하지만 스레이나는 뚜벅뚜벅 걸어서는 그대로 숲속으로 사라져 버렸다. 흑룡도 더 이상 모습을 드러내지 않고 다시 호수 속으로 사라졌다.

지나치는 승려들에게 예의의 어긋나지는 않게, 그러나 결코 친근하게라고는 할 수 없는 인사를 하면서 밖으로 나가는 태인을 알은 계속 쫓아갔다. 그리고 마침내 절 간판이 저 멀리 숲길 사이로 안 보일 때쯤 되어서야 알은 조심스럽게 물었다.

"태인, 무슨 기분 나쁜 일 당했어?"

"아니, 괜찮다."

찬바람이 부는 목소리로 괜찮다고 말하는 태인이 전혀 안 괜찮아 보였지만, 더는 용기를 낼 수 없어 알은 입을 다물었다. 한참 산을 내려오고 마침내 자동차를 세워둔 곳까지 왔을 때에야 용기를 낸 알은 다시 물었다.

"그런데 이제 흑룡은 어떻게 잡을 거야? 방법이라도 알아냈어?"

시동을 걸던 태인의 손이 멈칫했다.

탈칵. 탈칵.

몇 번이나 열쇠를 다시 돌리고 클러치를 새로 밟은 끝에 마침내 차가 시동이 걸렸다. 그제야 태인은 대답했다.

"이제부터 알아봐야지."

"소림사에서 뭔가 얻은 정보 없어?"

알은 그렇게 묻고 바로 후회했다. 태인의 얼굴에 다시 찬바람이 몰아치기 시작했던 것이다. 하지만 다행히 태인은 그에게 화내지 않았다.

"없어."

그리고 바로 고개를 돌려 운전에 집중하는 태인을 알은 더 이상 방해하지 않기로 했다. 적어도 태인 쪽에서 먼저 말을 걸 때까지는 말이다.

"으응."

'뭔가 방법이 있겠지? …없을지도. 그래도 그게 오히려 다행일지도 몰라. 정말로 용과 마주친다면 역시 태인이라 해도 위험할 거야. 그냥 쫓아다니다가 시간 죽이면 다른 임무가 내릴지도 모르잖아?'

태인이 용에게 꼭 질 거라고는 생각하지 않는 알이었지만, 역시 꼭 이긴다는 보장도 없었다. 위험한 건 근처에도 안 가는 게 최고라고 생각하는 알로서 못내 찜찜한 일이었다.

'그런데 용과 싸우는 건 나중 일이라고 치고 태인은 대체 무슨 말이 그사이에 오갔기에 이렇게 저기압인 거야? 으, 궁금해.'

태인은 백밀러를 들여다보았다. 그 안에는 자신에게 뭔가 하고 싶은 말이 많지만 꾹꾹 눌러 참는다고 답답해하고 있는 알의 얼굴이 있었다. 그리고 또 하나의 얼굴이 있었다. 그 얼굴은 처음에는 태인이라는 자의 얼굴 같았지만 다시 보니 소림의 방장 같기도 했고, 다시 보니 바티칸의 추기경 같기도 했다.

'난 누구한테 화가 나 있는 걸까. 추기경에게? 자혜 대사에게? 아니면…… 나에게?'

자혜 대사는 그에게 대답할 것을 강요했다. 하지만 대답의 내용 자체는? 물론 그가 듣고 싶어하는 대답이 있긴 했다. 그러나 그것 때문에 태인은 그의 속마음과 다른 대답을 해야 하지는 않았다. 단지 차마 말로서 하지 못하고 깊은 곳에 묻어두었던 것을 솔직하게 꺼내 보여야 했을 뿐이었다. 그 사실을 알았기에 태인은 거울 속에 비친 또 하나의 얼굴이 보기 싫었다. 이러니저러니 해도 결국은 인간의 얼굴일 수밖에 없는 그 모습이 말이다.

"알."

마침내 태인이 입을 열어 자신을 부르자 알은 바로 대답했다.

"응?"

"변하지 마라. 변해야 하겠지만, 그래도 변하지 마."

앞뒤 다 잘라 내버린 그 말이 무슨 뜻인지 알 수 없어서 알은 눈을 동그랗게 떴다. 그런 알에게 태인은 자세히 설명해 주지 않고 질문만 다시 던졌다.

"약속할 수 있지?"

그 순간 알은 태인의 말뜻을 직감적으로 이해했다. 명확하게 해석할 정도로는 아니었지만 그게 어떤 의미인지 마음속 깊은 곳 무의식에서는 이해했다. 그래서 그는 대답했다.

"응."

그 대답에 태인은 만족스럽게 미소 지었다. 그걸로 충분했다. 그리고 뒤이어 그는 소리 내지 않고 말했다. 그래, 알. 변해야 하겠지만, 그래도 변하지 말아야 할 것은 변하지 마. 그래만 준다면 난 내 목숨이 아니라, 그보다 더한 것을 걸어야 할지라도 널 지켜줄 테니까 변하지 마. 내 손으로 널 죽여야만 한다면 그건 너무나도 괴로울 거야.

그리고서 둘 사이에서는 한참 동안 침묵이 흘렀다.

덜컹. 덜컹.

포장이 제대로 안 된 길을 달려가며 만들어내는 차 소리만이 요란하게 울려 퍼졌다. 마침내 차는 달리고, 달려 숙소 앞에까지 도착했다. 그제야 알은 다시 입을 열었다.

"그런데 태인, 정말로 흑룡을 찾아낼 방법은 있는 거야?"

"없어."

무언가 자신의 머리로는 상상도 하지 못할 절묘한 방법이 태인의 입에서 나오길 기대했던 알은 순간적으로 바닥을 잘못 디뎌 넘어질 뻔했다. 그러나 훌륭한 균형 감각으로 자세를 바로 잡은 알은 다시 물었다.

"그럼 흑룡을 잡는 건 포기한 거야?"

"아니."

이번에도 너무나 쉽게 답이 딱 잘라 나왔기에 알은 포기하고 의자에 앉아 편하게 물어보기로 했다. 안 그랬다가는 허무해져서 주저앉을지도 몰랐다.

"저기 그럼 설마 무작정 아무 데나 헤매려는 건 아니지?"

'중국이 얼마나 넓은데. 무슨 동네 뒷산에 묻어둔 유리구슬 찾는 것도 아니고, 아닐 거야.'

"맞아."

"……."

자신을 바라보는 알의 눈길이 의혹을 넘어 추궁으로 바뀌어가자 그제야 태인은 웃었다.

"안 미쳤으니까 걱정하지 마. 중국이 넓다는 건 나도 잘 알아. 몇 백 년도 넘게 중국 대륙을 휘저어온 녀석이야. 이제 와서 녀석이 숨고자 하면 우리 둘이서 쫓는다고 그게 하루 이틀에 찾아지겠냐? 우린 단지 열심히 쫓는 척만 하면 돼."

"그러면?"

"둘 중 하나는 되겠지. 지루한 수색작업이 성과가 없으니 바티칸에서 적당한 질책과 함께 다른 일을 시키거나."

거기까지 말하고 나서 태인은 잠시 숨을 골랐다. 꼭 극적 효과를 노려서라기보다 그냥 생각을 정리하려고 하는 것이었다.

"용이 먼저 우리를 찾아오거나."

두 번째 말에 알은 긴장하며 침을 꿀꺽 삼켰다. 하지만 태인은 담담하게 부연 설명을 했다.

"과거의 행적을 보면 녀석은 위험한 상대라고 생각되면 피해 버렸고, 귀찮은 혹이라고 생각되면 먼저 찾아내 죽여 버렸어. 그 녀석이 나를 만만한 상대로 판단하기를 바랄 수밖에. 그러니 그냥 편하게 푹 쉬면서 놀러가고 싶은 곳이나 정해둬. 어차피 단서라곤 없으니 경치 좋은 곳이나 구경 다니면서 용이 있을 법한 절지를 찾아다녔다고 하면 돼."

결국 이렇게 되어버리나 싶어서 알은 떨떠름한 표정을 지었다. 좋아해야 할지, 슬퍼해야 할지 알 수가 없었다.

알이 좋아하게 된 것은 그로부터 정확히 15시간 42분 37초 후였다.

"와아아!"

남이 했다면 의례적인 감탄성이었겠지만 두 팔을 번쩍 치켜들고, 입을 쩍 벌리고, 눈을 반짝이면서 알이 행하자 순수한 감탄성이 되었다. 아래로 내려다보이는 산봉우리에 하얀 구름이 걸려 있는 가운데 붉은색과 노란색이 섞여 물든 산은 정말 고왔다. 노랗다고 하나 하늘의 태양과도, 땅의 병아리와도, 인간이 만들어낸 크레파스나 물감의 노랑과도 달랐다. 보고 흉내 낼 수는 있지만 결코 똑같게 만들어낼 수는 없는 노란빛은 햇빛과 바람이 어울려 더욱 아름다웠다. 빛깔이 눈으로 본다고 해서 눈만으로 완성된다고 생각하는 건 보지 못한 자만의 어리석음이었다. 최첨단 카메라로 지금 이 풍경을 찍어 1680만 칼라를 자랑하는 모니터에 재현해 보아야 그 단순한 빛깔의 나열은 흉내 낼 수 있을지 몰라도 진정한 이곳의 아름다움을 담을 수는 없었다. 맑은 공기와 시원하게 귓가를 스치는 바람, 어디선가 잔잔하게 들려오는 물소리, 공기 중을 떠다니는 숲의 나무가 뿜어낸 맑은 향, 하늘 위에서 내려와 땅을 비추며 촉각으로서 이 풍경을 완성시키는 태양까지. 산꼭대기에서 내려다본 가을 풍경은 실로 완벽해서 무엇 하나 더할 수도, 무엇 하나 뺄 수도 없게 느껴졌다.

'녀석, 올라오는 동안 내내 투덜거리더니 올라오자마자 태도가 돌변하는군.'

그리고 그 풍경을 완성시키는 소년을 태인은 멀찍이 떨어진 나무에 기대어 바라보았다. 가방 안에는 올라와서 마실 음료수가 들어 있었지만 지금 꺼낼 필요는 없어 보였다. 어떤 음료수보다도 이 산 위에 흐르는 물 자체가 최고의 음료수일 테니까 말이다.

'후우, 망중한인가. 이 일 끝나면 혜련까지 해서 세계의 명승지나 구경 다닐까. 너무 바쁘게만 살았나.'

알은 신이 나서 입에 손을 가져다 대고 야호라고 외쳤다. 비록 기대했던 것과 달리 메아리가 되어 돌아오지는 않았지만 상관없었다.

"야호! 야호!"

'녀석. 너무 시끄럽게 굴면 주위에 민폐인데. 하기야 사람은 거의 없는 곳이지만. 조금만 그냥 놔둘까? 어차피 제풀에 지쳐 곧 그만둘 테니.'

휴일도 아닌 오늘 같은 날 이 높은 산꼭대기에 올라와 있는 자는 그와 알 말고는 더 없었다. 우연히 중간쯤에 일 때문에 올라온 자가 몇 더 있다 해도 많을 리는 없을 테니 태인은 알을 잠시만 놔두기로 했다. 그래서 다소 느긋한 심정이 되어 그도 주위 경치를 구경했다. 알이 내려다보는 산 아래의 반대쪽을 태인은 쳐다보았다. 그쪽으로는 호수가 펼쳐져 있었다.

"산꼭대기의 호수인데, 제법 크군. 이 정도라면 확실히 예전에 용이 살았을 만도 하겠어. 좀 더 구경하면서 시간이나 떼우다가 내려가자."

높은 산임에도 불구하고 다행히 바람이 세지 않아 별 불편은 없었다. 기온이 좀 낮은 거야 그도, 알도 신경 쓸 수준이 아니었다. 하지만 그 순간 태인은 온몸을 스쳐 지나가는 서늘함을 느꼈다.

'뭐지?'

단순히 땀이 식어서 체온이 뺏긴다 같은 것은 아니었다. 이미 추위와 더위는 넘어선 지 오래인 그였다. 그런데도 온몸을 휘감아도는 이 서늘함의 근원은 따로 있었다.

'저자는?'

분명 방금 전까지 없었던 노인이 알의 곁에 서 있었다.

'설마 벌써! 아직 제대로 움직이지도 않았는데!'

하지만 달리 누구를 생각할 수 없었다. 주위의 풀과 나무가, 바람과 바위가, 아니, 산 전체가 나타난 존재를 두려워하며 떨고 있었다. 예전이었다면 몰랐겠지만, 이제는 똑똑히 느낄 수 있었다. 사람이나 동물을 넘어 무생물들조차 떨게 만드는 자가 여럿일 리 없었다. 그리고 그중에서도 지금 같은 상황에서 이런 식으로 나타날 자는 하나뿐이었기에 태인은 온몸의 기운을 일으켰다. 팔은 내렸지만 여전히 행복하게 아래를 내려다보는 알의 뒤로 목소리가 들려왔다.

"풍경이 마음에 드나?"

"응, 응. 너무 좋아. 이런 데에서 마시는 피는 세 배로 맛있을 거야. 좀 있다가는 호수에 뛰어들어 수영도 해볼 거야."

알은 정신없이 고개를 끄덕이며 대답했다.

"그래, 확실히 가을의 산은 특별하지. 그중에서도 오늘처럼 아름다운 날은 드물다네. 자네는 운이 좋군."

"응, 좋아. 정말 날 잘 잡았……?"

으레 태인이려니 하고 대답하던 알은 그제야 무언가 이상하다는 걸 눈치 챘다. 다른 건 몰라도 자네라는 말은 태인이 쓰는 말투가 아니었다. 알은 그대로 획 하고 고개를 돌렸다. 그러자 알의 눈에 지팡이를 짚고 있는 노인이 들어왔다.

알은 눈을 껌벅였다. 순간적으로 노인이 주위의 풍경과 완전히 따로 보였다. 정정해 보이기는 해도 그렇게 크지 않은 노인이었다. 인간과 자연풍경이라는 게 하나로 어울려 보이지는 않겠지만, 그렇다고 노인이 절반, 아니, 그 이상으로 가득 메우고서는 완전히 독립되어 그 하나만 보인다는 것은 말도 안 되는 일이었다.

'우웅. 너무 가까이 봐서 순간적으로 착각했나?'

그와 노인 사이에 몇 발자국 이상의 거리가 있었기에 알은 도통 어떻게 된 건지 알 수가 없었다.

'아아, 너무 먼 데를 보다가 갑자기 가까운 걸 봐서 그런 건가 보다.'

나름대로 그럴듯한 이유를 찾은 알은 이제 예의 바르게 물었다.

"할아버지는 누구세요?"

"휘연이라 하네. 자네는 알렉시안이 맞는가?"

"어. 네, 맞아요."

'내가 언제 이렇게 유명해졌지? 아니, 유명해질 법은 하구나. 그 난리를 떨었으니. 그렇다 해도 이런 산속의 할아버지까지 알 줄이야.'

노인이 탐색하는 눈빛으로 그를 내려다보았다. 알은 최대한 첫인상이 좋게 보이기를 바라며 헤 하고 웃었다. 그 순간 태인이 다급히 외쳤다.

"물러서, 알! 위험해!"

"응? 뭐가?"

그 말에 알은 깜짝 놀라 뒤를 돌아보았다. 하지만 뒤에는 아무것도 없었다. 그래서 뭐가 위험한 걸까 하고 알은 다시 앞쪽으로 고개를 돌렸지만 앞쪽에도 위험해 보이는 게 없었다. 위험한 걸 찾는 알을 보고 노인이 말했다.

"사물을 겉만 보고 판단하지 않고 그 내면까지 보는 눈을 지닌 것은 훌륭한 일이지. 하나 겉만을 보고 바로 그대로 믿는 것도 쉬운 일만은 아니지. 너도, 저자도 평범하지는 않구나."

뭔가 도통한 듯이 말하는 할아버지에 대해 그제야 알은 이상함을 느꼈다. 설마 이 할아버지가라는 생각에 알도 한 걸음 뒤로 물러났다.

"에헤헤."

"알, 이쪽으로 와!"

태인의 외침에 알은 움찔했다. 바로 부름에 반응해 태인 쪽으로 뛰어가려고 했지만 막상 길이 잘 보이지 않았다. 그와 태인 사이에 노인이 서 있기는 했지만 산 정상은 몇 명이고 지나갈 수 있을 만큼 넓었다. 아니, 설령 뾰족하기 이를 데 없는 산세라 길이 매우 좁다 해도 알의 몸놀림으로는 지나가는 데 아무 문제가 없었는데, 지금은 아니었다.

'어떻게 된 거야? 왜 어느 쪽을 봐도 할아버지가 막고 있는 거지? 할아버지는 가만히 서 있는데? 이렇게 넓은데 왜 갈 길이 하나도 없어?'

도저히 이해할 수 없는 현상에 알은 난감해했다. 노인은 그런 알에게 등을 보이며 태인에게로 돌아섰다.

"자네 벗이 자네 곁에 가고 싶어하지만 난 잠시 자네 혼자하고만 대화를 했으면 하네. 애쓰는 꼴이 안쓰러우니 잠시 그를 놔두지 않겠나?"

태인의 표정이 잠깐 일그러졌다. 하지만 곧 이어 그는 표정을 펴고 알에게 다시 말했다.

"잠깐 그대로 있어, 알. 만일의 사태를 대비한 준비는 하고."

상대를 앞에 놓고 이렇게 이르는 건 별로 좋은 수단은 아니었지만, 은유로 말해서 알아들을 알도 아니었기에 태인은 직설적으로 말했다. 자신에 대한 경계를 숨기지 않는 태인을 상대로 노인도 괜한 수작을 부릴 생각이 없는지 그의 기운을 숨기지 않았다. 그러자 태인은 그가 느꼈던 서늘함의 영역이 더 넓게 퍼져 나가는 것을 느꼈다. 주위만이 아니라 산 아래 중턱 정도까지 동물은 말할 것도 없고, 흘러가는 물과 가만히 서 있는 산조차 이 강대한 기운 앞에 두려워 숨을 죽였다.

'냇물은 소리를 내지 않고 산은 미미하게 떤다라. 하늘의 뜻이 어디에 있든 나의 뜻이 그에 우선하다는 절대의 패도. 흑룡이라는 게 이 정도로 역천의 힘을 지닌 존재였던가.'

상대가 자신이 생각했던 것보다 훨씬 더 강대한 존재라는 사실을 태인은 깨달았다. 하지만 이대로 물러설 생각은 없었다. 태인의 주위로 부드러운 기운이 일어나며 겁에 질린 자연을 달래기 시작했다. 역천의 기운이 맴돌아치는 태풍의 한가운데에 눈이라고 해야 할 지역이 나타났다. 노인이 감탄스럽다는 듯 고개를 끄덕였다.

"젊은 나이에 대단하군. 훌륭해. 하지만 그걸로는 부족해."

"그렇군요."

태인은 순순히 인정했다. 그의 주변으로 퍼져 나가던 부드러운 기운은 점점 더 엷어지다가 어느 순간에 이르러 노인의 기세를 감당하지 못하고 사라지고 있었다. 노인의 기세가 주위를 가득 메운 호수라면 그의 기운은 그 가운데 생겨난 작은 섬에 불과했다.

"당신이 세리우스 못지 않게 강할 거라고는 생각하지 못했습니다."

"빙천무신(氷天武神)을 말하나? 그 말은 맞으면서도 틀렸네. 자네가 만나본 그라면 내가 상대할 만하겠지. 그러나 금제가 풀린 빙천무신이라면 나는 감히 그 앞에 나서지 못하네. 솔직히 말해 난 단독으로는 소림이나 무당도 가지 못한다네."

"그렇겠지요."

'아무리 그때가 중국 전체의 쇠락기라 해도 단신으로 중국을 뒤엎어 버릴 수 있는 자가 많지는 않을 테니까. 셋은 되겠지만.'

알은 눈알만 굴리면서 계속 태인 쪽으로 갈 기회를 엿보았다. 노인과 태인 사이에 심상치 않은 기류가 흐르는 게 지금은 한가롭게 담소를 나누는 것 같아도 언제 싸움이 벌어질지 몰랐다. 그리고 태인 스스로 열세를 인정하고 있었다. 얼마나 도움이 될지 몰라도 최소한 한 팔이라도 거들어야 했다.

'그런데 왜 이렇게 갈 길이 없는 거야.'

순순히 인정할 건 인정하는 태인이 마음에 들었던 것일까. 노인이 호탕하게 웃었다. 그러자 아까 알이 야호를 외칠 때는 메아리가 울리지 않던 산이 노인의 웃음소리에는 그대로 반응했다. 사방으로 웃음소리가 쩌렁쩌렁하며 퍼지는 가운데 노인이 다시 말을 했다.

"자네는 운이 좋아. 젊을 때의 나라면 자네 같은 자를 살려두지 않았을 거야. 벌써 그 정도 성취를 보이는데 내버려 두면 어디까지 자라서 나를 귀찮게 할지 누가 알겠는가? 하지만 자네는 운이 없네. 젊을 때의 나라면, 저 소년까지 한 팔 거든다면 자네에게도 가능성이 없지 않을 텐데."

"그 판단이 정확하다고 자신하십니까?"

상대의 말에 자극받았던 탓인지 불쑥 되물어놓고 태인은 후회했다. 일단 어떻게든 알을 그의 곁에 데려오고 봐야 했다. 어차피 흑룡이 나타난다면 자신보다 강할 거라는 건 예상한 바였다. 비장의 카드는 알렉시안이었지만, 그것도 자신의 피를 먹일 기회는 있었을 때 이야기였다.

'알렉시안이 세리우스보다 얼마나 더 강한 건지는 모르겠지만, 흑룡과 세리우스 사이의 차이는 크지 않아. 하지만 이래서는.'

노인이 가볍게 한숨을 내쉬었다. 그는 지팡이를 들어 뒤쪽에 있는 알을 가리켰다.

"질 것을 알면서도 올바른 길을 가겠다고 목숨을 걸고 덤비는 자들을 알고 있네. 하지만 지금 자네는 그런 것은 아니군. 충분한 승산이 있다고 판단하고 있어. 그 근거는 저 소년이겠지? 인정하네. 서연신모(西然神母)가 손수 찾아와 부탁하는 자가 어찌 평범할까. 그러나 내가 저 소년을 깨워낼 시간을 자네에게 주지 않으면 어쩔 건가?"

'알고 있다.'

태인은 아랫입술을 깨물었다. 어느 경로로 알게 되었는지, 어디까지 알고 있는지는 몰라도 자신과 알을 붙여줄 생각이 상대에게 없다는 것만은 확실했다.

'깨워내? 대체 무슨 말을 하는 거야?'

노인과 태인의 대화가 자신에게 이르자 알은 알아들을 수가 없었다. 빙천무신이 세리우스를 가리킨다는 것 정도까지는 눈치 챘지만 서연신모는 대체 누굴 일컫는지 알 수 없었다. 그런 가운데에도 태인과 노인의 기세싸움이 섞인 대화는 계속되었다.

"물러가겠다면 보내주실 겁니까?"

노인이 고개를 저었다.

"미안하네. 마음 같아서는 보내주고 싶지만 서연신모가 자네 목숨을 원하더군. 아직 등선하지 못한 나로서는 그 부탁을 거절할 수가 없네."

그 말에 알은 바로 박쥐로 변해 날아올랐다. 어떻게 돌아가는지 정확히 알 수 없어도 상대가 태인을 죽이겠다고 한 이상 그냥 있을 수 없었다. 가려고 하는 곳마다 노인이 막고 있긴 했지만 몸으로 부딪쳐 밀어내서라도 다가갈 생각이었다. 하지만 그 순간 노인이 지팡이로 가볍게 땅을 쳤다.

쿵.

알은 갑자기 강해진 중력에 그대로 잡아당겨져 땅으로 추락했다. 작은 먼지구름을 일으키며 알은 바닥에 납작하게 드러누웠다. 몸은 어느덧 본모습으로 돌아가 있었다.

"익. 익."

이를 악무는 소리를 내보아도 몸을 일으킬 수 없었다. 몇 십 톤은 되는 무게가 짓누르고 있었다.

두둑.

뼈가 부서지는 소리가 나기 시작했다.

"끄아악!!"

알의 입에서 비명이 터져 나왔다. 척추가 부서져도 다시 재생된다는 것과 안 아프다는 것은 전혀 별개의 문제였다. 온몸의 뼈가 바스러지면서 혈관들이 터져 나가는 고통이란 알이 지금까지 느껴본 어떤 고통보다도 능가했다. 하다못해 성수에 온몸이 타 들어갈 때에도, 혜련의 총알에 여기저기 몸이 뚫릴 때에도 죽음의 두려움은 있을지언정 이렇게 아프지는 않았다.

"가만히 있거나. 그 정도로 죽지야 않겠지만 시간은 좀 걸릴 테니. 그나저나 어떤가? 시작하겠나?"

태인은 주먹을 꽉 쥐었다. 알의 입에서 터져 나오는 비명 소리가 그의 평정을 완전히 뒤흔들어 놓고 있었다. 뼈가 부서지는 소리를 내면서, 터져 나가는 피부에서 새어 나오며 주위를 적시는 핏물이란 그 당사자가 알이 아닌 모르는 사람이라 해도 무심히 볼 수 없게 참혹했다. 하물며 그 대상이 알이었기에 태인은 당장이라도 흑룡에게 덤벼들고 싶었지만, 태인은 고개를 한 번 흔들며 심호흡을 했다.

'이성을 잃으면 아무것도 얻지 못한다. 참아라. 태인, 참아. 후우. 그래, 괴롭겠지만 조금만 참아, 알.'

잘못하면 여기가 무덤이 될지도 몰랐다. 하지만 만에 하나 살아난다면 지금 얻을 수 있는 건 다 얻어봐야 했다. 지금의 고통만이 다가 아니었다. 상대는 그가 모르는 것도 알고 있는 게 분명했다.

"그전에 몇 가지만 물어도 되겠습니까?"

"호? 자네, 보기보다 냉철하군. 좋아, 좋아. 어차피 죽을 거라면 어떤 비밀을 알게 되어도 문제없겠지."

노인은 알 쪽을 힐끔 봤다. 온몸이 짓이겨지고 있건만 소년의 눈빛만은 태인 쪽을 바라보고 있었다. 그 눈빛에서 흑룡은 결코 태인의 죽음을 보고 있지만은 않겠다는 알의 의사를 읽을 수 있었다. 곤간중압진(坤幹重壓陣) 안에서 재생되고, 부서지고를 반복하면서도 한 명을 지키려고 드는 의지력이라면 평범한 자라 해도 기적을 일으킬 수 있었다. 하물며 평범하지 않은 자가 그러하다면 결코 방심할 수 없었다.

"그런데 말일세, 저런 변수가 있는 만치 자네가 살아날 가능성이 작지 않다고 생각하네만."

태인의 얼굴에 가벼운 실망이 스쳐 지나갔다.

'잘하면 세 뱀파이어 로드들에 대해 조금이라도 더 알 수 있지 않을까 했더니.'

"그래도 한 가지 정도는 대답해 줄 수 있다면 해주도록 하지. 자기 부탁 때문에 내가 이 나이에 피를 봐야 했으니, 이 정도 심술은 서연신모도 뭐라고 하지 못하겠지. 뭐가 궁금한가?"

'한 가지라.'

태인은 고민했다. '대답해 줄 수 있는 것 중에서 한 가지만 물어보라' 라는 게 흑룡의 말이었다. 마음 같아서는 하루 종일 이것저것 물어보고 싶었지만 그건 욕심이었다. 하지만 대답할 수 없는 것을 묻는다면 그나마 생긴 기회조차 날아갈 것이다. 태인은 길게 고민하지 않고 한 가지를 골랐다. 더 이상 고민하기에는 알의 비명을 도저히 듣고 있을 수 없었다.

"빙천무신에 서연신모라면 나머지 하나는 누구입니까?"

별호는 그냥 붙는 게 아니었다. 오히려 이름보다 별호 쪽이 훨씬 많은 사실을 알려주는 법이었다. 뱀파이어들의 계획 같은 것을 물어보았자 흑룡이 알지 못하거나 알아도 대답해 주지 않을 터이니 차라리 태인은 이 편을 택하기로 했다.

"과연 자네는 똑똑하군. 마음에 들어. 여러 가지가 있네만 자네를 위해 특별히 가장 긴 걸로 대답하도록 하지. 희천농신 조화마(戲天弄神造化魔)."

'조화옹이 중국에서 흔히 창조주를 가리키는 말이었지. 그런데 조화마……'

"너무 광오하군요. 차라리 무슨 신마니, 마제니 한다면 그러려니 하겠습니다만."

고개를 가볍게 흔들며 내뱉는 태인의 말에 노인이 고개를 끄덕였다.

"한데 아주 과장도 아니라네. 아니면 다르게 말해 주지. 셋을 함께 이를 때 하는 말이 있지. 북천무제, 서연신모, 동율법황. 간단한 세 마디이지만 자네가 생각하는 이상의 것을 이미 일러주었음을 자네가 살아남는다면 알게 되겠지. 그럼 이제 시작하겠네."

그 말과 함께 노인은 사라졌다. 태인은 앞 쪽으로 다가가려 했지만 그럴 수는 없었다. 주위의 땅이 엄청난 압력으로 그를 가두었다.

"부동금강인! 크윽!"

재빠르게 준비하고 있던 주문을 풀어놓았건만 땅에서부터 솟구치는 중력은 상당해서 태인은 순간 비틀거려야 했다. 그래도 자세를 바로 잡고 새로운 주문을 풀어놓으려는 순간 호수의 물이 수십 개의 기둥이 되어 치솟았다.

콰콰콰쾅!

허공에 폭포가 내리치는 소리를 만들어내며 물길이 태인을 향해 날아왔다. 드릴처럼 회전하며 일직선으로 뻗어오는 수십 갈래의 물살은 가히 장관이었다.

"빙무임태허!"

'객관적 전력으로는 상대가 아니지만, 포기하지 않으면 어떻게든 살길이 열릴 수도 있어. 정말로 내 목숨이 필요했다면 그들이 직접 와도 난 상대가 아냐. 그런데도 흑룡을 움직였다는 건 그들이 노리는 것이 따로 있을 가능성이 있다는 것.'

물론 자신들 손으로 직접 죽일 수 없어서 흑룡을 시켰을 가능성도 배제할 수는 없었지만, 싸움에 임해서 더 이상 잡생각을 할 수는 없었다.

태인의 위로 현무의 모습이 나타나고 쏟아지던 물줄기의 앞쪽의 소유자가 바뀌었다. 그대로 얼어붙어 빙벽이 된 물에게 뒤쪽의 물들이 와 부딪쳤다.

콰콰콰쾅!

강철보다 더 튼튼한 얼음의 벽이었으나, 고속으로 회전하며 부딪치는 물줄기 앞에서는 빠르게 파여 나갔다.

"현무인가? 좋군."

하늘에서 뜻이 울려 퍼졌다. 지금까지와 달리 아예 정신에서 정신으로 울려 퍼지는 그 소리에 태인은 새로운 주술을 준비하면서 위를 올려보았다. 그의 예상대로 쏟아지는 물줄기의 위쪽에 거대한 흑룡이 자리 잡고 있었다. 못 되어도 머리에서 꼬리 끝까지의 길이가 수백 미터는 되어 보이는 흑룡의 앞발에는 대낮에 뜬 달 같은 여의주가 빛나고 있었다.

'버티기만 하다가는 그냥 진다. 상대가 수의 기운을 사용했다면 그 극은.'

"뇌룡유운해!"

그의 손을 떠난 부적들이 하늘 높이 치솟아 뭉쳤다. 일직선으로 늘어선 그 부적이 한순간 빛나고, 그 자리에서는 흑룡에 맞서는 청룡의 형상이 나타났다. 비록 흑룡보다는 그 크기가 작았지만, 청룡 또한 앞발에 여의주를 들고서는 흑룡에게 덤벼들었다. 그와 동시에 청룡의 주변에 번개가 일어나며 흑룡에게 가 꽂혔다.

"모조와 진짜가 어떻게 다른지 보여주지, 인간이여!"

한순간 흑룡의 여의주에서 빛이 사라지고, 어둠이 자리 잡았다. 그리고 그의 주위에서 검은 번개가 일어났다. 청룡이 뿜어내는 하얀 번개와 흑룡이 뿜어내는 번개가 한순간에 엇갈렸다.

콰르르 쾅쾅!

둘이 부딪치는 가운데 일어나는 천둥 소리만으로도 산이 흔들리는 가운데 승부는 순식간에 나버렸다. 검은 번개는 청룡을 찢어버리고도 모자라 그 기세가 남아 그대로 태인에게 내리꽂혔고, 막 얼음의 벽을 부숴 버린 물줄기도 함께 쏟아졌다. 태인은 다급히 새로 방어막을 쳤다.

알은 겨우 고통에 다소나마 익숙해지기 시작하자 바로 마력을 움직였다. 몸은 손가락 하나 까닥할 수 없어도 마력만은 충실히 그의 의지를 받들었다. 다행히 흑룡이 태인과의 싸움에 정신이 팔린 덕분일까, 자신에게 가해지는 압력이 줄어들고 있었다. 그렇다 해도 이미 몸이 누더기를 넘어 조각조각나 버린 상황에서 움직일 수는 없었지만 말이다.

"끄극. 질서의 이전에 자리 잡은, 크극. 시원의 혼돈 속을 헤메이는, 컥."

주문이 이어지면서 조금씩 말하는 게 편해졌다. 압력이 줄어들면서 적어도 목 부근만은 다른 부위보다 빨리 재생되었던 것이다.

"태초의 암살자들을 다스리는 신의 대적자여, 혼돈의 망토로 몸을 가리우고, 불꽃의 왕관을 머리에 두른 채 암전의 검으로 수정벽을 가르는 위대한 군주여."

그렇다 해도 갈라지는 목소리로 쥐어짜면서 내뱉는 작은 소리에 불과했지만 알은 주문을 멈추지 않았다. 이게 아니고서는 태인을 구할 길이 없었다. 견뎌내는 것조차 힘든 고통은 일단 이겨내자 오히려 평소 때 이상의 힘을 발휘하게 해주었다.

"천공의 대전에서 별들을 갈랐던 강대한 장군이여, 수천수만의 어둠의 위에 자리 잡아 그 앞을 멸하는 광오한 지배자여. 나의 뜻이 그대의 뜻에 맞을지니 내게 그대의 검을 내려 그대의 위엄을 손상케 하는 것을 멸하게 하소서."

"부동금강인!"

다시 한 번 태인의 주변을 금빛의 정사면체가 둘러싸나 물살과 번개의 협공 아래 힘겹게 흔들렸다. 하나로 합쳐져 번개를 머금은 물은 훨씬 더 강맹해진 힘으로서 태인의 방어막에 부딪쳤다.

'크윽, 뚫린다.'

굳세어 그지없어 보이던 금빛 막이 찢겨 나가고, 만일의 사태에 그를 지키게 되어 있던 몸의 결계가 발동했으나 그 또한 부서졌다.

'이것이 용의 힘. 끝인가.'

태인의 시야에 물이 가득 찼다. 귀청을 찢어버리는 물 흐르는 소리가 사방을 메웠지만 태인은 눈은 감지 않았다. 최후의 최후까지 최선을 다한다는 각오로 그는 헛될 것을 알면서도 힘을 끌어올렸다. 그러거나 말거나 도도히 흐르는 격류가 막 그를 집어삼키려는 순간 알의 외침이 뒤에서 터졌다.

"크라운 오브 디스트럭션(Crown of Destruction)!"

태인의 주위에 일곱 개의 검은 구체가 나타났다. 고요히 서 있으나 주위를 일그러뜨리는 그것의 정체를 태인은 바로 알아볼 수 있었다.

'이건 알이 즐겨 쓰는 홀 오브 디스트럭션. 하지만 일곱 개나?'

쏟아지던 물줄기가 검은 구체 속으로 빨려 들어갔다. 번개와 물을 빨아들이던 구체는 어느 순간 한계에 이르렀는지 살짝 흔들리다가 흩어져 사라졌다. 하지만 그 자리를 두 번째, 세 번째 구체가 바로 끼어들어 대체했다.

마침내 일곱 번째 구체까지 사라졌을 때는 태인의 주위에 다시 한 번 금빛의 막이 찬란하게 생겨난 후였다. 일곱 개의 구체 전부를 제거한 번개와 물이 여력을 몰아 부동금강인에 부딪쳐 왔으나 이번에는 마침내 힘이 다 했는지 뚫지 못하고 사라졌다.

"하아."

태인의 입에서 자기도 모르게 안도의 한숨이 나왔다. 뒤에서 그 광경을 지켜본 알이 뿌듯한 듯 말했다.

"헤헤. 다행이다. 막아냈네. 으윽."

몸이 재생되어 신경세포가 살아나자 고통이 다시 몰려온 알이 감전된 개구리처럼 몸을 부르르 떨었다.

"헛허. 막아내지 못할 줄 알았더니 내 저 소년을 깜박했군. 그 와중에도 그 정도 주문을 만들어 상대를 지키다니 참으로 훌륭하군."

칭찬인지, 조롱인지 불확실했지만 알도, 태인도 일일이 대꾸할 여유가 없어 그냥 하늘만을 올려다보며 다음을 대비했다. 흑룡의 뜻이 다시 둘의 머리에 울려 퍼졌다.

"소년이여, 자네는 얌전히 빠져 있었다면 더 이상 다치지 않게 해주려고 했네만, 그렇게는 안 하겠지?"

"태인만 건드리지 않으면, 끄윽, 나도 이렇게 무리하고 싶지 않다고요."

알은 조금이라도 시간을 벌어보자는 생각에 꼬박꼬박 말대답했다. 태인은 그런 알에게 눈짓으로 고맙다는 인사를 보내며 다음을 대비했다. 그 순간 알은 흑룡이 웃은 것 같다는 착각이 들었다. 용이 정말로 웃었는지는 뱀파이어인 그로서는 잘 알 수 없었지만 말이다.

"그래, 그런 갸오라면 말로 타일러서는 안 듣겠지. 가만히 있을 수 없게 만들어줄 수밖에."

"끄극? 이건?"

알의 몸에 검은 모래 같은 것들이 파고들기 시작했다. 검은 모래는 알의 몸에 파고들자마자 사라졌으나 혼자 사라진 게 아니었다.

"뭐, 뭐지, 이건?"

"알!"

태인은 다급히 그런 알의 곁으로 다가가려 했지만 멈춰야 했다. 알을 땅바닥에 처박았던 중압진이 이번에는 그를 붙잡았던 것이다. 비록 그에 반응해 발동시킨 결계 때문에 바닥에 처박히는 신세는 면했지만 간신히 제자리에 버티는 게 한계였다.

"너무 걱정하지 말게나, 생명에는 지장없는 것이니. 그저 너무 팔팔하게 날뛰는지라 힘을 조금 빼놓았을 뿐이네."

"알, 괜찮아?"

어느 정도 재생되었다 해도 여전히 일어설 수 없는 몸으로 자신이 흘린 피구덩이에 잠겨 있는 상황이란 절대 괜찮을 수 없는 것이었지만, 알은 억지로 웃으면서 고개를 끄덕였다.

"괜찮아. 그런데……."

그 다음 말을 하면서는 더 웃을 수 없었다.

"마력이 안 모여. 다 흩어져 사라졌어."

"마력이? 설마?"

하늘을 올려다보며 묻는 태인에게 흑룡은 친절하게 대답했다.

"짐작대로라네. 그 소년은 서연신모가 죽이지 말라고 했는데, 그냥 봐

두기에는 너무 귀찮지 않은가? 해서 힘을 흩어놓았을 뿐이네. 그만큼 내 힘도 소모되었으니 너무 억울해하지는 말게나. 자, 이제 다시 자네와 나의 승부로군. 이번에도 아까 같은 것이라면 살아나지 못할 걸세."

태인의 꽉 쥔 주먹에서 핏방울이 떨어졌다. 태인 호흡을 가다듬으며 온몸에 들어간 힘을 풀었다. 최선을 다해도 힘든 상대에게 흥분해서는 절대 이길 수 없었다.

'무상반야광, 그것밖에 없다. 그걸로 막고 바로 알에게 다가가 피를 먹인다. 기회는 이 한 번뿐.'

흥분도, 분노도, 두려움도, 집착도 버리고 태인은 조금씩 그의 마음을 비웠다. 그리고 그 어떤 것에도 흔들리지 않고 가리워지지 않는 내면의 실로 크나큰 빛을 꺼내 들기 시작했다. 그 위에 아무 것도 없다는 크나큰 지혜의 빛, 무상반야광이 태인의 주위로 서서히 뻗어갔다.

하늘에서 흑룡은 감탄하며 그 빛을 쳐다보았다. 그리고 그 또한 힘을 불러일으켰다. 여의주가 아까보다도 더욱더 짙은 어둠을 만들어내기 시작했다.

"서연신모의 부탁으로 왔지만 덕분에 좋은 구경을 하는군. 그 나이에 무상반야광이라니 참으로 훌륭하군. 자네 걸 알아보았으니 내 것도 소개해야겠지. 건괘는 뒤집어도 건괘이지. 순천이란 하늘의 뜻에 자신의 뜻을 합치하는 것. 그러나 역천이 극에 이르면 자신의 뜻에 하늘의 뜻을 합치시켜 어느 것이나 둘이 하나로 합쳐짐이니, 결국 하나로 통한다 하여 뒤집은 건괘를 가장 강맹한 진괘를 통해 표현하였다네. 역천패극뢰(逆天霸極雷)라 이름 붙였고, 이것이 진짜라네. 버텨보게나."

바닥에 쓰러진 채 알은 어쩔 줄 몰라 하며 흑룡과 태인을 쳐다보았다. 용이 저렇게 자세하게 자신의 기술을 설명한다는 것은 그만큼 자신있다는 것이었다. 태인은 아마도 무상반야광을 쓸 테지만 무사할 수 있을지 알은 자신없었다.

'하지만 주문은 이제 쓸 수 없는데. 마력이 거의 다 흩어져서 남아 있지 않은데. 태인이 버틸 수 있을까?'

알의 갈등과 관계없이 태인과 흑룡의 힘은 정점을 향해 치달았고 마침내 하늘에서 검은 기둥이 내리꽂혔다. 이름에는 뢰가 들어 있었으니 번개라고 해야 했겠지만, 너무나 강렬한 기운을 지닌 채 일직선으로 내리꽂히는 굵은 검은빛은 차라리 하늘과 땅을 잇는 기둥이라고 해야 했다. 하늘을 찌르는 검은 기둥의 바닥은 태인의 주위에 물결치는 금빛의 호수에 닿아 있었다. 그리고 금빛의 호수는 처음에는 고요하였으나 꽂힌 기둥의 개수가 늘어나면서 점점 더 파문이 늘어났다.

'안 돼!'

짧은 순간 알은 고민하고 결정을 내렸다. 흑룡은 자신을 죽이지 않을 거라고 했다. 그렇다 해도 지금처럼 무모하게 행동하면 실수로 죽여 버릴지도 몰랐지만, 어떤 경우에도 태인이 죽는 걸 지켜만 보고 있는 것보다는 나았다. 알은 마지막 다력을 짜내어 그의 몸을 두 힘이 부딪치는 사이로 날렸다.

"안 되지."

하지만 알의 뜻은 이루어지지 못했다. 흑룡의 힘이 잠깐 움직이고 알은 날아가던 속도보다 더 빠르게 뒤로 날려가 다시 원래 자리에 처박혔다. 그리고 처음에 느꼈던 엄청난 압력이 다시 알의 몸을 짓눌렀다.

"끄극."

"쯧쯧. 가만히 있었으면 고통없이 지켜만 보면 되었을 텐데. 하기야 어이 말릴까. 덕분에 자네 친구는 조금 숨통이 열린 듯하니 아주 헛되지는 않았군."

흑룡의 말과 달리 지금 태인은 매우 힘겹게 버티고 있었다. 무상반야광은 진정무상이라 할 만큼 완벽하지 못했고, 역천패극뢰는 실로 자연의 이치를 뒤엎으며 강대한 패도의 기운을 품고 있었다. 알 쪽으로 다가가기 위해 태인은 한 걸음 한 걸음 내디뎠지만, 거리가 줄어드는 이상으로 그의 기운이 먼저 사그라들었다.

'조금만, 조금만 더 버티면 된다.'

무상반야광을 유지한다고 태인의 힘이 밑 빠진 독의 물보다 더 빨리 빠져나갔다. 그런 가운데에도 알과 태인 사이의 거리가 마침내 일곱 걸음 정도로 줄어들었다.

'조금만 더.'

이제 거의 다 왔다고 생각한 그 순간 태인은 발밑을 잡아끄는 힘을 느끼며 그 자리에서 무너졌다.

'이것은?

역천패극뢰를 상대하기에도 바쁘던 무상반야광은 곤간 중압진까지 완전히 중화시키지 못했고, 태인은 알을 바로 몇 걸음 앞에 두고 제자리에 멈춰 서야 했다.

"크윽. 이, 이건!"

어떻게든 일어나려고 태인은 땅을 집고 몸을 일으켰으나 무릎을 떼자마자 다시 꿇어야 했다.

"후훗. 인간의 몸으로 어디까지 무상반야광을 유지할 수 있을지 궁금하군. 좋아, 자네가 나의 역천패극뢰를 10분 이상 더 버틴다면 살려주겠네. 서연신모도 내가 최선을 다하지 않았다고는 말 못할 거야."

그 말은 흑룡의 힘도 거기 정도가 한계라는 걸 암시하는 말이었지만,

태인은 조금도 기쁘지 않았다.

'10분? 제길, 난 이제 그 반도 더 못 버텨.'

목숨을 걸었다 해서 매번 기적이 일어난다면 세상에 죽을 사람이 있을 리 없었다. 태인이 제자리에 붙잡힌 가운데 검은 기둥을 흡수하던 금빛의 호수가 점점 말라가기 시작했다.

알은 핏물이 흐르는 눈으로 그 광경을 지켜보았다. 흑룡은 10분을 말했지만 그때까지 태인이 버티지 못할 것이 명백해 보였다.

'10분. 하지만 난 이제 마력이 남아 있지 않은데, 어떡해야 하지? 제발 누구라도 태인을 도와줘, 제발!'

간절하게 외치는 알의 귓가로 픽 하고 무언가가 터지는 소리가 들려왔다. 부서져 나가는 작은 나뭇조각이었다.

'저건 그때 그 염주?'

아까 넘어질 때 품에서 굴러 떨어졌던 염주 한 알이 압력을 못 견디고 터진 모양이었다. 대부분의 압력이 알의 몸에 집중되어 있었지만 염주에도 미친 듯했다.

"중생의 고난을 듣고 살피며 보살피기에 관세음이라 한다."

그 순간 알의 뇌리에 옛날 자율 선사의 말이 스쳐 지나갔다. 알은 핏발 선 눈으로 다른 염주 알들을 쳐다보았다. 말도 안 된다는 것은 알고 있었다. 하지만 어쩌면, 만에 하나라도 된다면. 태인의 힘은 점점 더 한계에 다다르고 있었고, 알은 너무 절박했다. 그래서 알에게는 더 이상 선택의 여지가 없었다.

'만에 하나라도, 그 만에 하나가 태인을 구할 유일한 길이라면.'

"하아. 하아."

알은 이를 악물고 떨리는 손을 뻗었다. 너무 세게 문 나머지 날카로운 송곳니가 입술을 뚫어버리면서 피가 흘렀다. 하지만 알은 조금도 통증을 느끼지 못한 채 흩어진 염주 알의 하나를 쥐고 절규했다. 기력이 너무 없어서 절규하듯 외친다고 했지만, 정작 나오는 소리는 미약했다. 너무나 작은 그 소리는 마치 기도하는 걸로 들렸다.

"관음보살이여."

아니, 그건 실제로 기도였다. 한 점의 의심도, 한 치의 흔들림도 없이 굳건한 신앙심에서 나온 기도와는 거리가 멀다 해도 기도였다. 비록 거기에 신실함은 없다 해도 물에 빠진 자가 발악하며 아무 지푸라기나 잡는 절박함은 있었다.

"당신이…… 정말로 자애로운 여신이라."

알도 알고 있었다. 빛이 자애롭다 해도 그건 빛 속에서 새로이 생명을 얻는 자들, 그 빛의 인도함을 따라가는 자들에 대해서였다. 자신은 애초에 근원이 다른 곳에 속한 뱀파이어. 비록 힘이 있어 빛에 대항하여 태양 아래를 걸어다닐 수 있다 해도 결코 온당히 용납되는 것도 힘든 존재다. 하물며 용납을 넘어서 은혜를 바라는 것은 있을 수 없는 일이었다.

"나 같은 어둠의 존재에게도."

순순히 인정했다. 평소에는 뱀파이어로서 자긍심도 있었고 빛의 은혜 따위 없어도 얼마든지 잘살 수 있었으니까 당당했지만, 지금은 아니었다. 걸린 게 차라리 자신의 목숨이었다면 이토록 절박하게 기도하지는 않았을 텐데, 당당하게 한마디 외치면서 차라리 포기했을 텐데 지금은 그럴 수 없었다.

"일생에 한 번쯤은 기적을 허락한다면."

있을 수 없는 일임을 알면서도 바랐다. 지금 그가 지닌 힘으로 할 수 있는 게 아무것도 없으니 그저 간절히 탄원하는 것밖에 할 수 없었다. 그 간절함에도 몸은 그의 제어 안에 있지 않았고, 그래서 다음은 말로 나오지 못했다. 사라지려는 의식을 억지로 붙든 채 입술만 달싹이며 알은 생각으로서 말했다.

'지금 여기서 태인을 지켜줘요.'

굳게 쌓아올린 믿음은 아니었다. 단지 있는 것은 그게 그의 존재를 부정하는 반대 편의 극에게 매달리는 절박함뿐. 그것도 일방적으로 이기적인 요구였다. 그래도 알은 바랐다.

'그럼 나 감히 다시는 당신에게 이렇게 부탁하지 않을 테니.'

그 생각을 끝으로 알은 의식을 잃었다. 그건 어디의 경전에도 나와 있지 않은 기도였고, 어느 누가 가르쳐 준 기도도 아니었다. 제대로 된 격식을 갖춘 기도도 아니었다. 그저 순수하게 자신이 하지 못하니 대신에 지켜달라고 하는 일방적인 청원일 뿐이었다. 어둠의 귀족으로서 스스로의 정체성을 제물로 삼아 올리는 청원. 그리고 그 어리석은 청원은 응답받았다.

주인은 정신을 잃었지만 손에 들린 염주는 스스로 떨리며 작은 빛을 띠기 시작했다. 그에 맞추어 흩어졌던 다른 염주 알도 그 자리에서 떨리다가 작은 빛을 내며 허공에 떠올랐다. 염주 알은 제각기 다가와 쓰러진 알과 태인 주위를 감쌌다. 빛의 알갱이가 허공을 맴돌자 그 안쪽은 한순간 포근한 기운이 가득 찼다.

"관음수호주(觀音守護珠)?"

죽음을 목전에 둔 상황에서도 태인은 당혹감에 휩싸였다. 입문 초기에나 배우는 가장 초보적인 수법으로서 그의 경우 배운 지 하루 만에 익히고 그 뒤로 영영 쓴 적이 없는 수법이었다. 아니, 사문의 누구도 초기 과정으로 익히기는 해도 실제 쓰지는 않는 가장 기초적인 방어 주술이었다. 하지만 그렇다 해도 엄연히 불문의 방어 주술이었는데, 그게 알의 손에서 펼쳐지니 태인은 어이가 없었다. 그건 흑룡도 마찬가지였는지 검은 번개를 만들어내다 말고 한순간 내려다보았다.

"놀랍구나. 하나 그뿐이다."

용의 말에 태인도 정신을 차렸다. 알이 어떻게 불문의 초급 주문을 쓸 수 있는가가 중요한 게 아니었다. 그보다 이어질 흑룡의 공격을 막는 게 급했다. 태인은 무상반야광에 힘을 계속 퍼부었다.

"무상…… 큭."

하지만 주력이 이어지지 않았다. 다급한 마음에 무리해서라도 힘을 끌어올려 보려 했지만 말라 버린 샘처럼 주력은 거의 남아 있지 않았다. 결국 더 이상 무상반야광을 유지할 수 없을 만큼 그의 주력은 바닥난 것이었다. 그와 달리 흑룡이 만들어내는 역천패극뢰는 다시금 완성되어 갔다. 점점 더 거대해지던 검은 번개가 마침내 움직였다. 태인은 다급한 마음에 남아 있는 주력이라도 끌어올렸다. 무상반야광에 못 미치지만 그래도 할 수 있는 최선의 주문을 남은 힘을 쥐어짜 그는 말했다.

"부동금강인."

금빛의 사각결계에 용의 분노가 작렬했다. 무상반야광을 날려 버릴 때보다도 더욱 강맹해진 그 힘 앞에서 초라하기 짝이 없는 자신의 부동금강인을 보고 태인은 쓴웃음을 지었다. 아무래도 이번에는 바티칸이 제대로 적을 고른 게 틀림없었다. 묵빛의 번개가 연이어 지상을 가격했다. 일격, 이격, 제 이격에 부동금강인이 그대로 찢겨 나갔다. 태인은 눈을 감았다.

'끝인가.'

알의 말을 들을 걸 그랬나라고 태인은 후회했다. 흑룡을 잡으라고 했을 때 차라리 깨끗이 포기하고 둘이서 도망쳐서 숨었으면 적어도 죽지는 않았을 것이다. 다시는 퇴마사로서 활동할 수는 없겠지만 그거야 뭐 어떤가, 그동안 모은 돈으로 백수 생활을 하든 우아한 취미생활을 즐기든, 아니면 여유롭게 다른 일을 하든 얼마든지 살 수 있었을 텐데.

'적어도 알, 너까지 끌어들이지는 말았어야 하는데. 아니, 흑룡이 알 너만은 살려둔다고 했나? 그것만은 다행이군. 이젠 네가 혼자서도 잘 해 나가야 할 텐데.'

후회는 계속되었지만 시간은 돌이킬 수 없었다. 체념한 채 최후를 각오한 태인은, 그러나 자신의 후회가 예상 이상으로 길어지자 다시 눈을 떴다. 그리고 그의 앞을 가득 메운 묵빛의 번개를 보았다. 그랬다. 주위가 검은 번개에 휩싸여 산의 일각이 부서지고 있었지만 그와 알은 무사했다.

'막아내고 있어? 관음수호주가? 말도 안 돼!'

태인도, 흑룡도 그 이해할 수 없는 광경을 잠시 침묵하며 바라보았다. 천지의 조화를 뒤집은 역천의 패력은 그러나 미약한 빛을 내뿜으며 반딧불처럼 떠도는 몇 개의 염주 알이 오가는 공간을 뚫고 들어오지 못했다. 저 높은 곳에서 굴러 떨어진 몇 개의 돌덩이가 지푸라기를 얽어 만든 오두막을 무너뜨리지 못하고, 몇 십 미터의 높이에 달한 해일이 모래성 하나 무너뜨리지 못하는 격이었지만 둘의 눈앞에서 실제로 그 일이 벌어지고 있었다.

"믿을 수 없다. 어찌 그런 미약한 빛으로 나의 이 역천패극뢰를 막는단 말인가."

용의 의문에 태인도 대답해 줄 수 없었다. 그런 게 있었지라고 기억해 내는 게 장할 정도의 초급 수법이 아무리 그래도 알의 흑마력에서 어떻게 나올 수 있는지, 설령 어떻게 나왔다 할지라도 어떻게 그의 무상반야광조차 짓이겨 버린 힘 앞에서 당당히 버틸 수 있는지 앞뒤 설명이 불가능했다.

1분. 2분. 태인의 인생에서 몇 분의 시간이 그렇게나 길게 느껴진 적은 처음이었다. 계속해서 쏟아지는 번개 앞에서 끝끝내 관음수호주는 무너지지 않았다. 마침내 흑룡의 역천패극뢰가 그 바닥을 드러내었다. 하지만 당장이라도 톡 건드리면 꺼질 것 같은 몇 알의 염주들은 그대로 떠서 작은 빛을 내뿜었다.

'이렇게 되면?'

태인은 혹시나 하는 희망에 용을 올려다보았다. 과연 저 흑룡이 호기로 내뱉은 말을 지킬지 자신이 없었지만, 그래도 상대는 악이라 하나 신수. 스스로의 말을 중시 여길 가능성이 있었다. 용은 허탈하다는 듯 아래를 내려다보며 말했다.

"약속은 지킨다, 인간이여. 하지만 그전에 몇 가지를 물어도 되겠는가?"

상대의 압도적인 힘에 눌린 때문일까, 태인의 대답은 한층 더 공손해져 있었다.

"무엇입니까?"

"먼저 저 소년이 어떻게 관음수호주를 썼는지 물어봐도 되겠는가? 내가 잘못 보지 않았다면 그는 흡혈귀다. 그의 힘은 단 하나의 빛도 섞이지 않은 순수한 어둠인데 어떻게 거기에서 빛 중의 빛이 나올 수 있는가?"

"저 또한 알지 못합니다. 그저 알이 마지막으로 내뱉은 기도가 관계있지 않을까 추측할 뿐입니다."

흑룡은 말없이 아래를 내려다보았다. 하지만 정작 그 검은 번개를 내뿜지 않고, 조용히 서 있자 아까보다 더 큰 위압감이 느껴졌다. 태인은 자신이 상대하려고 했던 게 어떤 존재였는지 이제야 똑똑히 알 수 있었다. 방금 전 싸울 때는 차라리 강대한 마수였을 따름이지만 고고히 서 어떤 깨달음을 향해 사색을 하는 지금 이 순간 상대는 인간의 영역을 훨씬 초월한 곳에 있는 고고한 존재였다.

그 영향을 받아 태인도 따라 생각했다. 원칙적으로 알의 흑마력으로 불문의 주술을 쓴다는 것은 말이 안 되었다. 하지만 그 간절한 마음이 담긴 말이 가 닿았다면, 무언가 일어나선 안 될 기적이 일어날 수 있을지도 몰랐다.

"그러한가? 그렇군. 어둠이 스스로를 태웠으니 거기서 나오는 것이 순수한 빛이 아니고 무엇이랴. 하나 어찌 그 미약한 빛이 나의 힘 앞에 버티는가."

그 의문에 대답할 수 없어 태인은 스스로 거의 잊어버리고 있다시피 한 옛 주문을 꺼내보았다.

"그 이름을 지심으로 말하는 이는 물불과 도검이 두렵지 않으리니, 관세음의 수호함이라. 관음수호주."

아무리 지금 그가 힘이 없다 해도 이 정도는 쉬웠다. 극과 극은 통한다고 이 쉬운 수법이 흑룡의 힘의 상극이 아닐까, 태인은 일순간 생각했다. 그가 친 결계가 알이 불러낸 힘의 바깥쪽에 나타났다. 그리고 거의 동시에 사라졌다. 역시 상식대로 이 하급의 결계로는 흑룡이 뿜어내는 무형의 기세조차 감내할 수 없었다.

그 모습을 보고 용이 큰 소리로 웃었다. 사방을 쩌렁쩌렁 울리면서 작은 바위조차 굴러다니게 만드는 그 거대한 소리가 웃음이라고 할 수 있다면 말이다. 강대한 기파에 구름이 일순간 흩어지고, 나무가 뽑혀 나갔다. 하지만 그 웃음 앞에서도 알이 만들어낸 작은 공간은 흔들림이 없었다. 용이 비로소 웃음을 멈췄다.

"그래, 내 어찌 몰랐는가. 진실로 지키고자 하는 바를 위해 어둠이 스스로를 살라 만든 빛이 어찌 도에서 멀다고 할까. 스스로 낮추지 아니하고서 어찌 지극함을 이룰까."

흑룡이 갑자기 자신의 여의주를 강하게 움켜쥐었다. 묵빛으로 빛나던 그 여의주에 쩌저적 소리가 나며 금이 가기 시작했다.

"그 무슨……."

자기 것도 아니었지만 태인은 입을 쩍 벌렸다. 앞서 벌어진 황당한 일에 충분히 경황이 없다고 생각했지만 용이 스스로의 여의주를 부수는 것은 그 이상으로 놀라웠다. 여의주야말로 용이 지닌 힘의 근원이었다. 그렇기에 그건 외부의 힘으로 부술 수 있는 게 아니었다. 용이 지닌 힘을 능가하는 강대한 힘이 아닌 다음에야 부서지지 않는 게 여의주였다. 그런데 지금 흑룡은 스스로 여의주를 부수고 있었다. 강력한 여의주도 자기 자신의 힘은 견딜 수 없는지 마침내 산산조각이 났다.

여의주가 부서지고 나자 뒤이어 흑룡의 몸도 갈라지기 시작했다. 내려치는 도검으로도 흠집 하나 낼 수 없는 거대한 검은 비늘에 저절로 금이 가며 떨어져 나갔다. 검은 비늘이 차례대로 갈라지며 떨어져 나간 그 자리에서 빛이 새어 나왔다. 가을 하늘과도 겨울 바다와도 다른 그 푸른빛은 은은하면서도 찬란했다. 자연스러우면서도 비범했다. 보지 않은 자는 결코 납득할 수 없는 설명밖에 하지 못할 푸른빛은 새로이 돋아난 흑룡, 아니, 이제는 청룡의 비늘 빛이었다.

"아!"

검은 비늘이 전부 떨어져 나가고 이제 푸른 비늘로 갈아입은 청룡이 태인을 내려다보며 말했다. 그 음성은 아까처럼 크게 울리지는 않았으나 오히려 더 깊이가 있었다. 폭풍이 몰아치는 기세가 사라진 그 자리를 고요히 자리 잡아 바람에도 흔들리지 않는 태산의 품위가 대신했다.

"나를 버리고 남을 위하여 모자람으로서 함께함이니, 돌아서면 거기가 도인 것을 내 어찌 그리 멀리 헤맸던가. 인간이여, 네 원대로 나는 이제 떠난다. 이로서 자연과 조화를 이룸이니 나는 더 이상 너희의 일에 관계하지 않겠다. 하나 네게는 빚진 바가 있으니 마지막으로 한마디 해줘야겠구나."

하늘에서 비가 쏟아졌다. 먹구름 속에서 뇌성이 울리는 가운데 호수에서는 다시 물이 위로 솟구쳤다. 위에서 아래로, 다시 아래에서 위로 물이 돌고 도는 그 기적의 순간을 태인은 뭐라 말할 수 없어 쳐다만 보았다. 용의 머리가 구름 위로 들어가고 뒤이어 기다란 몸통이 뚫고 갔다. 그 몸을 따라 물줄기가 휘몰아치며 돌아가 지상에서 하늘로의 길을 만들었다. 어느 순간 용의 모습이 시야에서 사라졌다. 그리고 태인의 귓가에, 아니, 머리 속에 용의 음성이 직접 울렸다.

"이제야 내게도 보이는구나. 네 옆의 존재를 네가 지키고자 함이면 분별을 두지 말고 끝까지 지키거라. 그러면 길이 열릴 것이다. 그러나 네가 그럴 수 있을지 모르겠구나. 스스로를 낮춤으로서 함께 높아짐을 나도 깨닫지 못하여 천년을 헤맸거늘, 인간이 잘 못한다 하여 어찌 어리석다 탓할까."

콰앙!!

일순간 번개가 주위로 몇 번이나 떨어졌다. 그리고 거짓말처럼 비가 뚝 그쳤다. 바람도 불지 않았건만 먹구름이 스스로 흩어지며 옅어졌다. 일렁이던 호수도 그대로 잠잠해졌다. 맑은 하늘에 햇살이 다시 비쳤다. 그 빛을 따라 호수에서 하늘로 두 가닥 빛의 다리가 놓였다. 빨, 주, 노, 초, 파, 남, 보. 일곱 빛깔의 무지개가 서로 마주 보며 허공에 걸렸다.

그 모습을 보며 태인은 고요히 생각에 잠겼다. 지닌 바 힘을 다 털어내고도 모자라 내상까지 입은 자라고는 믿을 수 없게 그의 안색은 평온했다. 무엇이 알로 하여금 관음수호주를 쓰게 했는지, 어떻게 그 관음수호주가 흑룡의 힘을 막아내게 했는지, 흑룡은 그 광경을 보고 무엇을 느껴 스스로 여의주를 부수고 청룡이 되어 떠나갔는지 그는 생각하고 또 생각했다. 아직도 그를 지키겠다는 듯 떠 있는 작은 염주 알을 살며시 쥐며 태인은 나지막하게 말했다.

"이제 그만 쉬어도 돼, 알. 흑룡은 떠났어."

정신을 잃고 있는 데에도 그 말을 들은 걸까. 비로소 염주 알이 땅으로 내려앉았다. 그 모습에 태인도 걸려 있는 무지개만큼이나 잔잔하게 미소 지었다.

'그래, 불법의 근본은 신통이 아니요. 단지 그것은 중생을 구하기 위한 작은 방편일 뿐이니, 마음에서 힘이 나옴은 마음의 자유를 가리키는 말만은 아니라는 건가.'

바닥에 떨어진 염주 알을 모아 그는 다시 한 번 주술을 펼쳤다.

"관음수호주."

작고 미약하나 부드러운 빛이 주위를 떠돌기 시작했다. 기초 중의 기초라고 해야 할 단순한 수법과 그에 어울리게 별 볼일 없는 힘. 그러나 이러한 수법을 처음 배울 때 나오는 그 말이야말로 기본이면서 또한 전부였다.

"지키고 감싸고자 하는 내 마음을 실어 거룩한 이에게 청하니, 그 마음으로서 만물을 구하고자 하도다. 그 말의 의미가 이런 것이었나. 보다 강한 주력과 보다 깊은 주술 이전에 그것을 찾는 마음이 우선되어야 하는 것이었는데."

태인은 빙긋 웃었다. 껍데기만 가진 강대한 주술은 말 그대로 흉내내기에 불과했다. 끝에 가서 돌아온 처음이 결코 같은 처음이 아니라는 말을 그는 이제야 진짜로 이해할 수 있었다.

'그렇다 해도 내가 할 수는 있을까? 진정으로 마음과 주술이 하나가 되는 경지라는 게 내게 가능할까. 그러기에는 난 이미 너무나 많은 주술에 익숙한데. 후훗. 뭐 본 바가 있으니 언젠가 얻는 날도 오겠지.'

그 문제는 잊어버리기로 하고 태인은 쓰러져 있는 알을 들어 올렸다. 기절한 채 몸에 제대로 된 뼈가 남아 있지 않아 축 늘어지는 알의 몸을 보고 태인은 잠시 멈췄다. 고민하던 그는 새끼손가락을 살짝 물었다. 피가 조금씩 배어 나왔다.

"이 정도는 괜찮겠지."

알의 입을 벌리고 태인은 그 위에 자신의 손가락을 가져갔다. 그의 피가 방울져 손톱 끝에 맺혔다가 힘겹게 한 방울이 떨어졌다. 그렇게 한 방울이 들어갈 때마다 태인은 알의 몸이 빠르게 정상으로 돌아오는 것을 알 수 있었다. 아무리 뱀파이어가 피를 흡수하면 빠르게 회복하고 그의 피가 보통 사람보다는 강한 힘을 지니고 있다 해도, 도가 지나치게 빠른 속도였다.

'그래, 특별할 정도로 말야.'

마침내 알의 몸 곳곳에 피는 묻어 있을지언정, 상처는 사라졌다. 태인은 더 떨어질까 두렵다는 듯 바로 손을 치웠다. 하지만 얼굴은 미소 띠고 있었다.

'하지만 무언가 희망이 있는 것 아닐까? 그게 뭔지 아직 잘 모르겠지만, 알이 그렇게 빛의 힘도 어찌 되었든 행사해 낼 수 있었다면 뭔가 알에게 내가 생각하지 못한 또 다른 면이 있는 건지도 몰라.'

그게 무엇인지 아직은 전혀 알 수 없었지만, 짙기만 하던 어둠 속에서 한줄기 빛을 찾은 느낌이 태인은 들었다.

'아니면 이건 또 하나의 차별인가? 사실 어느 쪽의 힘을 쓰든 너는 너였는데.'

그리고 잠시 뒤 햇살이 부셨는지 알이 눈을 떴다 도로 감았다 했다.

"깨어났냐? 일어나라. 가자."

위에서 들려오는 태인의 말에 알은 머리를 잠깐 흔들었다. 정신을 차린 그는 자리에서 바로 일어났다. 알에 눈에도 허공에 걸린 쌍무지개가 들어왔다. 처음 보는 그 모습에 알은 감탄성을 내뱉었다.

"와아? 쌍무지개다? 처음 봐. 앗, 근데 흑룡은?"

자신이 왜 정신을 잃었는지 기억해 낸 알은 겁먹은 눈길로 사방을 쳐다보았다. 하지만 어디에도 그 흔적이 보이지 않아서 알은 의아했다. 깨어난 알의 안색이 쓰러질 때보다 훨씬 좋아 보였지만 태인은 이상하게 여기지 않았다. 대신에 그는 부드럽게 말했다.

"흑룡은 떠났어. 이제 다시 볼 일 없을 거야. 가자, 알. 이번에는 네 공이 컸어. 그리고 다음번에는 이번처럼 고생할 필요 없을 거야."

알은 놀람과 기쁨에 눈을 동그랗게 뜨고 되물었다. 무사한 태인의 모습을 보니 무척이나 기뻤지만 어떻게 된 것인지 궁금했다.

"헤에? 어떻게 된 거야? 정신을 잃고 있는 동안 다 해결되었나 봐?"

알의 의문에 태인은 조용히 고개만 끄덕였다. 더 이상 설명해 주지 않고 잔잔하게 미소만 짓는 태인을 보고, 알은 전후사정을 짐작하기 위해 머리를 굴렸다.

'어떻게 된 걸까? 아, 혹시 그 뒤로 태인이 어떻게 어떻게 해서 겨우 흑룡의 힘이 다 떨어질 때까지 버틴 건가? 흑룡의 힘이 강하다 해도 역천의 힘이고, 태인의 무상반야광은 불문의 정통이니 지키기만 했다면 의외로 버텼을지도.'

알이 멋대로 추측하게 내버려 두고 태인은 발걸음을 옮겼다.

"같이 가!"

부지런히 발걸음을 옮겨 태인을 쫓아가며 알은 아쉬움에 뒤를 잠깐 돌아보았다. 하늘에는 변함없이 무기개가 떠 있었고, 땅에는 아까 흩어진 염주 알이 보였다. 알은 다시 주울까 하다가 관두기로 했다. 기도와 그게 응답받는 기적은 한 번으로 족했다.

'헤헤, 그래도 고마웠어요.'

한 인간과 한 뱀파이어가 떠나고, 흩어진 염주 알은 바람결에 이리저리 움직이며 혹은 호수로 떨어지고 혹은 수풀 속에 숨었다.

구슬 속에 비치는 광경을 함께 지켜보던 스레이나가 입을 열었다.

"이건 성공인가요, 실패인가요? 아니면 절반의 성공이라고 할 건가요? 급한 일이라고 불러놓고 이런 모습을 보여주고 싶으셨던 건가요?"

드뤼셀은 대답하는 대신에 휘파람을 불었다. 그러나 스레이나가 더 이상 아무 말 하지 않은 채 지그시 그를 바라만 보자 마침내 그는 입을 열었다.

"아무렴 설마 그랬겠습니까. 이건 예상과 완전히 정반대라고요. 그렇다고는 해도 기대와는 크게 어긋나지 않으니까, 좀 더 지켜보지요. 일이 이렇게 되었으니 추기경 예하께서도 분발하지 않으시겠습니까."

예상에서 어긋났지만, 기대에서 어긋나지는 않았다는 드뤼셀의 묘한 말에 스레이나의 미간에 잔주름이 늘어났다. 그에 맞추어 드뤼셀의 웃음은 더 쾌활해졌다.

"우리가 인간을 못 믿으면 누가 인간을 믿겠습니까? 추기경 예하께서는 한 점의 악에도 물들지 않는 믿음 깊은 분이시니, 좀 더 시간을 주도록 하지요."

"지켜만 볼 건가요?"

그래도 계속 추궁해 오는 스레이나 앞에 드뤼셀이 한숨을 푹 내쉬었다.

"하아, 알았습니다. 만일을 대비해서 약간의 손은 써두겠습니다."

"실수가 없길 바라요."

그 말을 끝으로 스레이나는 자리에서 일어나 방 밖으로 나갔다. 수정 구슬을 빙글빙글 돌리며 알과 태인을 지켜보던 드뤼셀이 손가락을 탁 튀기자 수정 구슬에 비치던 화면이 사라졌다. 그리고 자신의 영역 안에서 스레이나가 사라졌음을 확인한 드뤼셀이 짧게 중얼거렸다.

"그것참, 예상외의 사태이긴 하지만 별로 실수는 아닌데. 하여간 난감한 할머니라니까. 그런데 정말 재밌게 되었군. 설마 이렇게 예상을 멋지게 뭉개고 기대한 대로 될 줄이야."

● Chapter 25
마녀의 향기

"으아악!!"

밤중에 잘 자던 태인은 알의 비명 소리에 놀라서 잠을 깨야 했다. 그는 반사적으로 튕기듯이 침대에서 일어나 재빠르게 결계부터 발동시키며 알에게 무슨 일이 생겼는지 확인했다. 알은 대체 언제 떨어졌는지 침대 바닥에 거꾸로 엎드려서 바둥거리고 있었다. 태인의 손에서 재빠르게 부적이 떠나고 알의 주위로 결계를 쳤다. 알은 그제야 몸을 바로 누이고는 숨을 헉헉거렸다. 태인은 대체 무엇이 이 호텔방 안에 들어온 것인가 해서 감각을 최대한 끌어올렸지만 위험하게 느껴지는 것은 없었다.

"헥헥. 무서운 꿈이었어."

알의 말에 그제야 사태를 파악한 태인의 얼굴이 살짝 굳었다. 겨우 호텔에 돌아와 모처럼 숙면을 취하다가 깨어나 주문을 썼더니 순전히 잠꼬대였다니 가히 기분 좋을 수 없는 일이었다. 그래서 알에게 사실을 확인하는 그의 목소리도 꽤나 나지막했다.

"악몽꿨냐?"

그러면서 태인은 슬그머니 알의 머리를 한 대 쥐어박을 준비를 했다. 잠이 덜 깬 알은 태인이 저기압임을 미처 감지하지 못했는지 멍하게 대답했다.

"응. 흑룡이 또 나타나서 온몸이 바닥에 눌려 바스러지는 꿈을 꿨어. 하아, 어찌나 무섭던지."

다시 낮의 일이 생각난 알은 몸을 부르르 떨었다. 올라가던 태인의 주먹이 슬그머니 내려왔다.

'하긴 고생하긴 고생했지, 녀석. 다시 꿈에 나타나도 이상할 정도가 아니지. 보통 사람이 그 정도로 당했으면 미쳐 버렸을지도.'

태인은 다시 자기 자리로 돌아가 드러누우며 알에게 퉁명스럽게 말했다. 그래도 역시 한밤에 깨서 쇼하는 것은 별로 기쁜 일은 아닌 법이었다.

"잠이나 자, 임마. 다 지난 일 가지고 무슨. 또 깨우면 혼날 줄 알아."

"으응."

알도 순순히 고개를 끄덕이고는 슬그머니 침대로 기어올라 가 이불 속으로 파고들었다. 곧 이어 알은 잠들었지만 정작 피해자인 태인은 그러지 못했다.

'악몽이라. 그래, 녀석도 그런 걸 꿀 수도 있는 일이지. 하지만 이런 난감함이라니. 알렉시안에 대해 그렇게 노심초사하면서도 정작 알은 무슨 일을 당해도 아무렇지도 않을 거라고 난 생각한 건가. 후훗. 알 녀석도 분명 고통을 느낀다는 걸 알고 있었으면서도 무심했던 건가. 무심이라. 후훗, 그렇겠지, 그날 내가 했던 대답은.'

잠은 오지 않았지만 태인은 눈을 감았다. 그의 뇌리로 바로 며칠 전 그가 했던 말이 스쳐 지나갔다.

"그럴 때가 온다면 제 손으로 죽일 것입니다."

'그래, 다른 누구에게도 맡길 수 없는 일이겠지. 내가 해야만 할 일. 하지만……'

"알, 자냐, 아니면 깨어 있냐?"

"우-응?"

알이 비몽사몽인 듯한 목소리로 대답했다. 아무래도 자고 있다가 태인의 물음에 깬 듯했다. 하지만 태인은 개의치 않고 물었다.

"내가 다른 뱀파이어를 죽인다면 넌 어쩔 거냐?"

그 순간 알이 몸을 움찔했다. 어두운 방 안에서 알의 형체만이 겨우 어슴푸레하게 보였지만 태인은 분명히 알아볼 수 있었다. 그리고 알은 바로 대답하지 않았다. 작게 내뱉는 숨소리만 들리는 가운데 태인은 끈기있게 기다렸다. 한참 뒤 알이 대답하지 않고 잠든 게 아닌가라고 태인이 생각할 무렵 마침내 알이 대답했다.

"세리우스는 다시 나타나지 않겠다고 했는데."

자신이 처음 그 질문을 받았을 때와 마찬가지로 대답을 돌리는 알을 보고 태인은 어떤 표정을 지어야 할지 몰랐다. 하지만 자혜 대사와 마찬가지로 계속 질문하는 자신을 느낀 태인은 스스로의 표정을 보고 싶지 않아졌다.

"꼭 세리우스만은 아냐. 다른 뱀파이어와 싸우게 된다든지, 그게 아니면 만약에 세리우스가 약속을 깨고 다시 나타난다든지. 그렇게 된다면 난 그들을 죽이겠지. 넌 그때 어쩔 거냐?"

알은 역시 바로 대답하지 않았고, 태인은 쓴웃음만 지었다. 바로 조금 전에 알은 그를 위해 모든 걸 걸고 기적을 일으켜 그를 구했었다.

'그리고 지금 난 그 보답으로 이런 질문을 하는 건가.'

"알잖아, 내가 어떻게 할 거라는 거."

겨우 대답하는 알의 목소리가 떨리고 있었지만 태인은 다시 물었다.

"말하지 않으면 몰라. 명확히 해두지 않으면 엇갈릴 수밖에 없어."

태인은 방이 어둡고 밖에도 불이 없어서 제대로 보이지 않는 게 정말 다행이라고 느꼈다. 이번에 알의 대답은 오래 걸리지 않았다. 비록 쥐어짜듯이 대답하기는 했지만 말이다.

"절대로 태인이 죽게 놔두지는 않을게. 그리고 태인이 어떻게 하든 난 막지 않을 거야. 그거면 괜찮지 않아?"

이제는 태인도 망설였다. 그냥 '그래'라고 대답해 줄 수도 있었다. 하지만 태인은 스스로의 잔인함을 느끼면서도 끝내 물었다. 그는 그렇게 물으면서 자신과 자혜 대사 양쪽 모두를 저주했다.

"돕지는 못하겠지?"

"난…… 너무해, 태인. 왜 밤에 이런 걸 묻는 거야? 그냥 잘 자고 있었는데 어째서… 오늘 난 별다른 잘못도 저지르지 않았는데 왜…….'"

알의 목소리가 애원조로 바뀌며 돌아눕는 소리가 났지만 태인은 돌아보지 않았다. 그리고 뒤이어 나온 그의 말은 스스로가 듣기에도 놀랄 정도로 건조했다.

"미안하다. 더 묻지 않을 테니 그만 편히 자라."

알은 더 이상 대답하지 않았다. 한참 뒤 알의 숨소리가 다시 고르게 변했음을 확인한 태인은 자리에서 일어나 침대에 몸을 기대고 앉았다. 어두운 방 안, 앞에 아무것도 보이지 않았지만 그는 그 자리에 앉아 누군가에게 말하듯 독백했다.

"그래, 알. 나도 네가 다른 누군가에게 죽게 놔두지는 않을 거야. 하지만 너와 나 사이의 저울은 절대로 수평을 맞출 수 없겠지."

태인은 쓸쓸하게 웃었다. 보답하지 못할 신뢰를 주는 쪽과 받는 쪽, 어느 쪽이 더 괴로운지 그는 알 수 없었다.

"어쩐지 전생에 무슨 일이 벌어졌는지 알 것도 같군."

그 말을 끝으로 그도 다시 자리에 누워 어둠 속에 그의 정신을 맡겼다. 이제 다음날이 밝아오면 그도, 알도 오늘 밤의 일은 전혀 모르는 척 행동할 것이다. 그렇다고 결코 잊어버릴 수도 없겠지만 말이다.

보고서를 받아 든 손길이 부들부들 떨렸다.

"흑룡이 세상을 떠났다고? 그럴 수가. 중국이 몇 백 년을 포기하고 방치해 둔 흑룡을 그 뱀파이어가 해냈다는 건가. 그렇다면 그는 정말로……."

추기경은 뒷말을 잇지 못하고 한참 동안 보고서를 내려보았다. 그리고는 커다랗게 한숨을 내쉬고는 자리에서 일어났다. 벽의 한쪽에 붙어 있는 커다란 세계 지도를 쳐다보며 추기경은 서 있었다. 벽에는 여러 가지 크기의 점이 있었는데, 가장 커다랗던 점 중의 하나를 떼어내며 추기경은 한숨을 내쉬었다.

"그가 정말로 예언의 자이고, 지금이 예언의 때라면…… 그럴 수는 없다, 그럴 수는 없지. 하나 정말로 그러하다면 상대하기 위해서는 일사불란해야 하는 법. 보다 확고한 증거가 필요하겠지. 하나 흑룡조차 안 된다면 이제 힘으로 밀어붙일 수는 없다는 것 아닌가."

추기경은 한참 동안 벽을 쳐다보며 고민했다.

"어이한다, 흑룡으로도 안 된다면 어이한다. 이제 와서 무엇으로 상대한다. 강대하다 하여도 올바른 믿음이 함께하지 않은 힘은 결국 헛되고, 거짓된 힘일 뿐일 텐데."

그러다 무엇을 발견했는지 추기경의 얼굴이 밝아졌다.

"그래, 강대할지는 몰라도 제대로 된 믿음이 없는 힘이니 그 정신에는 문제가 있을 터 이 마녀라면 좋은 상대가 되겠지."

추기경은 자리에 돌아가 태인과 알을 위한 세 번째 모험을 계획하기 시작했다.

"이것까지 통과한다면 더 이상 의심할 필요가 없겠지."

설령 사실이 아니라 해도 상관없었다. 그만큼 위험한 존재라면 마땅히 미리 제거해야 당연했다. 그 위험한 예언이 실현되도록 놔둔다는 것은 인류의 수호자로서 직무유기였다. 펜을 놀리며 추기경은 옛 예언을 떠올렸다.

"잊혀진 자들의 왕이 돌아오리니, 최초의 그는 어린 왕이라. 아직 깨어나지 않은 그의 옆을 배신한 자가 지키리라. 어린 왕은 불사를 다루는 자라 천상의 번개도, 지옥의 불꽃도 결코 그를 진정으로 죽이지 못하리니 언제나 다시 살아나 깨어남을 향해 나아가리라. 그러나 배신한 자에게 왕이 권세를 허락한 바, 그만이 어린 왕을 재우리라. 그때에 왕이 깨어나 그 옥좌에 앉을 때가 되면 잊혀진 자들이 돌아와 그 곁에 서리니 세 큰 별이 앞을 닦고, 여덟 작은 별이 뒤를 따르리라. 첫 번째 별이 뜨니 검을 든 기사라. 세상의 용사들이 그 앞에 떨어져 시체의 계곡을 이루더라. 두 번째 별이 뜨니 모든 것을 홀리는 탕녀라. 그 눈길에 만물이 잠기리니 아이는 부모를 잃고, 부모는 자식을 잃으며, 세상의 곳곳에 눈물과 피가 흐르리라. 세 번째 별이 뜨니 책을 든 마법사라. 세상의 현자들이 그 손길에 쓰러지니 미몽 속에 인간이 길을 잃게 되어 파멸의 문이 열리리라. 네 번째 별 있으니 마지막 남은 희망이라. 그러나 그 희망이 길을 버릴지니 모든 것은 그로서 끝나리라. 깨어난 왕의 뒤를 여덟 작은 별이 뒤따르리니, 남은 희망을 삼키는 자들이라. 첫째는 크나큰 짐 승이니 용의 머리와 양의 머리를 함께하여……."

추기경은 악몽을 털어버리려는 듯 고개를 저었다. 글의 마지막에 서명을 남기며 그는 단호하게 말했다.

"그렇게 되지는 않을 게야. 악마의 저주 따위 신의 이름 앞에 사그라들고말고, 암."

추기경은 결의에 찬 눈빛으로 저 너머에 자리 잡아 있을 누군가들을 노려보았다.

아직 해가 떠오르지 않은 새벽, 도시는 안개에 휩싸여 조용했다. 그러나 그 와중에도 일찍 일어나 움직이는 부지런한 사람도 있었다. 에르펠 여관의 젊은, 아니, 그보다는 어린 여주인 앨리스 양도 그런 사람 중 일 인이었다.

알람시계 소리에 더 자고 싶은 마음을 누르며 앨리스는 자리에서 일어났다. 아무리 습관이 된 몸이라 해도 역시 이 시간에 깰 때는 조금은 더 잤으면 하는 마음이 안 드는 건 아니었지만, 그녀는 기지개를 켜며 그런 유혹을 물리쳤다. 거기다가 오늘따라 어디선가 풍기는 장미 향이 아침의 활기를 북돋아주었다.

'하암. 좋은 장미 향이네. 어느 집의 장미가 새벽부터 흐드러지게 피었나 봐, 이렇게 내 방에까지 풍겨오고. 왠지 좋은 일이 있을 거 같은 하루야.'

묵고 있는 사람이 일어나기에도, 새로운 손님이 오기에도 이른 시간이었지만 앨리스는 어머니와 함께 부엌으로 가 부지런히 야채를 다듬었다. 손님들에게 제대로 된 아침을 대접하려면 지금부터 준비해야 했다.

막 일곱 개째 감자를 깎았을 때, 여관 문 쪽에서 벨소리가 들렸다.

"앨리스, 누가 왔나 보다."

"제가 나가볼게요, 엄마."

'이 새벽에 누구지?'

앨리스는 의아하게 여기면서도 반쯤 깎인 감자를 내려놓고 주방에서 나갔다. 문 앞에는 두 명의 사람이 서 있었다. 어둠 속이라 자세히 보이지는 않았지만 대강의 윤곽으로 보아 한쪽은 어른, 한쪽은 아직 덜 자란 소년인 듯했다. 소년 쪽의 입에서 뭐라고 앨리스가 알아들을 수 없는 말이 나왔다.

"훌쩍. 이 꼭두새벽에 도착해서 빈방을 찾아헤매는 신세라니 너무 처량하지 않아? 그냥 조금 더 쉬었다가 느긋하게 낮에 도착해서 구경이나 좀 해가면서 일해도 되잖아. 이 마을은 뭐야. 그럴듯한 호텔 하나 없고 싸구려 여관이라니."

"불평하지 마라. 그렇게 느긋하게 대해서 될 상대가 아냐. 그리고 지도 펼쳐 놓고 아무 곳이나 고르라고 했을 때 이 마을을 고른 건 너야."

둘 간의 대화를 알아들을 수는 없었지만 앨리스는 일단 불부터 켰다. 어쨌든 손님인 듯했으니 정중하게 대해야 했다.

"누가 꼭두새벽에 출발할 줄 알았냐고! 그랬으면 제자리에 머물기를 택했을 거야. 쳇, 케르니아가 무섭다 해도 흑룡만큼 강하겠어? 흑룡이랑 싸울 때는 오히려 여유 부려놓고, 이번에는 왜 이러는 거야?"

"그때는…… 관두자. 일일이 설명해서 뭐 하겠냐. 어쨌든 그 이름 함부로 떠들지 마."

앨리스는 대충의 분위기로 두 사람 사이에 약간의 의견 충돌이 있다는 것을 눈치 챘다. 손님의 본분인 주문을 하지 않고 자신들끼리의 일에 정신팔려 있는 둘 때문에 앨리스는 한숨을 속으로 삼켰다.

'하아, 어쩌지. 손님이긴 한 것 같은데, 과연 영어를 알기나 할까? 보자. 남자 쪽은…… 어마, 이국적이다.'

아무래도 무례할 듯한 손님 때문에 한숨을 한 번 더 삼키려던 앨리스는 예정을 변경했다. 흑발에 흑안, 거기에 새하얗지도, 검지도 않은 피부. 동양인의 특징을 보여주는 상대는 주위의 남자들과는 다른 신비한 분위기를 풍기고 있었다. 거기에다가 인종을 초월해서 느껴지는 멋이라는 게 있는 외모였다. 꽃다운 처녀인 앨리스에게 있어서 잘생긴 남자 손님이라는 건 다소의 부족함이 있어도 얼마든지 봐줄 수 있는 문제였다. 거기다가 남자는 그런 앨리스의 마음을 눈치 챘는지, 방금 전까지의 굳은 얼굴을 풀고 부드럽게 미소 지으며 가볍게 고개 숙여 보였다.

"이런, 실례했군요. 두 사람이 묵을 방이 남아 있습니까? 여권은 여기 있습니다."

'영어를 할 줄 아네? 그것도 제법 매끄럽다. 교육도 잘 받았나 봐.

보자, 이름이 철수 강? 한국에서 왔구나. 그런데 옆에 있는 꼬마는 뭐야. 알프리안? 미국인인가. 미국인과 한국인 여행객이라, 묘하네. 뭐, 상관없지. 꼬마 쪽도 제법 귀엽기는 하네.'

속으로 잡다한 생각을 잔뜩 하면서 앨리스는 재빨리 숙박부에 두 사람의 신상을 기록하고 열쇠와 숙박부를 함께 내밀었다.

"여기 서명해 주시고요, 방은 2층으로 올라가서 계단에서 왼쪽으로 꺾으면 나옵니다. 207호예요. 숙박비는 밖에서 보셨겠지만 하루에 25달러입니다."

"감사합니다."

태인 쪽이 서명을 하고 돈을 건네는 동안 알은 뭐가 불만인지 계속 궁시렁거리고 있었다. 그러나 태인이 눈 하나 깜짝하지 않고 올라가자 알도 허겁지겁 뒤를 쫓았다.

계단을 올라가는 둘을 보며 앨리스는 고개를 갸웃했다.

'잘생긴 손님이 와서 좋기는 한데, 그 남자 손목 시계 엄청 비싼 거였어. 뭔가 평범한 손님이 아닌 것 같은데, 음음. 과연 무슨 일일까.'

방문을 닫자마자 알은 그대로 폴짝 뛰어 침대에 몸을 날렸다. 그리고는 고개만 살짝 들어 베개 위에 올려놓고는 태인에게 물었다.

"그런데 대체 이번 일에 왜 그렇게 긴장하는 거야? 아무리 생각해도 이해가 안 돼. 흑룡이랑 싸울 때도 이러지는 않았잖아? 그 마녀가 강하다 해도 흑룡보다 강할 것 같지는 않은데?"

짐가방을 정리하면서 그 안에서 꺼낸 부적을 사방의 벽에 붙이며 태인이 비로소 대답했다.

"말했잖아, 최선을 다해 승부하기에 부족함이 없는 상대라고. 분명히 직접적인 전투력에서는 흑룡에 비할 바가 아니지만 인간의 정신을 가지고 노는 마녀다. 충분히 위험해. 그러니 더 이상의 반론제기는 불허한다."

"하아. 알았어, 알았어. 그냥 순순히 잠이나 잘게."

알은 속으로 태인은 알다가도 모르겠다고 투덜거리면서 엎드린 채 눈을 감았다. 그리고 얼마 안 가 조용해졌다. 부지런히 결계를 완성하고 나서 태인은 눈을 감고 있는 알을 돌아보며 그 옆에 누웠다.

'후. 흑룡 때는 애초에 인간의 힘으로 어쩔 수 있는 상대가 아니었으니 될 대로 되라는 심정으로 초연하게 있었지만, 이번 상대는 다르지.'

알의 숨겨진 힘을 끌어내지 않고도 순수하게 전투력으로 붙는다면 어떻게 해볼 수도 있는 상대였다. 그 반대가 될 수도 있었지만 말이다.

'그렇지만 문제는 상대가 천년 묵은 여우라고 해도 틀리지 않다는 거지.'

엉뚱하고, 애꿎은 사람의 목숨까지 잔뜩 앗아가며 벌어졌던 집요한 마녀사냥에서도, 평화로운 전성기에 그 힘이 한껏 커진 각 종파의 추적에서도, 1, 2차 세계대전이나 이후 냉전의 갈등 속에서도 수많은 퇴마사들을 농락하며 이리저리 도망 다니고 때때로 반격했던 여우 중의 여우, 천년의 세월을 산 마녀였다.

'위조 여권까지 만들어 비밀리에 움직였다고 해도, 나와 알이 뒤를 쫓고 있다는 사실을 알게 되는 건 시간문제일 테고, 이미 알았을지도 모르지. 그녀 입장에서도 내가 걸끄럽기는 마찬가지일 테니 평생을 추적해도 못 찾는 게 정상이겠지. 아니면 완벽한 함정에 걸려들었을 때나 나타나거나. 어디까지나 도와주는 자가 없다면 말이지만.'

태인은 쓴웃음을 지었다. 도와줄 거라고 예상되는 자들이 있었다. 마음만 먹는다면 언제든지 찾아와서 자신의 목숨을 받아갈 수 있는 막

강한 실력자들이 셋이나 있었다.

'드뤼셀, 그리고 또 한 명. 이번에는 어떻게 도와줄 건가? 흑룡도 움직여서 내 앞으로 보내준 당신들이니 마녀가 아무리 영악하다 해도 어렵지 않겠지?'

신분을 숨기고 아무런 예측을 할 수 없게 무작위로 마구 움직이는 것을 알조차도 마녀에게 들키지 않고 다가가기 위한 수단으로 알고 있었지만 사실은 전혀 달랐다. 태인은 드뤼셀의 능력을 시험하고 있는 것이었다. 무력만이라면 어차피 세리우스만 움직여도 알렉시안의 힘이 아니고서는 맞설 수 없었다. 그러나 그와 알이 이런 도피생활을 벌여도 드뤼셀은 찾아낼 것인가?

끝없이 움직이는 것은 물론이고, 탐지를 막는 부적을 잠시도 쉬지 않고 쓰고 있었다. 당연한 말이지만 지구 저편에서 누군가의 위치를 찾아내는 것보다는 그러지 못하게 막는 것이 훨씬 쉬웠다. 그러니 드뤼셀이 강하다 해도 이번만큼은 미리 포기할 수 없는 승부였다.

'만약에 드뤼셀이 나와 알을 찾아내지 못한다면, 그렇다면……'

태인은 한숨을 내쉬었다. 그렇다고 해도 교황청에서 놓여난 후 세상을 떠돌며 살 수는 없었다. 알은 몰라도 혜련은 절대로 그런 걸 좋아할 여자가 아니었다.

'혜련에게 내가 어느 정도로 필요할까.'

알과 달리 혜련은 어른이었다. 그러니 지금처럼 일이 있을 때 떨어져도 꿋꿋하게 잘 있을 그녀였다. 하지만 아예 완전한 이별이라면 태인은 자신없었다.

'하긴 아직 드뤼셀의 손에서 놓여날 수 있다는 것조차 확실해진 상황이 아니지. 미리 걱정하는 것도 우습군.'

태인은 더 이상 쓸데없는 고민은 그만 하기로 하고 눈을 감았다. 그래도 역시 머리 속은 어지러워서 계속 이런저런 고민을 하다가 늦게야 잠들었지만 말이다.

부시럭거리는 태인 때문에 알은 슬며시 눈을 떴다. 몸은 꼼짝도 하지 않아서 태인에게 들키지는 않았지만, 알은 혹시나 들킬세라 도로 눈을 감았다.

'이번 마녀는 내가 잘 모르는 무언가가 있는 걸까? 아니면 태인은 마녀가 아니라 다른 걸 걱정하는 걸까.'

알은 그날의 무시무시한 광경을 다시금 떠올렸다. 흑룡이 가볍게 지팡이를 한 번 두들기자 그대로 납작하게 바닥에 깔려서 꼼짝도 못하고 바둥거리기만 해야 했었다. 따지고 보면 위험이 그뿐만이 아니었다. 이무기 때에도, 혜련과의 첫 만남에도, 바티칸의 쌍둥이 자매와의 만남 때도.

'하하, 그러고 보면 나도 정말 역전의 용사잖아. 대체 몇 번이나 죽을 뻔하다가 살아난 거야.'

혼자 살 때 그랬다면 하나하나가 몇 달 동안 끔직한 악몽에 시달리며 괴로웠을 일들이다. 그러나 지금은 정말 물속에 흘러가듯 과거의 일로 삼아서는 그땐 그랬지라는 추억으로 웃을 수 있었다. 이제는 더 이상 위험한 일이 없는 안전한 나날이어서 그런 게 아니었다. 그럴 수 있는 이유는 언제 어디서나 자신을 지켜줄 거라고 믿을 수 있는 자가 존재하기 때문이었다. 밤에 옆에 있어도 두렵지 않은 자가 있는 이상 자신은 야생의 존재가 아니었다.

그럼에도 지금 역시 악몽은 있었다. 그날 태인에게는 흑룡에게 짓눌리는 꿈을 꿨다고 했지만, 진정한 악몽은 그게 아니었다. 비슷한 내용이었지만 그 대상은 자신이 아닌 태인이었다. 죽음은 받아들일 수도 있었다. 하지만 다시금 혼자가 되어 야생을 떠도는 것은 견딜 수 없었다. 그래서 기원했었다. 터무니없다고 느꼈지만 간절하게 매달렸었고, 기적적으로 응답받았었다. 하지만 또 그런 기적을 기대하지는 않았다.

'그러니까 태인, 너무 걱정하지 마. 마녀가 얼마나 강할지는 모르겠지만, 이번에는 나도 예전과 다를 거야.'

알은 안 보이게 생긋 웃었다. 기적같이 불확실한 요소에 태인의 생명을 맡겨둘 생각은 더 이상 없었다. 그보다 훨씬 안정적이고 강력한 힘을 그는 끌어낼 수 있었다. 비록 그 대가가 무엇이라 해도……. 이미 태인을 위해 기도할 때 자신이 어디까지 내던질 수 있는지 깨달은 알이었다. 그러니 또 그런 일이 생긴다 해도 주저할 필요 없었다.

한 뱀파이어와 한 인간이 제각기 다른 생각을 하는 가운데 아침은 금방 밝았다. 앨리스는 새벽녘에나 도착했던 손님 둘이 식탁에 나와 있자 조금은 놀랐다. 얼굴에 피곤함이 약간 드러나 있었는데도 일어나 아침 식사를 챙긴다는 건 상당히 생활습관이 부지런한 타입이란 뜻이었다.

'흐음. 마음에 드는 손님이네. 좋아. 약간의 서비스라도 할까?'

서비스라고 해봐야 아침에 내놓는 감자를 조금 더 큰 걸로 집는다든지, 스프를 뜰 때 건더기를 조금 더 많이 넣어준다든지 정도였지만 알뜰한 앨리스로서 그 정도면 대단한 호의였다. 하지만 그렇게 친절한 마음을 먹은 앨리스를 배신하듯 두 손님은 아침을 일 인분만 시켰다.

"전 안 먹거든요."

웃으면서 그 말을 하는 손님은 귀엽게 봐줄 수도 있던 소년이었지만, 여관 매출을 기대만큼 안 올려준다는 그 사실만으로 하나도 안 귀여운 소년이 되어버렸다. 그래도 빈방이 나가게 해준 손님이기에 앨리스는 웃음을 잃지 않고 고개 숙여 보였다. 그리고 어른 쪽이 그녀에게 팁을 듬뿍 얹어줬을 때, 그녀의 웃음은 더욱 환해졌다. 비록 그 와중에도 팁이 너무 많으라고 중얼거리는 소년이 더욱 얄미워졌지만 말이다.

아침 식사 일 인분을 받기 위해 주방으로 향하는 소녀를 보며 알이 작게 중얼거렸다.

"우웅. 신선한 게 마시고 싶어. 냉동한 건 지겨워."

"얼마 전에 먹었잖아? 자꾸 그러면 흔적이 남는다고."

태인의 말에 알은 해파리처럼 흐느적거리며 고개를 탁자 위에 올렸다.

"하지만 힘이 없어서 쓰러질 거 같단 말야. 말이 좋아 유럽일주지 어디 하나 제대로 구경한 데도 없고, 먹는 건 부실하고 이러니 무슨 힘이 나겠어."

잘 구경하는 것과 신선한 피를 먹는 것 사이에 대체 어떤 관계가 성립가능한 건지 태인은 심도있게 논의해 보고 싶었지만, 주위의 눈을 의식해서 참았다. 어린애 투정에 불가능한 논리란 없다는 건 지난 세월 동안 깨달은 생활의 지혜였다. 대신에 그는 알을 무시하고 창밖으로 시선을 돌리는 방법을 택했다.

햇살이 쏟아지는 바깥거리는 평화로웠다. 한국의 바쁜 도시 생활과는 다르게 한적한 길목에 강아지 한 마리를 데리고 산책하는 중년 부인의 풍경은 긴장한 그의 마음에 작은 여유를 가져다 주었다.

'오늘로서 임무 수행한다고 말한 후 잠적한 지 일주일째. 마녀가 내 앞에 나타나지 않고 있다는 건 드뤼셀도 나를 찾지 못하고 있다는 걸까, 아니면 그 마녀를 찾지 못하고 있다는 걸까?'

태인의 심정에 생긴 미묘한 변화를 눈치 챘는지 알의 불평은 끝없이 늘어났다.

"추기경이 나쁜 거야. 자기들도 몇 백 년 동안 해결 못한 숙제를 그냥 턱턱 우리한테 던져 주면 다야."

"그만 해라. 다른 사람들 듣겠다. 떠들어서 될 말이 있고, 안 될 말이 있는 거야."

"치잇. 알았어, 알았다고. 음? 그런데 이거 꽃 향기 맞지? 헤에. 푸근해 온다. 무슨 꽃 향일까."

알이 꽃 향기를 감상하는 자세로는 어울리지 않게 코를 킁킁거리자 태인도 풍겨오는 냄새를 느꼈다. 화사함은 약하지만 부드럽고, 은은한 향기가 심신을 평안하게 했다. 어렴풋하게 기억 속에만 남아 있는 유년의 추억을 떠올리게 하는 꽃 향기에 태인은 자신도 모르게 미소 지으며 말했다.

"라벤더 향이군."

"라벤더? 헤에, 태인 꽃 향기도 잘 아는구나. 대단해. 근데 졸린다. 나암."

그 말을 끝으로 알은 잠들었다. 운전을 해야 했던 그와는 달리 차 안에서 푹 자놓고도 아침 밥상에서 잠들어 버리는 알을 태인은 약간 어이없어 바라보았지만 기분이 푸근해졌던 탓일까, 그는 너그럽게 이해하기로 했다.

'아무래도 차에서 조는 건 침대에서 자는 것만큼 편안하지는 않았을 테니까. 그런데 이 겨울에 라벤더 향이라. 꽃이 피었을 리는 없고, 여관에서 방향제를 뿌렸나?'

그때 문이 열리고 또 다른 손님이 여관 안으로 들어왔다. 그에 따라 울리는 방울 소리에 고개를 돌렸던 태인은 직접적으로는 두 번째 보는 그 얼굴에 놀라 자리에서 바로 일어나야 했다. 부드러운 유선을 가진 금테 안경을 쓰고 영업용 미소를 띠고 있는 사람 좋게 생긴, 그러나 결코 인간일 수 없는 존재가 그의 앞으로 다가왔다. 태인은 주위의 움직임이 멈췄다는 사실을 깨달았다.

"안녕하십니까. 두 번째로 뵙는군요."

"직접 모습을 드러낼 줄은 몰랐군."

태인의 몸에서 막강한 기세가 일어나며 드뤼셀을 향했다. 그러자 드뤼셀이 겁먹었다는 듯 움츠리며 손을 휘휘 저었다.

"이거 인사차 찾아왔는데, 그렇게 험악한 표정 짓지 마십시오. 무서워서 어디 말이나 제대로 꺼내겠습니까."

당장 화조비천상이라도 한 방 날리고 싶은 마음을 억누르며 태인은 자리에 다시 앉았다. 그러자 드뤼셀은 허락도 구하지 않고서는 태인의 맞은편에 앉았다.

"잘도 나를 찾아냈군."

"핫하. 엄밀히 말해서 알 군을 찾아온 것입니다. 어쨌든 건강하신 모습을 보니 반갑군요."

웃는 드뤼셀의 모습에 무언가 이죽거리는 말을 한마디 날려주고 싶은 충동을 태인은 다스렸다. 그런 식으로 나간다는 자체가 이쪽의 약세를 스스로 자인하는 꼴밖에 되지 못했다. 분명히 상대는 강했지만, 자신도 스스로는 몰라도 분명 어떤 카드를 쥐고 있었다. 그러니 일방적으로 꿀릴 필요는 없었다.

"알을 재워놓고 들어왔다는 건 조용히 얘기하자는 뜻이겠지? 들어줄 테니 해보시지."

"뭐든지 제가 했다고 생각하실 필요야. 핫하, 이거야 원. 제가 보험

외판원도 아닌데 그렇게 노려보실 필요 있습니까? 용건은 간단합니다. 이번에 세 번째 임무로서 마녀사냥을 명받으셨다고 들었습니다. 도와드리지요."

상대의 예측에 한 치도 어긋나지 않는 행동을 한 자는 여유롭게 미소 지었고, 상대의 행동을 예측한 자는 입을 굳게 다물었다.

"그 도움을 받는 대가로 내가 치러야 할 대가는 무엇이지?"

그 말에 드뤼셀은 화들짝 놀라며 손을 또 저었다.

"그 무슨 말씀입니까. 대가를 받고 제공해서야 그게 장사지 도움입니까. 어디까지나 전 순수한 호의로서 무료로 도와드리려는 겁니다. 그렇게 오해하시면 섭섭합니다."

테이블 아래에서 태인의 손이 꽉 쥐어졌다. 하지만 태인의 표정은 변함없는 가운데 그의 입이 다시 열렸다.

"그렇게 알을 돕고 싶으면 직접 키우지 그랬나? 떠돌아다니다가 나한테까지 오게 놔둔 건 무슨 이유지?"

그 말에 드뤼셀은 한숨을 푸욱 내쉬었다. 그리고는 한 손을 들어 잠들어 있는 알의 머리를 강아지 쓰다듬듯 쓰다듬었다.

"저도 그러고 싶었습니다만, 어쩌겠습니까. 어리다 해도 독립된 인격체인데 가고 싶은 데 가겠다는데 억지로 붙잡을 수도 없지 않겠습니까? 설마 제가 납치, 구금 같은 범죄를 저지를 타입이라고 생각하시는 것은 아니죠?"

이번에도 그냥 지나가듯이 내뱉는 말이었지만 그 안에 숨겨진 의미를 태인은 놓치지 않고 잡았다. 그렇게 날카로운 눈빛을 번뜩이는 태인을 보며 드뤼셀은 아무래도 좋다는 듯 마냥 웃었다.

"알과 나 사이에 무슨 일이 벌어지기를 바라서겠지. 내가 스스로 내

피를 잔뜩 먹어서 알렉시안의 봉인을 푸는 것이 그대의 바람 아니었나?'

그렇게 묻고 나서 태인은 바로 후회했다. 너무 조급한 마음에 가진 패를 다 꺼내 보였다는 생각이 들었다. 아쉬운 게 많을수록 그 아쉬움을 드러내지 말았어야 했는데, 실수였다. 드뤼셀은 그의 예상대로 능청을 떨었다.

"핫하. 이거야 원. 도와드리려고 왔더니 완전 심문당하는군요. 이것 참, 속을 따 꺼내 보일 수도 없고. 정말로 믿어주십시요. 전 그저 알 군이 이번 일 때문에 힘들어하기에 도와드리려고 왔을 뿐입니다. 당신이 알 군의 봉인을 풀든 말든 제가 상관할 바가 아닙니다."

'이건?'

태인의 눈빛에 의혹이 스쳐 지나갔다. 물론 상대가 거짓말한다고 해 버려도 그만이었다. 하지만 그가 본 바가 맞다면 상대는 진실을 숨길지언정 거짓을 말하지는 않는 타입이었다. 그렇다면 봉인에 대해서 알 바 아니라는 건 어떤 의미인가? 태인의 머리가 빠르게 회전했다.

'봉인을 푸는 열쇠에 대해 내가 잘못 생각하고 있는 건가? 그게 아니라면 어차피 그건 예정대로 되게 되어 있으니 신경도 안 쓴다는 자신감? 그것도 아니라면 봉인에 대해 무언가 내 짐작이 틀린 게 있거나, 아니면 저자의 목적이 설마 다른 데에 있는 건가?

수많은 가정이 태인의 머리에 떠올랐다 사라졌지만 무엇 하나 확정된 것은 없었다. 그리고 더 추리할 틈을 주지 않고 드뤼셀이 자리에서 일어나며 말했다.

"어쨌든 첫 시작지로는 잘 잡으셨습니다. 여기야말로 마녀의 꼬리가 시작되는 마을이니까요. 흔적을 인멸하기 전에 잡으려면 좀 서두르셔야 할 겁니다만 별로 반기지 않으시는 듯하니 저는 이만 물러가지요.

이건 제 선물입니다."

그러면서 드뤼셀은 나침반 하나를 테이블 위에 올려놓았다. 그게 폭탄이라도 되는 양 건드리지 않고 노려보는 태인에게 드뤼셀은 싱긋 웃으며 말했다.

"마녀가 있는 방향을 가리키도록 되어 있는 나침반입니다. 제가 오는 걸 보고 도망치는 그녀에게 특별한 자석을 붙여놓았으니 계속 가리킬 겁니다. 하지만 보름쯤 지나면 자석이 약화될 테니 그전에 따라잡으셔야 할 겁니다. 그러면 건투를 빌겠습니다."

너무나 간단하게 마녀에 대한 추적법을 내놓고 떠나려는 드뤼셀의 뒤를 향해 태인이 외쳤다.

"내가 이걸 이대로 부숴 버리면 그녀를 끌고 오기라도 할 건가?"

그 말에 드뤼셀은 뒤돌아보지는 않았으나 여전히 유쾌한 목소리로 대답했다.

"핫하, 아예 목을 따다 바쳤을 세리우스 군은 지금 잠들어 있어서 말입니다. 전 과보호는 안 좋다고 생각하는 주의라 그렇게 되어도 어쩔 수가 없군요. 그런데 정말로 알 군이 바티칸 지하실로 끌려가도 괜찮으신 겁니까? 그게 아니라면 서두르셔야 할 겁니다. 가는 길에 걸리적거리는 게 많을 거거든요."

그 말과 함께 드뤼셀은 문밖으로 사라졌고 그제야 주위의 소리가 다시 들리기 시작했다. 태인은 이를 갈며 나침반을 집어 들었다. 대단히 꺼림칙하기는 했지만 이제 와서 안 받을 수도 없었다. 자신이 이번 사건을 해결하지 못할 경우 알이 바티칸에 의해 무슨 일을 당할 거라는 걸 드뤼셀은 넌지시 알려주고 떠났다. 그렇게 될 경우 드뤼셀이 가만 있지는 않을 거라고 태인은 생각했지만, 알의 문제를 놓고 더 이상 배

짱 부릴 자신이 그는 없었다. 이가 갈려도 드뤼셀의 승리임을 인정할
수밖에 없었다.

"망할. 여기서부터 시작이라고?"

그렇게 중얼거리던 태인의 움직임이 순간 멈췄다. 그의 등줄기로 서
늘한 기운이 타고 흘렀다. 그는 우연히 여기로 오게 된 게 아니었다.
지도를 펼쳐 놓고 알에게 아무 데나 가고 싶은 곳을 고르라고 했었다.
그 넓은 유럽에서 마녀가 어디에 있는지 알이 알고 있었을 리가 없었
다. 그럼에도 여기를 골랐다는 것은······.

'후우. 알렉시안인가, 드뤼셀인가. 그래, 어차피 알이 완전한 자유의
지를 지니고만 있지 않다는 건 알고 있던 것 아니었나. 새삼스러울 것
도 없지.'

뻔히 속에 든 것이 무엇인지 예상이 되는 트로이의 목마였다. 그러
나 버릴 수도 없는 목마였다. 파멸을 예감하면서도 막기 위해 노력해
볼 수밖에 없는 상황. 최선이 무위로 끝날 것을 느끼면서도 최선을 다
할 수밖에 없었다. 태인은 나침반을 윗주머니에 넣었다.

"아침 먹고 바로 출발해야겠군. 하지만 일을 해결한다고 과연 바티
칸이 기뻐해 줄지."

앨리스는 손님에게 아침 식사를 내가기 위해 주방으로 들어섰다. 먹
기 좋게 감자를 두 도막 내던 그녀의 어머니가 감자를 치우고 도마 위
에 자신의 손을 얹었다.

"엄마, 뭐 하세요?"

감자 대신에 손만 올려놓는 어머니를 보고 앨리스는 이상한 생각이
들어서 물었다. 그러자 그녀의 어머니가 새삼스럽다는 듯 대답했다.

"특별한 손님이 오셨으니 특별한 것을 대접해야지."

그 말과 함께 식칼이 도마로 떨어졌다. 손가락이 잘려 나가며 피가 튀었다. 앨리스는 놀라서 비명을 지르려고 했으나 때마침 풍겨온 장미 향이 그녀의 공포를 없애주었다. 앨리스는 스스로의 멍청함을 웃음으로 얼버무렸다. 마스터의 손님이니 당연히 특별한 것을 대접해야 했다. 그런데 손가락 좀 잘려 나갔다고 비명을 지르려고 하다니 참으로 우스운 일이었다.

"그런데 어머니, 손가락으로는 부족하지 않아요?"

"그렇구나. 그러면 네가 좀 도와주겠니?"

"네."

그녀의 어머니가 목을 도마 위에 내밀었다. 앨리스는 어머니를 대신해 큰 칼을 집고는 내려쳤다. 생각보다 뼈가 튼튼해서 잘 잘리지 않았지만 몇 번의 칼질 끝에 그녀는 마스터의 특별한 손님을 위한 요리를 준비할 수 있었다.

심신을 편하게 해주던 라벤더 향 사이에 다른 향이 섞여들었다. 태인은 그게 꽃 향기보다 훨씬 더 그에게 익숙한 향이라는 사실을 바로 알 수 있었다. 비릿한 피내음, 퇴가사로서 싫든 좋든 가장 많이 맡을 수밖에 없는 향이었다. 순간 긴장했던 태인은 그 냄새의 근원이 부엌 쪽이라는 사실을 깨닫고 긴장을 풀었다.

'무언가 고기류를 잡나 보군.'

그리고 부엌문이 뒤이어 열리며 여관사환 아가씨가 뚜껑이 덮인 접시를 들고 그의 앞으로 다가왔다. 그에 따라 피냄새가 더 짙어짐을 깨달은 태인은 순간 당황했다. 그가 시킨 것은 평범한 아침 식사였는데, 아무래도 피가 아직 뚝뚝 흘러내리는 설익은 스테이크라도 나오는 모양이었다. 하지만 그가 요리가 바뀐 것 같다고 말하기도 전에 앨리스가 먼저 식탁 위에 요리를 올려놓고 뚜껑을 열었다.

"손님을 위한 특별 요리입니다."

사환은 담담하게 말했지만 요리의 내용을 확인한 태인의 얼굴은 순식간에 바뀌었다. 지극히 사무적이 된 목소리로 태인은 앨리스를 차갑게 노려보며 물었다.

"우리의 싸움에 관계없는 자들까지 끌어들이는 건 무슨 생각이지?"

앨리스는 생글생글 웃으면서 손님에게 친절하게 대답했다. 아무리 무뚝뚝한 손님이라 해도 주인의 귀빈인 이상 예의를 다해 대접해야 했다.

"관계가 없다니요. 모두 주인님의 사랑스러운 인형들인걸요. 이건 신선한 피를 즐겨 드시는 옆 친구 분을 위한 특별 음식이니 상하기 전에 드시는 게 어떠시겠어요?"

"자극시켜서 허점을 유도하려는 거라면 관두시지. 바티칸의 명령이 아니더라도 당신을 없애야 하겠다는 결심을 들게 만들고 있을 뿐이니까."

그러면서 태인은 손에 부적을 하나 쥐었다. 그 명백한 축객령에 앨리스는 끝까지 친절한 서비스 정신을 잃지 않고 설명했다.

"주인님께서 그럼 손놓고 있다가 그냥 목을 내밀기를 바라시는 건가요? 주인님의 능력을 뻔히 아시면서 몇 명이 어떻게 휘말려도 싸우는 쪽을 택하신 건 손님이세요. 그런데 화내신다면 적반하장이지 않을까요?"

"그런가. 그렇다면 정면 승부 이외는 길이 없음을 빨리 납득시켜 피해를 줄이는 게 최선이겠군. 광연소마탄!"

태인이 주문을 외친 것과 주위에 앉아 있던 손님과 앨리스가 태인에게 덤벼든 것은 거의 동시였다. 수십 개의 광탄이 갈래갈래 흩어지며 좁은 여관 안을 뒤흔들었다. 달려들던 인간들도 정상적이고 평범한 인간이라고는 믿기 힘든 빠른 속도였으나 모두 몇 대씩 곱게 맞고는 바닥이나 벽 쪽으로 처박혀야 했다.

쓰러진 자들의 상세를 확인하며 태인은 새로운 부적을 꺼내 들었다. 그걸 보며 앨리스는 숙였던 고개를 다시 들고서 기침을 콜록거리며 말했다.

"과연 대단하시군요. 주인님이 경계할 만하세요."

"깨어지지 않았나? 천광휘류 정심소마 연화제인 불광제사결!"

다시금 빛으로 변한 부적이 은은한 분홍빛으로 변하여 앨리스의 몸을 감쌌다. 앨리스를 지배하고 있는 마녀의 힘과 태인의 힘이 부딪치며 빛이 한층 더 격렬해졌다. 그에 따라 앨리스의 몸 곳곳에 작은 균열이 흘러내리며 핏물이 흘러내렸다. 태인이 순간 흠칫하며 힘을 멈추자 빛이 잦아들었다.

"인질극을 벌이겠다는 건가?"

비록 태인의 목소리는 떨리지 않았지만, 전체적으로 흐르는 가는 핏줄기들 때문에 상처 이상으로 참혹해 보이는 모습으로 앨리스는 득의에 찬 미소를 지으며 대답했다.

"당신의 힘은 강하시니 마스터와 저희의 관계를 뭉개 버리실 수는 있겠지요. 하지만 풀지는 못하실 겁니다. 여기는 전채일 뿐이니 마스터께서도 그만 물러가시겠다고 전하라는군요. 그러나 이후로는 그쪽이 알면서도 벌이는 일이 될 걸 각오하라는 말씀을 전하십니다."

그 말을 한 다음 순간 앨리스는 잠시 멍한 표정을 질렀다. 그리고 곧이어 무슨 일이 벌어졌는지 깨달은 그녀의 입에서 비명이 터졌다.

"꺄아아악!!"

태인의 힘이 이번에는 바로 움직였다. 가벼운 충격과 함께 앨리스는 정신을 잃고 쓰러졌다. 태인은 아직도 태평하게 잠들어 있는 알의 뒤통수를 손으로 강하게 때렸다.

"끄악. 자, 자고 있는데 왜 때려!"

"마늘이 없었으니까."

알은 그 말에 잠시 입을 다물었다가 다시 기세를 회복해 불평을 늘어놓으려 했지만, 눈앞에 보이는 잔혹한 풍경이 그의 정신을 돌렸다.

"으헥. 이게 뭐야. 사람 머리라니, 이거 설마 진짜 아니지? 누가 장난치려고 만든 모조품이지?"

"그랬으면 좋겠다만 진짜다. 이 마을 전체가 마녀의 조종 하에 있었던 듯해. 저 아가씨도 예외는 아니었고. 알, 제대로 하는 것은 본 적 없다만 너 어느 정도까지 최면을 쓸 수 있나? 영구적인 기억 조작 가능해?"

머리에서 눈을 떼던 알은 그 너머에서 벽에 등을 기댄 채 피를 흘리고 있는 앨리스를 보고 화들짝 놀라 태인의 뒤로 도망치며 고개를 끄덕였다.

"가, 가능하긴 해. 하지만 그런 거 함부로 하면 안 되는데."

"지금은…… 아니, 그래, 네 말이 맞다. 하지 마라. 나가자. 마녀에 대한 추격을 서둘러야 할 거야. 가는 길에 방해도 많을 테고. 그 대상이 죽여서는 안 될 인간들이니 더 힘들 거야. 마음 단단히 먹어라."

"으응."

뭐가 어떻게 된 건지 정확히는 몰랐지만, 피비린내 나는 현장에 더 있기 싫었던 알은 재빨리 밖으로 나갔다. 그리고 태인은 기절한 앨리스를 내려다보며 나지막하게 중얼거렸다.

"미안하다. 하지만……."

'여기서 약한 모습을 보이면 마녀가 같은 수법을 계속 써올 거야'라는 그 말을 태인은 끝내하지 않고 그냥 돌아섰다. 기절해 있어서 듣지도 못할 것이지만 말하는 게 더 잔혹한 일이었다.

"경찰들이 고생하겠군."

알을 차에 태우고 나침반을 꺼내 든 태인은 방향을 확인했다. 상대는 동쪽으로 도망치고 있었다.

"일단은 프랑스인가. 비행기를 타야 하나, 기차를 타야 하나."

부웅.

뒤로 연기를 뿜으며 떠나는 차를 보며 드뤼셸은 가볍게 인상을 찌푸렸다.

"이 공기 좋은 시골에 매연을 뿜다니, 문제있군."

그렇게 환경을 걱정하며 드뤼셸은 각설탕 하나를 집어 김이 모락모락 나는 찻잔에 집어넣었다. 햇살을 막아주는 파라솔 아래에 앉아서 스푼을 저으며 그는 다시 웃음을 되찾아서는 즐겁게 말했다.

"즐거운 추격전이 되겠군요. 멋진 남자와 귀여운 소년이 당신 모습을 한 번 보고 싶어서 뒤쫓아오는 기분이 어떻습니까?"

그렇게 물으며 드뤼셸이 스푼 젓는 것을 멈추자 찻물 위로 흐릿한 여인의 모습이 나타나서는 냉소를 지으며 대답했다.

[더 이상은 관여하지 않을 거라는 약속이나 지켜주기 바래요.]

"장사는 신용이 생명입니다. 걱정하지 마십시오."

"후, 그렇게 믿도록 하지요."

케르니아는 손에 들고 있던 수정구를 살며시 문질렀다. 그러자 수정

구에 떠 있던 드뢰셀의 영상은 사라지고 평범한 수정 구슬로 돌아갔다.

"강태인이라. 그래, 호랑이면 호랑이지 고양이는 아니지. 그것도 '배경'이라는 날개를 단 호랑이. 용의 고기 맛을 봐버린 호랑이가 이제와 무엇을 못 먹을까. 밑천을 아껴 대할 수 있는 상대가 아니겠지."

그녀는 주위 화단에서 꽃을 한 송이 꺾어 들었다. 제비꽃이었으나 특이하게도 보라색이 아니라 붉은색이었다. 그 특이한 제비꽃을 그녀는 손에 쥐고 살짝 으깼다. 손을 따라 흘러내리는 제비꽃의 즙이 바닥으로 떨어지지 않고 방울방울져 공중을 맴돌았다. 그리고 뒤이어 그녀의 주문 소리가 울려 퍼졌고, 그에 따라 방울들은 점점 더 작아지더니 사라졌다.

"블러디 바이올렛 정도에 어떻게 될 거라고는 기대도 안 하지만, 방죽을 무너뜨리려면 개미구멍부터 뚫어야 하는 법이겠지."

케르니아는 그녀가 공들여 가꿔온 화원을 쭈욱 둘러보았다. 무척이나 아름다운 정원이었는데 이번 싸움이 끝나고 나면 잡초 한 뿌리 남기 힘들 것 같아서 그녀는 아쉬움에 한숨을 쉬었다.

차를 몰고 고속도로를 질주하는 태인의 곁에서 알은 신경 쓰이는 감시 카메라를 흘깃흘깃 쳐다보았다. 벌써 몇 번째 찍힌 상황이라 안 그래도 물가가 비싼 유럽에서 벌금이 얼마나 나올지 두려웠다.

'끄응. 그렇지만 나도 눈치가 있지, 지금 같은 상황에서 벌금은 나중에 어떻게 물 거냐고 할 수도 없고.'

척 봐도 태인은 이번 목표물을 향해서 맹렬한 추격을 개시 중이었다. 사람나고 돈났지, 돈나고 사람난 게 아니니 퇴마사로서 더 이상의 불행한 사고를 막기 위해 분투하겠다는데 무슨 명분이 있어서 막을 수 있겠냐마는.

'그래도 사람이 잘살려면 돈이 있어야 하잖아. 아무리 지금 일이 급하다 해도 나중에 뒷감당을 어떻게 하려고. 하지만 지금은 역시 그런 게 문제가 아니겠지?'

알은 속으로 한숨을 푸욱 내쉬었다. 대부분의 정상적인 사고방식을 가진 인간들은 옆 마을에서 누가 생활고로 뛰어내렸다든지 저 멀리 바다 건너에서 지진으로 얼마가 죽었다든지 하는 사소한 문제보다 잠시 급해서 주차해 둔 게 단속에 걸리지는 않으려나 같은 중요한 문제에 대해 고민하는 법이었다.

'문제는 태인은 별로 정상적인 사람이 아니라는 거지. 그런 점에서 보면 혜련 마녀가 생활력만큼은 본받아야 하는데 말야. 물론 사람이 대의명분을 챙기는 것도 좋은 일이겠지만, 그래도 현실은 좀 돌아봐야 하는데.'

또 카메라에 찍히는 소리를 들으며 알은 더 이상 파운드화가 한국 돈으로 얼마인지 계산하는 것을 포기했다.

'그래, 그래. 따지고 보면 벌금 얼마보다 그 마녀를 잡는 게 훨씬 중요한 일이니까. 이건 그걸 위한 투자라고 생각해야지. 그런데 내가 잠든 동안 대체 무슨 일이 있었던 걸까? 태인이 사람 죽는 걸 처음 본 것도 아닐 텐데, 이번에는 유달리 과격하게 반응하는 느낌이야.'

그때 사이렌을 울리며 경찰차가 태인 쪽에게 정지 신호를 보냈다.

"시간이 촉박한데. 할 수 없군."

'으왓. 이제는 아예 경찰에게 걸렸구나.'

알은 결국 올게 왔구나 하면서 고개를 푸욱 숙였다. 태인이 차를 세우자 경찰이 다가와 영어로 말했다.

"면허증을 주십시오."

하지만 태인은 순순히 면허증을 내미는 대신에 다른 걸 내밀었다.

"여기 퇴마사 자격증입니다. 지금 업무 수행 중이니 가보겠습니다."

"에? 아, 이것은…… 그렇군요. 알겠습니다. 그러면 수고하십시오."

알은 눈을 동그랗게 뜨고 그 광경을 지켜보았다. 권력이란 역시 무지하게 좋은 것이었다.

'와아, 내가 가진 것도 저런 식으로 써먹을 수 있을까? 급수 차이가 너무 많이 나서 안 되려나? 태인이 저거 믿고 신호를 그렇게 다 무시한 건가? 현장 과속범한테 저렇게 총과 함께 공손하게 돌려주다니. 높다는 건 좋은 거야. 잠깐, 총?

탕!

팽그르르.

권총이라 하나 고속으로 회전하는 총알이 뒤로 불꽃을 튀기며 쏘아져 나갔다.

탕! 탕!

뒤이어 쏘아진 총알이 연이어 공기를 가르며 나아갔다. 강철판은 못 뚫을지 몰라도 사람 몸을 뚫기에는 충분한 파괴력이었다. 알은 뒤늦게 사태를 깨닫고 비명을 지르며 그 자리에서 뛰어올라 경찰관을 덮쳤다.

"안 돼!"

쿠웅!

경찰관은 알의 손에 목이 눌려져서 그대로 바닥으로 엎어졌다. 컥컥거리며 숨을 몰아쉬는 경찰관을 제압한 채 알은 다급히 태인을 돌아보았다. 다행히 태인은 멀쩡했다. 그의 주위는 얇은 빛의 막이 감싸고 있었고, 총알은 그 막에 걸려 팽그르 돌다가 바닥으로 툭툭 떨어졌다.

"괜찮아? 다행이다. 휴우."

"이런 식의 공격이 있을 거라고 예측은 하고 있었으니까. 그렇다고
는 해도 경찰관에게까지 손을 뻗을 줄이야. 사용 못할 자가 없다는 건
가."

태인은 쓰러진 채 숨을 몰아쉬는 경찰관을 내려다보았다. 눈이 붉게
충혈되어 정상이 아니었다.

"난감하군, 데려갈 수도 없고. 알, 기절시켜서 저쪽 구석에 치워둬.
경찰에 연락하면 데려가겠지."

"응."

알은 경찰관의 머리를 주먹으로 퍽 쳤다. 그래도 잘 기절하지 않자
다시 목덜미를 쳤다. 몇 번의 구타 끝에 기어코 경찰관을 기절시키는
데 성공한 알은 도로변으로 끌고 가 바깥의 풀밭에 경찰관을 버렸다.

"웃싸."

이미 웬만한 경범죄는 무서워할 필요가 없음을 깨달은 알은 경찰관
무단 투기죄를 두려워하지 않은 채 태인에게 돌아갔다. 태인은 그사이
나침반을 꺼내놓고 지도를 들여다보며 무언가 고민하고 있었다.

"아무래도 대륙으로 건너가야 할 것 같은데. 비행기를 타고 바로 중
심부로 들어가야겠지. 알, 공항으로 간다. 거기서 어떤 습격이 있을지
는 모르겠지만 사람을 다치게 해서는 안 돼. 알지?"

"응, 걱정 마."

다시 알을 태우고 공항 방향으로 차를 몰며 태인은 곰곰이 생각했
다. 일부러 고속도로를 피해서 국도로 이리저리 차를 몰았는데도 마녀
는 그가 올 길을 알고 있다는 듯이 경찰관을 보내서 인사를 했다.

'이건 어떤 의미지? 지금도 난 내 위치를 숨기는 주술을 쓰고 있는

데. 드뤼셀이라면 몰라도 마녀가 내 위치를 자유롭게 알아낼 정도로 강력하다는 건가?'

태인은 고개를 저었다. 그 정도라면 흑룡과 마찬가지로 이렇게 치사하게 나올 필요 없이 정면 승부를 벌이면 그만이었다.

'그렇다는 건 무언가 내 위치를 주술 탐지가 아닌 다른 방법으로 알아내고 있다는 건데, 차폐주술로 전자파를 차단시키고 있으니 현대과학의 힘도 아냐. 그렇다면 뭐지? 설마 드뤼셀이 그녀 쪽에는 내 위치를 찾아낼 수 있는 도구를 건네주었을 리도 없을 텐데.'

태인은 차를 몰며 내내 그 방안에 대해 매달렸다. 자신의 위치를 노출시켜선 쫓아가는 보람이 없었다. 그러나 결국 뚜렷한 답을 내지 못한 상황에서 태인과 알은 공항에 도착해야 했다.

"아웅. 여기서는 제발 조용히 비행기 좀 탔으면 좋겠다. 상대도 안 되는 사람들 때려눕히는 기분도 찜찜하단 말야."

알은 기지개를 쭉 켜며 소박한 소원을 말했고, 태인은 피식 웃었다. 줄을 서서 예약표를 받기 위해 기다릴 필요는 없었다. 퇴마사 자격증이란 이런 상황에서 바로 VIP 전용 라운지로 빠져나갈 수 있는 특권이었으니까. 그걸 알도 깨달았는지 태인의 뒤를 따라가며 감탄한 듯 물었다.

"헤에? 왜 전에는 이렇게 안 하고 그냥 줄 서서 기다렸던 거야?"

아예 준비된 전용기로 간 적도 있었지만, 그 이외에는 이런 식으로 가는 걸 본 기억이 없어서 궁금해하는 알에게 태인은 간단히 대답했다.

"글쎄, 뭐 굳이 알리고 싶지도 않았으니까, 특권 취급받는 것도 별로고. 하지만 지금은 시간이 급하니 할 수 없지."

가장 가까운 시간에 있는 비행기의 퍼스트 클래스를 배정받고 검색을 통과한 후 태인은 VIP용 라운지에 앉아 기다렸다. 알은 앉아 있기가 지루했는지 라운지를 왔다 갔다거리며 말했다.

"하아, VIP용 라운지가 다르긴 다르구나. 방향제라도 뿌렸나 봐? 굉장히 상쾌한 향이 난다. 뭔지는 모르겠지만 좋네."

"그래, 상쾌하군. 나도 무슨 향이긴 모르겠지만 꽤 괜찮……! 부동금강인!"

태인의 주위로 갑자기 생겨난 빛의 결계에 알은 화들짝 놀라면서 물러섰다.

"뭐, 뭐야? 갑자기 왜 그래?"

"살기다. 못 느끼겠냐? 그것도 엄청 많은 수군. 줄잡아 백여 명. 골치 아프게 되었는데."

"백여 명?"

태인의 말이 사실임을 확인하는 데는 오래 걸리지 않았다. 라운지의 문이 앞뒤로 열리며 총을 든 무리들이 몰려들었다. 그중에는 공항 경찰과 범죄자쯤으로 보이는 자들이 함께 섞여 있어서 알은 입을 떡 벌렸다. 하나같이 붉게 충혈된 눈을 한 그들은 다짜고짜 태인 쪽으로 총을 쏘아대었다. 허공을 가르며 날아온 총알들이 차례대로 태인의 부동금강인에 부딪쳐 바닥으로 떨어졌다.

"광연소마탄!"

다수를 때려잡는 주문이라면 태인도 자신있게 꺼내놓을 게 셋은 있었다. 뇌룡유운해, 풍호출원림, 빙무임태허. 그 범위와 특성이 조금씩 다르긴 하지만 백 명 정도의 평범한 인간을 쓸어버리는 데는 어느 것도 문제가 없었다. 문제는……

'어느 것도 보통 인간이 견딜 수 있는 위력이 아니라는 거지. 급속하게 성장한 허점이 이럴 때 드러나는군.'

차분하게 단계를 밟아서 강해진 그가 아니었다. 그 덕분에 옛날의 그와 지금의 그 사이에는 상당한 간극이 존재했고, 그걸 메울 주술까지 익힐 틈이 없었다. 가장 강력한 힘을 지닌 몇몇을 제대로 소화하기에도 시간이 부족했던 것이다. 그 결과 지금 쓸 게 광연소마탄 하나밖에 없는 사태가 벌어지고 말았다.

'본질적으로 이건 마기를 파하는 힘이지, 물리적 충격 효과를 제대로 기대할 힘이 아닌데. 그나마 몇 방씩 집중적으로 맞으니 기절은 하는…… 안 하는군.'

마을에서와는 달랐다. 이번에는 마녀도 물러날 생각이 없었던 것인지 쓰러진 자들도 잠시 뒤에 다시 일어나서 총탄을 쏘았다. 이젠 붉게 충혈되다 못해 아예 붉어진 눈을 가지고 쏘아대는 그들을 보고 태인은 이를 갈았다.

"광연소마탄!"

태인이 이번에는 아예 전광탄을 한 명에게 쏟아부었다. 광탄에 맞은 몸이 공중에 떴다. 그러나 바닥으로 떨어지기 전에 뒤이어 날아온 광탄에 퍽퍽 소리를 내며 뒤로 밀렸다. 결국 뒤에 있던 다른 몇 명까지 바닥에 넘어뜨리고서야 상대는 겨우 바닥에 쓰러질 수 있었다.

"일단 한 명."

광연소마탄을 한 사람 앞에 한 번씩 쓰다가는 100번은 써야 했겠지만, 다른 방안도 없었기에 태인은 제2격을 준비했다.

"광연소마탄!"

"광연소마탄!"

같은 말을 몇 번이나 태인이 외칠 때마다 한 명씩 구타당하며 바닥에 쓰러졌다. 힘이 다해서 지칠 정도는 아니었지만, 태인은 숨어 있는 알 쪽을 흘끔 쳐다보았다. 이번에야 어떻게 100번을 채워서 사람들을 쓰러뜨린다 쳐도 계속 이런 식이면 마녀와 싸워보기도 전에 그가 먼저 지쳐 쓰러질 판이었다. 그리고 잠시 뒤 태인은 그 생각마저 수정해야 했다. 바닥에 널브러져 있던 자들이 다시 일어나서 덤벼들었던 것이다. 붉게 변한 두 눈에서는 조금씩이지만 피눈물까지 흐르고 있었다. 그런데도 넋이 나가서는 덤비는 그들을 보고 태인은 마침내 외쳤다.

"알, 뭔가 해봐라! 다치지 않게 제압해 봐!"

모습을 숨기고 있던 자신을 쳐다보며 외치는 태인을 원망하며 알은 대답했다.

"안 그래도 지금 하고 있다고! 도와주지는 못할망정. 으갸갸!"

알의 위치를 파악한 자들이 이번에는 표적을 바꾸어 총탄을 날렸다. 알의 주위로 다가간 총탄도 검은 안개에 휩싸여 사라졌으니 실제로 알을 맞춘 것은 하나도 없었건만, 알은 아낌없이 비명을 질렀다.

"엄살 피우지 말고 빨리 뭔가 해봐! 제마연화결!"

태인은 부동금강인 밖에 다시 제마연화결을 쳤다. 총알이 떨어진 자중에 무식한 육박전으로 와 부딪치는 자들이 있었던 것이다. 뇌둔다고 부서질 부동금강인은 아니었지만, 부딪치는 자들 쪽이 문제였다.

'이래서는 그 아가씨를 그냥 놔두고 나온 면목도 안 서는군.'

탕! 타탕!

이제 자신의 쪽으로도 향한 총탄들 사이에서 이제 알은 아예 드러내 놓고 마법진을 그리며 주문을 외었다. 더 이상 들키지 않게 쓴다고 조심스럽게 운용할 필요가 없었다.

"오라, 깊고 깊은 곳으로. 끝없는 안락과 평온이 자리 잡은 기약없는 나락으로. 헤어나지 못할 심연 속에 자리 잡은 위험한 사냥꾼의 독니

속에서 더럽혀질 순수로부터도 보호받지 못하는 자들이여. 잃어버린 시간 속에 지쳐 버린 어깨를 누이는 깊고 깊은 안락의 늪으로 빠져들라. 밤의 때가 물러나도 그대들의 마음은 그 망토 아래를 헤맬지니, 차오르는 독기가 고통없는 바다로 그대들을 초대하리라. 어비스 오브 이터널 코마(Abyss of Eternal Coma)."

쏴아아아.

총탄이 오가는 와중에 몇몇 조명이 박살나긴 했지만 그래도 창가로 들어오는 햇빛에 의해 밝음을 유지하던 공간이 어두워지기 시작했다. 알의 위로 검은 망토로 온몸을 가리고서는 얼굴조차 어둠에 파묻혀 눈 하나 드러나지 않는 위험한 자의 환영이 나타났다. 그 환영에서 내밀어진 손에는 역시나 검은 연기를 뿜어내는 향로가 들려 있었다. 짙은 연기가 주위를 가득 메우는 가운데 태인의 연화제마결 또한 격렬하게 반응했다. 한순간 주위를 완전한 어둠이 채웠다. 그 가운데 태인이 펼쳐 둔 결계막만이 밝게 빛나며 독립된 공간을 유지했다.

잠시 뒤 어둠이 흩어지고 다시 빛이 돌아왔을 때 덤벼들던 자들은 전부 깨끗하게 정리되어 있었다.

"제법이군, 알."

태인은 이번만큼은 진심으로 알을 칭찬해 주었다. 그런데 어찌 된 까닭인지 알이 으스대며 자랑하는 대답이 들리지 않았다. 쓰러진 사람들 가운데에서 알도 쓰러져 있음을 확인한 태인은 어이가 없어 다가가 알을 흔들었다.

"야, 임마. 정신 차려."

흔드는 대로 흔들리는 알의 눈을 태인은 손가락으로 강제로 벌렸다. 그리고 그 앞에서 손을 흔들어도 초점이 제자리임을 깨달은 태인은 한숨을 내쉬었다.

'자기 주문에 자기까지 당하다니, 칭찬은 취소다.'

쓰러진 알을 들쳐 메고 태인은 바깥을 둘러보았다. 신고를 받았는지 이제야 출동하는 경찰들이 보였다.

'뒷정리는 저들에게 맡기면 될 테고, 이렇게 되어서야 비행기를 탈 수 있으려나?'

고민은 오래 걸리지 않았다. 사태를 수습하러 출동한 자들의 눈빛까지 붉게 변해가는 것이 보였기 때문이다.

'할 수 없군. 일단 후퇴다.'

태인의 손에서 두 장의 부적이 불타오르고 그의 움직임이 인간의 속도를 초월하여 빨라졌다. 벽을 통과해서 태인은 재빠르게 주위로부터 사라졌다.

"미친 늑대 떼에 쫓겨 도망치는 맹룡이라. 재밌게 되었군."

케르니아는 태인의 위치가 공항에서 벗어나는 것을 느끼고 미소 지었다. 레드 바이올렛은 충분히 그 값을 해주었다. 이제 다음 꽃을 준비할 차례였다.

"보자, 어느 것으로 할까."

꽃밭을 차례대로 훑어보던 그녀의 눈길이 마침내 한 꽃에 머물렀다. 녹색의 튤립이었다. 그러나 그건 일반적인 나뭇잎의 녹색은 아니었다. 그보다는 수백 년간 고인 것들이 썩어가는 늪의 어둠침침한 녹색이었다.

"그래, 이게 좋겠지. 그린 튤립 오브 포이즌."

그녀는 튤립을 아낌없이 으깼다. 상대도 바보가 아닌 이상 자신이 어떤 식으로 그의 위치를 파악하는지 지금쯤이면 눈치 챌 게 틀림없었다.

'그러니 이 다음은 바로 여기까지 돌파해 오겠지. 후우, 이 아름다운 정원에 초대받지 않은 손님의 발길이 새겨지겠군.'

바다 한가운데까지 달려서 도망쳐 온 태인은 저 멀리 보이는 프랑스 땅을 확인하고 알의 다리를 붙잡았다. 그리고 그는 그대로 알을 푸욱 바닷물에 담갔다. 잠시 뒤 알이 온몸을 비틀며 그의 손아귀를 벗어났다. 몸을 거꾸로 돌려 머리만을 간신히 밖으로 내놓은 알은 팔과 다리를 마구 휘저었다.

"아푸. 아푸푸. 으아, 뱀파이어 살려. 나 빠져 죽는다."

"정신이 이제 들었냐?"

태인은 발작하는 알을 들어 올리고는 물었다.

"어떻게 된 거야? 여긴 웬 바다야?"

"네가 자신이 쓴 주문도 감당하지 못하고 기절해 버리기에 여기까지 와서 정신을 깨운 거다."

"응? 아하. 아하하. 그, 그렇구나. 제어가 조금 실패했나 보네."

그제야 무슨 일이 벌어졌는지 깨달은 알은 저 멀리 수평선을 바라보며 멋쩍게 웃었다.

'하하하. 괜찮아. 실제로 써보는 건 처음인 주문인데 무사히 발동시킨 것만 해도 대단하지. 전에 태인은 무상반야광인지 뭔지 쓰고는 며칠 동안 반폐인으로 쓰러져 있었는데 그보다는 낫지 뭐.'

옆에서 누가 보거나 말거나 알은 그렇게 스스로를 위로했다.

"그런데 비행기는 어쩌고 이렇게 바다 한가운데까지 온 거야? 설마 걸어온 건 아닐 테고."

"걸어왔다. 사람들이 미쳐 날뛰는 통에 비행기를 탔다가는 멀쩡한 비행기 추락시킬 판이라서 말이지. 어쩔 수가 없었어."

"바다 위를? 이런 데를 걸어다니는 건 별로 좋은 게 아닌데. 소금기 머금은 바람은 오래 쐬면 안 좋다고."

"싱거운 소리 그만 하고 가자. 정신 들었으면 빨리 쫓아와."

그렇게 말하고는 태인은 그대로 알을 놓아버렸다. 알은 기겁하며 박쥐로 변신했다. 바닷물에 쩌는 것은 한 번으로 충분했다. 별로 빠르게 걷는 것 같지도 않은데 휙휙 나아가 버리는 태인을 알은 힘겹게 파닥거리며 쫓았다.

'바다 위를 걸어갈 수 있다고 해도 걸어가는 게 결코 좋은 이동법은 아닌데 말야. 그게 가능하면 좀 다른 걸 강구해 보지. 하여간. 하긴 태인만 탓할 건 아니지.'

알은 투덜댔다. 바다를 가른다든지 바다 위를 걸어간다든지 하는 쓸데없는 일을 해댄 인간들이 어디 태인뿐이던가. 심하게는 바다를 아예 갈라놓고 길을 건넌 자들도 있지 않던가.

'그 모…… 누구라더라? 하여간 모 씨. 바다를 가를 수 있으면 좀 더 편하게 갈 것이지. 그 뻘밭을 걷는다고 짐 바리바리 싸들고 따라가던 사람들이 얼마나 고생했는지 알기나 할까.'

미하일이 들었다면 불경이라고 펄쩍 날뛸 생각을 하며 알은 계속 날개를 파닥거렸다. 그렇게 얼마나 움직였을까. 어느덧 해가 질 때가 되자 알은 지쳐서 외쳤다.

"이제 좀 쉬었다 가! 마침 저기 마을도 보인다. 오늘 하루 종일 아무것도 못 마시고 날았다고. 최소한 신선한 피라도 좀 마시고 잠이라도 좀 자게 해줘. 많이도 안 바라니까 8시간만 자게 해달라고."

그 외침에 앞서 가던 태인은 멈춰 섰다. 그리고 살짝 찌푸린 얼굴로 뒤돌아보았다.

"태양도 졌는데 힘이 나야 하는 거 아니냐? 피는 짐 속에 든 것 꺼내 마시고 쉬긴 뭘 쉬어. 인간인 나도 강행군하는 판에 뱀파이어인 네가 쉬겠다는 거냐?"

'누가 태인한테 강행군하라고 했냐고오! 자기 마음대로 강행군하는 거면서. 자기도 피곤하면서. 쳇, 쳇. 내가 쉬면 나만 쉬나, 결국 자기도 쉬면서. 자기는 쉬고 싶을 때 쉬면서, 나는 쉬고 싶을 때 마음대로 못 쉬게 해.'

속으로는 온갖 불평을 다 털어놓으면서도 알은 꾹 참았다.

'훌쩍. 하지만 뭐 태인도 하고 싶어 강행군하자는 건 아닐 테고. 그래도 조금만 쉬고 싶은데.'

알은 아무 말도 안 했건만 태인은 한숨을 내쉬었다.

"그래, 아직 갈 길이 먼데 무작정 서두를 수만은 없겠지. 나도 꽤 오랫동안 축지법을 사용했고. 오늘은 저기서 조금 쉬어가자. 하지만 오래는 못 쉬어. 밤중에라도 일어나서 가야 할 거야."

"응, 응!"

좋아라하는 알을 보고 태인은 희미하게 미소 지었다. 하지만 신경은 여전히 날카로웠다. 무언가가 마녀에게 그의 위치를 알렸었다. 새로운 해결책을 간구해 내지 않은 이상 지금도 노출될 가능성이 있었다.

'잘하는 짓일까. 잘못하면 저 마을 사람들까지 휘말리게 할지도 모르는데.'

앞서 가는 알을 보고 태인은 고개를 저었다. 마음에 들지는 않았지만 그 점에서만큼은 미하일이 옳았다. 강대한 어둠의 힘과 싸우면서 작은 것까지 다 돌보고자 해서는 아무것도 얻을 수 없다. 만약에 마녀가 지금도 그의 위치를 알고 있다면 오히려 지금이 미끼를 던져 볼 찬스였다. 지금까지의 행적을 보건대 마녀는 다시 한 번 인간을 조종해 그를 습격할 가능성이 컸고, 그렇다면 무엇이 그의 꼬리를 밟히게 했는지 확인할 수 있을 것이다.

'그래, 어쩔 수 없어. 지금 약한 모습을 보인다면… 아무것도 안 돼.'

이 길이 맞는지 확신하지 못한다 해도 제자리에 멈춰 선 채로는 아무것도 알 수 없었다. 태인은 알의 뒤를 따라갔다.

마을에 들어간 알은 기지개를 한번 켜주고는 입맛을 다시며 주위를 둘러보았다. 해가 졌다고 해도 아직 깊은 밤이 아니건만 작은 시골 마을이라 그런지 사람들이 거리에 아무도 없었다.

'이렇게 되면 어느 집을 하나 골라 그 안에 있는 사람을 불러내야 하는데, 누구로 한다?'

알은 신선한 피냄새를 찾아 코를 킁킁거리며 고개를 돌렸다. 그러나 그의 코에 들어온 건 맛있는 냄새는 아니었다. 그건 그것대로 나쁘지 않은 냄새였지만 말이다.

"흠? 또 꽃 향기네. 이 야밤에 핀 꽃도 있나?"

어디 담벼락에 피어 있는 걸까 하며 알은 중얼거렸다. 그 순간 태인은 그 자리에서 굳었다.

'향기? 향기…… 설마!'

후각은 굉장히 빨리 지치는 감각이었다. 그래서 막상 스스로가 풍기는 냄새는 어떤 것인지 모르고 있는 경우가 많았다. 그러나 태인 스스로는 모르는 냄새라 할지라도 상대는 그것을 정확히 캐치해 활용하지 마란 법이 없었다.

'최초의 추적이라고 할 만한 추적이 시작된 곳이 마녀의 원 근거지라고 드뤼셀이 그랬어. 거기서 온통 드뤼셀에 대해서만 정신이 팔려 있었지만, 그때 마녀가 나나 알의 몸에 어떤 쉽게 사라지지 않고 일반 인은 못 느끼지만 특수한 방법으로 검출되는 향을 뿌려놓았다면?

태인은 알이 빌려와 쌓아두었던 무협지들을 떠올렸다. 가끔 그도 심심할 때 한두 권 뒤적거려 본 그 안에는 천리향이니, 만리향이니 하는 것들이 있었다.

'아니, 뿌려놓은 것만이 문제는 아니지. 어쩌면 뿌린 게 아니라 나만의 고유한 향을 그녀가 사로잡았을 수도 있고. 이런, 제길. 그걸 이제야 생각하다니. 처음부터 그녀의 능력이 향과도 밀접한 관계가 있음을 느꼈어야 하는데. 호랑이에게 정신이 팔려 여우 굴에 빠지는 줄도 몰랐군.'

뒤에 있는 태인의 심상치 않은 분위기도 눈치 채지 못한 채 알은 누구로 할까 하며 계속 고민했다. 그때 한 집의 문이 열렸다.

'와, 때맞춰 나와주네. 너무 이상하지만 않으면 그냥 저 사람으로 해야지.'

그런 알의 마음을 기특하게 여겼는지 다른 집들의 문도 열리며 사람들이 연이어 쏟아져 나왔다. 분식이라도 좋으니 배만 채우자라던 상황에서 갑자기 뷔페식으로 바뀌어 버린 저녁 식사를 보고 알은 입을 쩍 벌렸다. 하지만 기쁨은 오래가지 않았다. 그 뷔페의 음식들이 하나같이 상한 음식이었다.

"저저……."

처음 볼 때만 해도 멀쩡했던 사람들의 몸에서 녹색의 액이 흐르기 시작했다. 그에 따라 점차 형태가 사람이라고 할 수 없는 것으로 바뀌어갔다.

"으아아!!"

일개 뱀파이어가 감당하기에는 너무나 징그럽게 생긴 좀비와 슬라임을 섞어놓은 듯한 그 모습에 알은 뒷걸음쳤다. 싸우면 지지야 않겠지만 상대는 그 모습만으로도 알의 전의를 꺾어놓고 있었다. 그런 알을 대신해서 뒤에서 빛이 날아들었다.

"광연소마탄! 알, 후퇴한다!"

빛의 광구가 가장 앞에 선 슬라임 좀비를 두들기자 괴물은 그대로 공중에 떠서는 뒤로 넘어졌다.

파지직.

약간의 타는 듯한 냄새와 함께 바닥에 쓰러진 자의 몸에서는 녹색의 액이 사라지고 원래의 인간 모습으로 돌아갔다. 그 모습에 막 앞쪽을 날려놓고 도망치려던 태인의 발걸음이 멈칫했다.

'원래 모습으로…… 돌아간다고?'

"으아, 징그러워."

녹색의 진물을 떨어뜨리며 다가오는 사람들, 아니, 과거 사람이었을 어떤 존재들을 보고 알은 고개를 절레절레 저었다. 대체 무슨 일을 당했기에 저런 꼴이 되었는지 몰라도 이번에 쫓는 마녀는 적으로서 최악이었다.

"태인, 뭐 해, 도망치자고 해놓고? 빨리 가자."

알은 태인을 돌아보며 물었지만 태인은 대답이 없었다. 거기다가 너무나 무서운 표정을 짓고 있어서 알은 자신이 뭘 잘못 물었나 했다. 하지만 태인은 알에게 화내지도 않았다. 그냥 조용히 다가오는 사람들을 노려보았을 뿐이다.

'노려봐? 아냐, 저 사람들을 노려보는 게 아냐. 오히려 저 사람들에

게는 태인이 미안해하고 있는걸. 노려보는 건 저 사람들을 저렇게 만든 마녀겠지?'

태인은 말없이 다가오는 자들을 쳐다보았다. 버리고 도망쳐 버리면 그만이었다. 방금 전에 가볍게 날린 일격이 쓰러진 자에게 일으킨 변화를 보지 못했다면 그렇게 했을 것이다. 하지만 그걸 보았기에 이럴 수도 저럴 수도 없었다. 그의 주력에 직격당한 자들은 분명히 일부지만 회복되고 있었다. 그건 달리 말하면 무상반야광, 아니, 거기까지는 안 가더라도 가장 순수한 형태의 파사지기로 구현되는 주술이라면 저들을 원상 복귀시킬 수도 있다는 말이었다.

"가는 길에 걸리적거리는 게 많을 거거든요."

'이 뜻이었나?'

상대하려고 든다면 다 상대해 줄 수도 있었다. 그러면 저들을 구할 수도 있을 것이었다. 수가 많긴 해도 이 정도의 힘이라면 낼 수 있었다. 하지만 그렇게 되면 여기서 한동안 휴식을 취하며 힘을 다시 회복해야 할 것이고, 보름이라는 추격의 시간은 순식간에 지나가 버릴 것이었다.

'저들을 무시하고 지나가도 기한 안에 맞춘다는 보장이 없는 상황에서, 그렇게 한다면 이번 일은 실패로 돌아가고 말겠지. 마녀는 종적을 감출 거고, 이미 흑룡까지 무너뜨린 상황에서 마녀에 대해 시간을 끈다면 실제 내용이야 어떻게 되었든 간에 마녀와 알의 연계설을 또 퍼트리겠지.'

태인은 아랫입술을 깨물었다. 보통의 경우라면 그래 봐야 질책이나 받는 게 다일 것이었지만 알의 경우에는 달랐다. 지금 바티칸은 알을 죽일 최소한의 명분을 찾고 있다는 게 정확했다. 나중에 발뺌할 정도의 명분만 있으면, 일단 죽여놓고 변명하면 누가 있어서 뱀파이어 한 마리쯤 죽였기로서니 바티칸에 대해 항의하겠지라는 속셈이 여실히 느껴졌다.

'알을 위험에 빠트리지 않으려면 무시하고 가버려야 해. 저들에 대한 처리는 뒤따라오는 사람들에게 넘기고 말야. 그러나 그때는 이미 저들을 구하기엔 너무 늦겠지.'

이러지도 저러지도 못하고 있는 태인과 알에게 슬라임 좀비들이 다가왔다. 태인은 자신도 모르게 뒤로 한 걸음 물러섰다. 무시하고 싶었다. 알을 구하려면 그래야 했다. 저 사람들에게 안 된 일이지만 사실 저것은 그의 잘못이 아니었다. 어디까지나 저들을 인질로 잡은 마녀의 잘못이었다. 그걸 떠나서 지금 그가 마녀를 잡지 않으면 앞으로 또 무슨 일이 생겨날지 몰랐다. 어차피 그 마녀를 잡으려면 한 번은 치러야 할 대가였다.

'그래, 그렇지. 그렇고말고. 그런데……'

"갈!"

태인은 고개를 저었다. 어째서 자율 선사의 모습이 지금 떠오르는 것인가. 대답하기 싫었지만 알고 있었다.

"주어진 바 힘을 자신이 원하는 것만을 위해서 쓰면서 무슨 도를 논한단 말이냐!"

지긋지긋해서 떨쳐 버리고자 했던…… 그러나 끝내 버릴 수 없었던 위선.

"위선이라! 그 위선을 행하는 자와 그 위선을 비웃는 자 중 누가 더 진선
에 가까울 것 같으냐!"

한 번이 어려웠지 두 번은 쉬웠다. 이미 그는 지하철의 사건 때 한
번 답을 스스로 말했었다.

"태인, 뭐 해? 빨리 도망가자."

태인은 어쩔 거냐고 재촉하는 알의 머리를 가만히 손을 들어 쓰다듬
었다.

"알, 미안하다."

"응? 뭐가?"

이 와중에 뭔 소리냐고 눈을 동그랗게 뜨는 알에게 태인은 더 이상
말하지 않았다. 그건 이미 각오로서 다진 일이니까 굳이 말로 소리 내
어 말하지 않아도 되었다.

'저들 모두보다 네가 나한테 더 중요해. 하지만 내 감정이 그렇게
가르치니까 난 저들을 구할 수밖에 없어. 미안하다. 하지만 너무 화내
지는 마. 그 때문에 너를 보내야 한다면 혼자 가게 놔두지는 않을 테니
까.'

"광휘륜제 신익 비현 천광멸사인!"

태인의 손에서 열두 장의 부적이 비산하며 주위로 흩어졌다. 잠시
하늘 위로 솟았다가 빛의 화살이 되어 아래로 내려꽂힌 부적은 정확히
30도의 간격으로 서로 떨어지며 원을 이루었다. 그 원을 다시 빛의 띠
가 둘렀다. 그 안에 깃든 힘을 느꼈는지 안에 사로잡힌 자 셋이 밖으로

나가지 못하고 주춤했다. 그 순간 띠 안쪽으로 같은 빛이 차 오르며 그대로 안을 메웠다. 잠시 뒤 높이 3m 정도까지 솟구쳐 올랐던 빛의 물결이 서서히 내려앉으며 사그라들었다. 그리고 그 안에 들어 있던 자들은 완전한 인간의 모습으로 돌아와 있었다.

"와아! 본모습으로 돌아왔다. 저주를 푸는 방법이 있었구나. 그럼 빨리 다 풀자."

자신이 방금 한 행동의 의미를 깨닫지 못하고 그냥 박수 치는 알에게 태인은 쓴웃음만 지었다. 천광멸사인의 범위는 너무 좁았다. 한 번에 세네 명씩 사로잡는다 쳐도 상대는 줄잡아 백여 명. 수십 번의 천광멸사인을 쓰고 나면 주력이 반도 안 남는다고 봐야 했다. 그러나 이미 선택한 길이었다.

태인은 미련없이 주문을 연이어 펼쳤다. 순백으로 빛나는 천상의 광휘가 연이어 흩뿌려지고, 녹색의 괴생물체가 되어가던 인간들은 다시 본모습으로 돌아와 사방에 얌전히 드러누웠다.

"와, 다 끝났다. 태인, 대단해."

"그래, 다 끝났군."

기뻐하는 알의 말을 태인은 가라앉은 목소리로 받았다. 이제 선택의 대가를 치를 때였다. 그는 품에서 나침반을 꺼냈다. 방향은 변함없었다. 어쩌면 절대적 거리까지 변함없을 수도 있었다. 그러나 상대적 거리는 얼마나 멀어진 건지 태인은 알 수 없었다.

'무리하면 시간 안에 도착할 수는 있겠지만 그러고 나면 본래 힘이 반도 안 남은 상태에서 마녀와 싸워야겠지. 하지만······.'

"받아라, 알. 새로운 축지부다. 이 속도로 계속 강행 돌파한다."

"안 힘들어? 축지법이라는 거 이렇게 계속 써도 괜찮아?"

알은 고개를 갸웃했다. 축지법에 대해 잘 모르긴 했다.

'하지만 아무리 태인의 주력이 강하다 해도 인간의 한계를 벗어나지는 않고, 상대가 만만하지도 않은데 이러다 지쳐서 역습당하면 어쩌려고 그러지? 사냥꾼이 호랑이를 쫓을 때 조금만 방심하면 거꾸로 잡힌다던데. 축지법이라는 거 경지가 어려워서 그렇지 할 줄만 알면 힘은 거의 안 드는 건가?'

자신의 말에 태인이 대답하지 않자 알은 못 들었나 해서 다시 물었다.

"저기 태인, 이렇게 계속 써도……."

"괜찮아."

태인이 바로 중간에 말을 잘라 버리자 알은 더 이상 묻지 못했다. 본인이 괜찮다는데야 더 이상 뭐라고 하겠는가. 태인은 앞만 보며 알을 돌아보지 않았다. 지금 그의 표정을 보여주고 싶지 않았다.

'이길 자신은 없지만 그만두지는 않겠어. 개죽음이 될지도 모르지만 이게 내가 해줄 수 있는 최선이구나.'

알에게 전후 사정을 전부 말해 준다면, 알이 어느 쪽을 바랄지 태인은 알 수 없었다. 아니, 어쩌면 알고 있었다. 적어도 알은 자신이 죽기를 바랄 리는 없었다. 그러니 알이 택할 것은 적어도 둘 중 하나, 저 사람들을 버려두고 가거나, 그게 아니라면…….

'내가 도저히 저 사람들을 놔두고 갈 수 없다고 한다면, 차라리 자신을 포기하라고 말하겠지. 너는 과연 어느 쪽으로 말할까. 하지만 어느 쪽으로 말하든 너는…… 그리고 나는…….'

마음은 언제까지나 이어질 것 같은데 운명은 계속해서 엇갈리고 있었다. 자신은 어째서 화를 내면서도 자혜 대사의 말에 수긍할 수밖에 없었는가, 알을 지켜주겠다고 해놓고 왜 알 이외의 다른 자들에게서 눈길을 돌리지 못하는가. 대체 자신이 진정으로 소중하게 여기는 것은 무엇인가. 태인은 대답하지 못했다. 그가 할 수 있는 것은 그저 달리는 것뿐이었다. 그게 진정한 최선인지에 대해서도 대답할 수 없었지만 말이다.

"마침내 제대로 찾아오겠군."

케르니아는 태인과 알의 위치를 보여주던 꽃이 시들어 버리는 것을 보고 묘한 웃음을 지었다. 아쉽긴 했지만 미련은 없었다. 어차피 이제 때가 된 시점이었다. 도망치거나 할 생각은 없었다. 그랬다가는 언제까지나 귀찮은 꼬리를 달고 다녀야 할 것이었다. 물론 순순히 잡혀 죽어줄 생각도 없었지만 말이다.

"훗. 하긴 꼭 이길 생각도 없지만 말야."

세상에는 생각보다 많은 길이 있는 법이었다. 단지 바보들만이 한두 가지가 전부인 줄 알고 모 아니면 도를 외칠 뿐이었다.

"자, 오시지요, 나의 정원으로. 몇 백 년 동안 공들여 가꾼 곳이지만, 그대라면 발을 디딜 자격이 있어요."

"여긴 안개 속인데도 태인은 잘도 달리네."

"나침반이 방향 하나는 확실히 잡아주고 있으니까. 빨리 쫓아와. 그러다 헤어진다."

사실 별로 짙은 안개는 아니었기에 시야에 크게 지장이 있다고 할 수는 없었다. 단지 꼭 필요한 만큼만 쉬고 이동을 계속하는데 질려서 우회적으로 불만을 표시한 것뿐이었다.

'투덜투덜. 하여간 태인은 정말 둔하다니까. 그러고 보면 짚신도 제 짝은 있다는 말은 맞아.'

혜련을 떠올리며 알은 고개를 끄덕였다.

'성격이 마귀할멈이긴 해도 그러니까 태인을 데려가지. 아니면 태인 같은 성격에 잘못하면 혼기도 놓칠 거야. 그러다 늦장가가게 되면 이 래저래 괴롭지. 암, 그렇고말고.'

그런 식으로 생각하니 자신이 태인보다 훨씬 어른이 된 것 같아 알은 뿌듯했다. 괜히 어른인 척 가끔 알 수 없는 소리를 늘어놓지만 따지고 보면 생활력은 영 아닌 태인인 것이다. 지금 당장만 해도 별로 짙지도 않은 이 안개 속 어디를 헤맨다고 사라졌는…… 거기까지 생각하던 알은 멈춰 섰다.

'사라졌어? 어디로?'

"태인? 태이인!"

잠깐 딴생각한다고 한눈팔긴 했지만 그사이에 어디 갔단 말인가? 알은 소리쳐 애타게 불렀으나 태인에게서는 대답이 없었다.

'대체 어딜 간 거야? 잠깐 사이에 저 멀리 간 건 아니지? 안개가 좀 있긴 해도 그렇게 짙지도 않은데.'

알은 마침내 이 안개가 심상치 않은 것임을 눈치 챘다. 딱 무엇이라고 꼬집을 수는 없었지만 속고 있다는 기분이 강하게 들었다.

"또 그 마녀가 뭔가 한 건가? 대체 태인은 어디로 간 거야. 설마 위험하지는…… 않겠지?"

그 생각을 하자 알은 갑자기 다급해졌다. 그래서 본격적으로 태인을 찾아 사방으로 뛰어다녔다.

알에게 쫓아오라는 말을 하고 빠르게 나아가던 태인은 멈춰 섰다.

"이것은?"

일순간 알의 기척이 그의 감각에서 사라졌다. 무언가가 가린 느낌이었다. 태인은 바로 그의 나침반을 확인했다. 바늘의 방향이 돌아가 있었다.

"온 건가?"

태인은 우뚝 서 있는 성을 보았다. 나침반이 가리키는 방향과 일치했다. 그는 천천히 성 주위를 돌았다. 그에 따라 그대로 한 바퀴 돌아가는 나침반을 보고 태인은 마침내 목적지에 도착했음을 확신했다.

"시한에 늦지는 않은 건가. 하지만 이런 식의 노골적인 방어진이라니 마치 기다렸다는 듯하군."

태인은 부적을 꺼냈다. 몇 장의 부적이 그의 손에서 빛을 발하며 작은 새로 변했다. 그 새들은 안개 속으로 푸드덕거리며 날아갔다. 태인은 잠시 호흡을 가다듬으며 새들의 귀환을 기다렸으나 10여 분의 시간이 흘러도 새는 돌아오지 않았다.

"그렇다는 말이지. 알이 끼어드는 건 원하지 않는다. 1대 1로 보자 이건가?"

고민은 길지 않았다. 호랑이를 잡으려면 호랑이 굴에 들어가는 수밖에 없었다. 애초에 도망치지 않고 맞서주는 것부터가 나침반에 대한 압박감이 있음에도 자신의 홈그라운드란 자신감 때문이기도 했을 것이다.

'그래, 이 정도는 당해주지. 하지만 난 이긴다.'

합리적인 근거는 없었다. 아니, 엄밀히 말해서 그는 지쳐 있었고 마녀는 모든 준비를 다 끝내놓고 있었다. 그러나 이겨야 했다. 그러니 이길 것이다.

'그래, 마녀여. 난 지킬 것이 많고 넌 없기에 내가 불리하다. 그러므로 내가 이긴다.'

태인은 안개 속을 뚫고 성문을 향해 걸어 들어갔다. 그러자 기다렸다는 듯이 성문이 저절로 열렸다. 뒤이어서 성벽 안쪽 건물의 문도 연이어 열렸다. 그리고 안개도 좌우로 갈라지며 한가운데 길만은 비워놓았다.

성문 안의 복도는 길었다. 안개를 뚫고 아주 옅게 들어오는 희미한 햇빛은 차라리 없는 것보다도 더 음울한 분위기를 자아냈다. 하나하나만 놓고 보면 특별히 이상할 것이 없는 벽의 조각들이 함께 어우러져서는 어둠 속에서 숨죽이며 숨어 있는 위험한 야수의 느낌을 만들었다. 성 전체가 그를 적대하고 있었다. 그러나 태인은 움츠러들지 않았다. 나이트 오브 뱀파이어와도 싸웠고, 흑룡과도 싸웠던 그다. 새삼 신비한 분위기를 풍기는 중세 성 정도에 기죽는다면 지금까지 그에게 당했던 자들이 미안할 것이었다. 그러나 그런 그도 마지막 문을 열고 나온 광경에는 약간 당황했다.

무성하게 자란 나무들 사이사이로 아름답게 피어난 꽃들은 인공적으로 다듬은 손길이 없음에도 조화를 이루고 있었다. 아니, 인간의 손으로 만들어낸 강제적인 조화가 아닌 자연스럽게 자라나면서도 서로 조화를 이루어낸 자연의 예술작이었기에 더욱 아름다웠다. 여기만은 안개가 미치지 않는지 찬란한 햇빛이 쏟아지면서 나무와 꽃의 색깔을 더욱 선명하게 했다. 생생한 녹색을 넘어 마치 물방울이라도 그 위에 맺힌 양 빛나고 있었다. 여기가 어딘지 알고 있지 않았더라면, 요정들의 화원에 왔다고 착각할 정도였다. 그리고 그 화원의 한가운데, 새하얀 대리석을 정성스럽게 다듬어 만든 탁자와 흑단목을 결 하나까지 생각해서 조각한 의자가 놓여 있었다.

"어서 오시지요. 기다리고 있었습니다."

여인이 의자에서 일어나며 태인을 맞이했다.

"도망가지 않고 초대해 줘서 고맙군."

무뚝뚝한 태인의 대답에 케르니아는 빙긋 웃었다. 별다른 장식 같은 것을 달지 않은 수수한 옷차림의 그녀였지만, 주위의 자연 자체가 그녀의 보석이 되어 불필요한 화려함 이상으로 그녀를 빛냈다. 마녀라기보다 마치 꽃의 정령 같은 그 모습에 태인은 쓴웃음을 지었다. 세상에는 확실히 속 내용과 겉 내용이 다른 물건이 너무 많았다.

"끝도 없이 쫓아다닐 귀찮은 혹은 가능하다면 떼어버리는 게 현명하다고 판단해서지요."

사륵.

어디서 불어오는지 모를 바람이 그녀의 머리카락을 살짝 나풀거리게 만들고 그 바람을 따라 은은한 향기가 퍼졌다. 그 순간 태인의 주위로 얇은 빛의 막이 생겨났다.

"당신의 향수라면 사양하고 싶군. 이미 오는 길에 질릴 정도로 맡다 보니 알레르기가 생길 지경이라 말야."

태인은 차분한 눈길로 마녀를 쳐다보았다. 그 모습에 케르니아는 생긋 웃으며 피어 있던 꽃 한 송이를 꺾었다. 그 순간 정원에 피어 있던 그것과 같은 종류의 꽃이 동시에 졌다.

'뭐지?'

선제공격을 통한 기선 제압을 하려다가 태인은 관두었다. 상대는 철저하게 대비하고 있을 터이고, 그런 식은 역습만 받기 좋았다. 일단은 탐색이 먼저였다. 케르니아의 첫 번째 패는 바로 드러났다.

"어때요? 꼭 싸울 필요가 있을까요? 다른 좋은 방안도 있을 텐데 말이죠."

그 말을 하는 케르니아의 모습이 미묘하게 변했다. 컴퓨터라면 들어오는 화소정보에 변화없음이라고 판단하겠으나 인간인 태인의 눈에는 숨막히게 아름다우면서도 동시에 도발적인 아름다움을 뿜었다. 목숨을 걸어야 하는 싸움이라는 걸 알면서도 그런 것을 다 잊게 만들 정도로 도발적이고, 유혹적인 아름다움이었다.

일순간 평정을 깨뜨리며 그의 신체와 본능을 바로 자극하는 케르니아의 모습에 태인은 고개를 돌리지 않고 말없이 부적 한 장을 꺼내 손에 들었다. 사람의 마음을 뒤흔드는 눈빛에 그는 부동심결을 외며 대항했다. 케르니아의 눈빛은 점점 더 사이하게 변해 특이한 보석처럼 빛났다. 태인은 흔들리려는 마음을 누르며 자율 선사의 말을 되뇌었다.

"갈! 네 마음인데 어찌 네 마음대로 하지 못한다고 하느냐!"

'피하지 않는다. 흔들림이 내 마음이라면 바로 섬도 내 마음.'
"어떤가요? 나도 당신의 이국적인 분위기가 무척 마음에 드는데."
그러면서 케르니아는 한 걸음 앞으로 다가갔다. 겨우 한 걸음이었으나 태인은 일순 케르니아가 바로 자신의 앞에 다가와 몸을 밀착시켜 오는 듯한 착각이 들었다. 반사적으로 한 걸음 뒤로 물러서고 싶은 것을 참고 태인은 정신을 집중했다.
'그때 어떤 마음으로 그자들을 구했던가. 마녀사냥에 실패해서 알은 무슨 일을 당해도 좋다는 마음? 그건 아니었다!'
화륵.
부적이 한순간 빛이 나며 타올라 흩어졌다. 태인은 이제 평이한 목소리로 입을 열었다.

"조금 더 신선한 건 없나? 버섯이 아름답다고 아무거나 따먹을 만큼 어린 시기는 지나서 말야."

차갑게 가라앉은 태인의 말에 케르니아는 손으로 입을 가리며 교태스럽게 웃었다.

"오호호. 안 해보기도 섭섭해서 혹시나 하는 마음에 해봤답니다. 역시 마음이 해이해졌을 때도 아니고 이렇게 안 좋은 상황에서 던지는 유혹은 안 먹히는 거군요. 이걸로 골든 릴리 오브 템프테이션은 헛되이 져버렸네요. 다른 꽃을 골라봐야겠어요."

"부동금강인!"

케르니아가 또 다른 꽃을 꺾는 것을 보고 태인은 재빨리 방어막을 쳤다. 그러나 케르니아는 개의치 않고 싱긋 웃었다. 그 순간 태인의 앞으로 여덟 자루의 반투명한 검이 떠올랐다.

'이건!'

여덟 자루 검은 그대로 태인의 방어막을 찢어버리며 들어왔다.

투둑.

지나간 뒤에야 주위의 공기가 얼어서 떨어지는 절대의 빙검. 그 빙검이 태인의 목과 몸통을 분리했다.

투학.

태인의 시야에 피를 내뿜으며 목 잘린 채 서 있는 자신의 신체가 보였다. 눈앞에 가까워져 오는 바닥을 보며 태인은 피식 웃었다.

"재미있군. 하지만 너무 잘못 골랐어."

"어떻게 알았죠? 조금만 의심해도 헤어 나오지 못할 텐데."

케르니아는 조금은 감탄해 주며 부동금강인 속에 서 있는 태인을 바라보았다. 태인이 품에서 꺼낸 다섯 장의 부적을 주위로 띄우며 대답했다.

"마녀가 다룰 상대가 아니었으니까. 멸사천뢰인!"

번개가 날아가자 케르니아는 곤란하다는 듯 손을 흔들었다. 그러자 주위의 흩어진 꽃잎이 떠돌아 맴돌며 그 번개를 하나하나 흡수했다.

'확실히 강한 마녀지만, 그 힘은 주로 정신영역. 이 승부 잡을 수 있다.'

가벼운 견제구를 날려놓고 태인은 바로 본타를 준비했다.

화르륵.

불길이 허공에 맺히며 주작의 형상이 드러나기 시작했다.

"태인? 태애인? 대체 어디로 간 거지."

알은 고개를 돌리다 말고 눈을 감았다. 이럴 때 무작정 찾는 것보다 훨씬 좋은 방법이 그에게 있었다. 피와 피의 연결, 차원의 벽을 넘어서도 이어지는 맹세, 그리고 어쩌면 시간의 극까지도…….

"저쪽이네? 응? 성에 들어간 거야?"

고개를 돌린 알은 높이 우뚝 서 있는 성을 올려다보았다. 뭔가 척 봐도 여기는 대단히 수상한 곳이니 용무가 없는 분은 자살 이외의 방법으로서 죽음으로 보험금을 가족에게 남기려는 생각이 아니라면 오지 마세요라는 분위기를 팍팍 풍기고 있었다.

"저런 데를 혼자 들어가다니 대체 무슨 생각인 거야."

알은 다급히 성을 향해 달렸다. 그러나 성 주위를 아무리 뱅뱅 돌아도 들어가는 문이 보이지 않았다.

'그런다고 못 들어갈 줄 알고.'

파닥. 파닥.

안개 속을 박쥐는 오르고 또 올랐다. 계속해서 높아지는 벽을 따라 알은 계속 날아올랐다.

'뭐야, 이거!'

다시 뱀파이어의 모습으로 변하자마자 바로 발밑에 느껴지는 땅 때문에 알은 멍해져서 성을 다시 한 번 보았다. 무언가 겉보기와 달리 들어오는 길을 완벽하게 차단하고 있었다.

'이익! 나도 끈기가 있다 이거야.'

손을 치켜들고 마악 홀 오브 디스트럭션을 외우려던 알은 멈칫했다. 아무리 적의 아지트라 한들 상당한 가치를 지닌 문화유산일지도 몰랐다. 어쩔 수 없어 부쉈다고 변명해도 엄청난 배상을 치르게 될 수도 있었다.

"그럼 이걸로 하지 뭐. 옥의 입구에 서서 왕들의 길을 안내하는 검은 말들이여, 이제 여기에서 내 그 권위를 빌려 명하니 불꽃의 길을 달려와 나를 위한 문을 열라. 짙디짙은 허무의 결을 그대들의 발굽으로 다지고 다져 내가 걸을 길을 만들라. 어둠의 권세로서 공간에 명하여 열어젖힌 존엄의 문을 따라 내 발걸음을 내딛어 가고자 하는 곳을 향하노니, 내 원하는 바가 내 있을 곳이라. 왕들의 행차에 호위하는 지옥의 망령들이여. 그 절규로서 소리치며 나를 호위하라. 그대들의 소리에 공허가 물러나리니 드넓은 공간과 공간, 세계와 세계 사이에 놓여진 다리를 걸어 나 나아가노라. 헬 게이트(Hell Gate)!"

성 하나 들어가는 게 목적인 것으로 약간 과한 감이 있는 주문이었지만 알은 아낌없이 썼다. 그리고 어둠 속에서 걸어나오자마자 그를 반갑게 맞이하는 녹색의 끈적이들을 보고 알은 비명을 질렀다.

"뭐야, 이건!"

"이건……?"

그 시간 태인도 비슷한 말을 하고 있었다. 불새를 날리려는 순간 주위의 풍경이 완전 다르게 바뀌었다. 텅 빈 우주 공간 같은 곳에 그는 떠 있었고, 마녀는 자유의 여신상마냥 거대한 크기가 되어 그를 내려보았다.

"잊으셨나요? 여기는 저의 공간, 당신의 힘 정도는 언제든 눌러줄 수 있답니다."

벌레를 누르듯 케르니아의 손이 태인을 눌러왔다. 그러나 태인은 도망치는 대신에 그대로 불새를 날렸다.

"모습이 커진다고 마력이 커지기라도 한다는 건가? 화조비천상!"

"하아, 이건 또 뭐야."

겨우 힘겹게 녹색의 액체를 물리친 후 이번에는 하는 기대로 다른 문을 열었던 알은 주홍빛 안개가 덤벼드는 것을 보고 한숨을 내쉬었다. 아무래도 태인을 찾기까지 좀 많이 헤매야 할 듯했다.

"어머, 이런 작은 모기로 누굴 물려고요."

케르니아가 두 손가락으로 불새를 잡아 껐다. 다시 한 번 불길이 일어났지만 새는 결국 사라졌다. 그러나 태인은 상관없다는 듯 다시 주문을 외었다.

"말이 많군. 뇌룡유운해!"

우주 공간을 찢어발기며 번개가 몰아쳤다. 처음에 아무렇지 않은 척하던 케르니아의 모습도 번개와 함께 찢겨 나갔다. 주위의 공간은 다시 정상으로 돌아왔다. 당당한 모습으로 서 있는 태인에게 옷의 몇 군데가 타버린 모습으로 케르니아가 고개를 저었다.

"허세는 안 통한다 이거군요."

"잔재주를 정심으로 꺾는 게 전문인 게 내 사문이라. 더 이상 보여줄 게 없으면 여기서 끝내야겠군."

다시 한 번 태인의 앞에 불꽃이 맺히기 시작했다.

"아직이랍니다. 하나가 더 남았지요. 사실 앞에 건 그냥 해본 거고 이거야말로 오늘을 위해 준비한 꽃이지요. 다크 피어니라고 하지요(Dark Peony)."

케르니아는 마지막으로 남아 있는 검은 모란을 뽑아 들었다. 여기에 그가 올 때까지 바쳐진 모든 꽃은 마지막 이 하나가 효과를 발휘하기 위한 것이었다. 굳센 마음에 작은 틈을 만들고, 그 틈을 계속해서 흔들었다. 뱀파이어를 택했든 인간들을 택했든 마음은 상처 입고 반대쪽에 미안할 수밖에 없었다. 그리고 죄책감과 불안이란 스스로에게 엄격한 자일수록 견디기 힘든 짐이었다.

'홋, 인정하지요, 다른 꽃에 걸려들지 않을 만큼 당신의 정신이 강하다는 것은. 그러나 그런 자는 여기에서 벗어나지 못했답니다. 당신은 예외일 수 있으려나요?'

'모란? 향기가 없는 꽃!'

정확히 어떤 효과가 있는 꽃인지는 알 수 없었으나 태인은 이번이야말로 최대의 위기라는 것을 직감했다. 하지만 어떤 위력을 가진 꽃이든 하나는 확실했다.

'쓸 시간을 안 주면 그뿐!'

"화조비천상."

미처 형체를 다 갖추지는 못했지만 이글거리며 타오르는 불새가 그 대로 케르니아를 덮쳤다. 고고하게 비행하는 듯하면서도 실제로는 매 우 빠른 속도로 나는 불새의 앞길에 검은 구멍이 나타났다. 태초의 공 허를 머금은 검은 구멍은 강력한 흡인력으로 불새와 부딪쳤고, 불새는 그대로 사그라들며 구멍 안쪽으로 사라졌다. 잠시 뒤 구멍이 부르르 떨리며 그 안에서 불꽃이 일어났다 사그라들기를 반복했다. 그러나 끝 내 불새가 빠져나오지 못한 채 구멍은 닫혔다.

그 광경을 본 태인의 몸은 순간 경직되었다. 화조비천상이 막혔기 때문이 아니었다. 강력한 주문이기는 해도 케르니아 정도라면 그걸 막 을 수도 있음을 알았으니 말이다. 태인을 경악하게 한 것은 그 검은 구 멍을 만들어낸 존재였다.

"알!"

명한 눈동자를 한 채 알이 케르니아의 앞에 서 있었다. 막 작아진 구 멍이 있던 자리로 다시 손을 내밀며 알이 풀린 목소리로 중얼거렸다.

"지옥의 넷째 군주. 파괴를 다스리는 바알의 이름을 빌려 명하노라. 짙디짙은 암흑의 심연에서 암흑조차 지우며 움직이는 태초의 파괴자 여. 창세 이전에 존재하여 창세 이전으로 되돌리는 힘을 간직한 군주 의 기사여. 지상에 내려와 네 앞길을 막는 것들을 멸하라. 홀 오브 디 스트럭션(Hall of Destruction)."

"부동금강인!"

고요히 다가와 압박하는 파괴의 구체를 막아내면서 태인은 케르니 아에게 외쳤다.

"알에게 무슨 짓을 한 거냐!"

평정을 유지하지 못하고 목소리를 높이는 태인을 보고 케르니아는 여유롭게 미소 지으며 대답했다.

"제 최후의 카드라고 말씀드렸을 텐데요. 놀라운 잠재력을 가지고 있더군요. 당신의 상대가 될 만큼 말이죠. 이 뱀파이어만 쓰러뜨리면 저도 순순히 항복하기로 하지요. 건투를 빌어요."

"알, 정신 차려!"

정신지배에 걸린 자에게 정신 차리라고 말하는 게 얼마나 조악한 대응법인지 알면서도 태인은 그렇게 말하고야 말았다. 그런 그의 외침이 소용없게 알은 새로운 주문을 외우고 있었다. 그걸 본 태인은 주먹을 꽉 쥐며 무언가를 털어내듯 고개를 흔들었다.

'침착해라. 지금 여기서 흔들린다면 지금까지 거쳐 온 사람들을 무슨 낯으로 볼 거냐. 침착하게.'

"지옥의 넷째 군주. 파괴를 다스리는 바알의 좌우를 지키는 침묵의 암살자들이여. 짙디짙은 암흑의 심연에서 암흑조차 지우며 움직이는 태초의 파괴자여. 창세 이전에 존재하여 창세 이전으로 되돌리는 힘을 간직한 군주의 기사 중에서도 으뜸인 자여. 지상에 내려와 네 군주의 명예에 도전하는 자에게 그 강렬한 적의를 표하라. 듀얼 홀 오브 디스트럭션(Dual Hall of Destruction)."

이번에는 알의 양손에서 제각기 검은 구체가 생겨났다. 하나하나가 아까의 그것보다 더 짙은 어둠을 뿜어내는 그것은 좌우로 돌며 태인을 압박해 왔다.

'두 개?'

두 개라도 상관없었다. 홀 오브 디스트럭션이 알이 곧잘 사용하던 강력한 흑마법이기는 하나 두 개가 겹친다 해도 그의 부동금강인을 무너뜨릴 정도는 아니었다. 그렇다고 무시해 버릴 것도 아니었지만 말이다.

"야! 당장 그만두지 못해! 너, 혼나볼래!"

'망할. 어떻게 침착을 유지하냔 말이냐. 이 일에 말려든 것부터가 애초에 알을 위해서였는데.'

정신을 공략하는 마녀였다. 침착과 냉정이 흔들려서는 끝장이라는 것을 알면서도 유지할 수가 없었다. 마녀는 정확히 그의 아킬레스건을 건드렸다. 그러나 알은 그런 태인의 심경을 모르는지 멍한 눈초리로 이제는 아예 덤벼들었다.

"야, 임마! 정신 못 차려!"

"혼암에서 솟아나는 붉은 창. 케이어틱 스피어(Chaotic Spear)."

치직. 치지직.

알은 정면으로 금강부동인에 부딪쳐 와서는 그 안쪽으로 손을 집어넣고 주문을 풀어놓았다. 자신의 몸을 미끼로 내걸고 방어막의 틈을 파고들겠다는 무식한 수법은 뱀파이어의 재생력을 감안해도 썩 좋은 전술이라고는 할 수 없었지만 이번 경우에는 매우 유효했다.

"제길. 제마연화결!"

무리하게 부동금강인에 부딪치다가 타 들어가는 알의 몸을 더 이상 볼 수 없었던 태인이 방어막을 바꾸었던 탓이다. 부드럽게 주위를 눌러가는 제마연화결 덕에 알의 몸에는 더 이상 상처가 생기지 않았으나 태인은 두 배로 힘들어야 했다. 주위 자체를 함몰시켜 가며 밀고 들어오는 알의 마력을 상대하기에 제마연화결은 적합한 수법이 아니었던 것이다.

'이걸 어떻게 정신 차리게 하지?'

정신지배만을 풀려고 하는 고급스러운 수법은 쓸 줄 몰랐다. 그렇다 해도 마녀의 힘에 의해 지배당하는 것이니만큼 순수한 불력으로서 상쇄시키겠다고 밀어붙일 수도 없었다. 인간이라면 몰라도 알의 몸 또한 그의 힘에 격렬하게 반응할 몸이었다.

"무저갱에 바닥에서 붉은 눈을 띄운 채 맴도는 봉인된 마수여. 파멸의 뿔피리 울 그날을 기다리며 끝없는 허기를 증오와 분노로서 달래는 기아의 환수여."

보다 더 강한 주문이라는 것을 직감할 수 있는 주문을 외우는 알을 보고 태인은 긴장했다. 그런 그를 향해 케르니아가 가벼운 비웃음을 날려왔다.

"방어만 해서 상대를 지치게 하기는 힘드실 겁니다. 어쨌든 저는 자리를 비켜드리죠. 지칠 대로 지치시면 그때나 돌아와 드리도록 하지요."

"어딜 가느냐! 광연소마탄!"

케르니아가 손에 낀 반지를 문지르는 것을 본 태인의 손끝에서 수십 개의 광탄이 날아갔다. 하지만 그 순간 알이 몸을 날리고서는 손과 발로 그 광탄을 터뜨렸다. 뱀파이어 특유의 빠른 움직임과 재생력을 한껏 살리는 그 대처 방식에 태인은 씁쓸한 물이 입가까지 올라왔다.

'정말 알의 능력을 마지막 한 방울까지 끌어내서 사용하는군.'

"묵시록의 날에 파괴의 천사와 죽음의 천사가 나란히 서서 인도할 멸망의 대열에 함께할 집행자들이여."

'그 와중에도 주문은 계속 이어진다는 거지. 정말 알이라고 믿어지지 않게 발전했…… 잠깐.'

제마연화결만으로 벅찰지 모르다는 생각에 현무의 기운까지 빌려서 알의 마법을 상쇄시킬 준비를 하면서도 태인의 머리 속에서는 다른 생각이 떠올랐다. 지금 저게 알이라고 확신할 근거가 없었다.

"그 봉인의 조각을 지금 여기에 파내 너희를 부르니 와서 공허에 바쳐진 제물을 삼키라. 크래쉬 오브 아폴리온(Crash of Appolion)!"

태인의 주위를 포위한 채 회색의 기류가 솟아올랐다. 그와 함께 저 멀리 아득히 깊은 곳에서부터 몇 번이고 울리고 울려서 마침내 여기까지 올라온 듯한 으르렁거리는 소리가 퍼졌다. 그것은 일견 배고프고, 상처 입은 야수의 낮은 포효를 닮았으나 그 이상의 원한과 분노가 서려 있었다.

"하아. 이만 힘을 불러내다니, 너 나중에 단단히 혼날 각오해라. 빙무임태허!"

차디찬 빙결의 힘을 지닌 신수의 빛이 무저갱의 바닥에서 솟아올라온 악마들과 부딪쳤다. 회색의 기류라고 일견 착각이 든 그것은 형태를 뚜렷이 갖추지 않은 작지만 포악한 악마들의 집합이었다. 제마연화결로도 다잡지 못할 만큼 흉포한 악마들을 푸른빛을 띠는 얼음이 가두어서 부숴 버렸다. 잠시의 여유를 찾은 태인은 멍한 눈동자로 다음 주문을 준비하고 있는 알을 보며 생각했다.

'저게 진짜 알이라고 단정 지을 근거가 있나? 케르니아의 특기는 정신 공격이다. 저건 내 자신이 만들어낸 환상일 수도 있어.'

정신 공격이란 상대의 가장 약한 틈을 노리고 들어오기 마련이었다. 그리고 그가 지닌 최대의 악몽이 바로 이것이었다.

"흐음. 조금 눈치 채기 시작했나? 하지만 상관없지. 결코 확신하지 못할 테고, 확신하지 못하는 이상 벗어날 수 없지. 내 평생의 정화가 깃든 악몽의 모란인 걸."

멀찍이 떨어져서 태인이 혼자 날뛰는 것을 지켜보며 케르니아는 미소 지었다. 제삼자가 보면 유치할 정도의 심리트랩이라 할지라도 당사

자에게는 짐작하면서도 벗어나지 못할 악몽이 되는 법이었다. 강건한 정신을 지닌 사내였지만, 그런 만큼 그와 인연있는 자에게 충실했다. 그리고 그건 이렇게 부메랑이 되어 돌아가는 것이었다.

"아직 마무리까지는 시간이 남았으니, 그전에 꼬마손님이 찾아오진 않아야 할 텐데."

케르니아는 가져다 둔 의자에 앉았다. 편하게 보여도 그녀도 전력을 다해서 태인을 상대 중이었다. 다른 일을 할 여유는 없었다.

"넌 알이 아냐. 네가 진짜 알이라면……."

태인은 잠시 말을 골랐다. 의심할 만한 이유는 여러 가지가 있었다. 정신을 지배했다고 해서 그 잠재력을 다 끌어내는 것은 별개의 문제였다. 단순한 근육의 과도사용 수준도 아니고, 정신과 직접적으로 연동되는 마력을 본래의 알 이상으로 끌어내면서 그 육체를 저렇게 효율적으로 구사해 낸다는 것은 믿기 힘들었다. 거기다가 알의 잠재력이라고 간단히 말했지만 그 잠재력이 어떤 잠재력이었던가. 세리우스, 드뤼셀 그자들과 급에 있어서 동급이라 해야 할 알이었다. 그런 알의 숨겨진 일면을 그의 피 없이 케르니아의 힘만으로 어떻게 건드릴 수 있었다 해도 건드린 다음이 저렇게 얌전한 지배로 끝날 리가 없었다. 그러니 알이 가짜라고 의심할 만한 근거는 많고도 많았지만 그중에서도 한 가지, 태인이 말로서 내뱉을 수 있었던 것은…….

"네가 진짜 알이라면 아무리 정신이 지배당했기로서니 날 공격하지 않아! 자, 모든 방어 주문을 풀었다. 공격해 봐. 그 순간 난 네 환상을 깨뜨려 버릴 거다."

무방비가 된 자세로 태인은 알을 향해 한 걸음 다가갔다. 어떤 주문도 쓰고 있지 않았지만 그 순간의 태인에게서는 강렬한 기세가 뿜어져 나왔다.

'이거 예상외로 빠른 승부수인데?'

케르니아는 진심으로 감탄했다. 저 꼬마 뱀파이어라는 연결고리가 없었다면 자기 힘으로도 어떻게 못하지 않았을까라는 생각이 들게 만드는 남자였다.

'하지만 나도 그 긴 세월을 헛산 건 아니지.'

다가오는 태인을 향해 알은 무심히 주문을 외었다.

"내쳐진 영혼들을 사르며 분노와 증오 속에 맺어진 염화의 보석이여. 유황과 인 속에서 단련되어 태어난 불길의 결정체여. 여기서 내 손에 잡히어 나의 적을 치는 무기가 될지어라. 블레이징 에메랄드(Blazing Emerald)!"

타오르는 불길이 태인을 집어삼켰다. 하지만 태인은 그 불길에 타지 않았다. 얇은 빛에 둘러싸인 채 밖으로 뛰쳐나와 알 앞에 서서 태인은 이를 악물었다.

"그러니까 넌 가짜야. 넌 내가 가장 해칠 수 없는 모습을 골랐다고 생각하겠지만, 그 모습은 또한……."

미약한 빛이 조금씩 더 커지기 시작했다. 멍한 눈동자에 뜻밖에도 희미한 공포가 스쳐 지나갔다. 빠른 움직임을 전혀 살리지 못한 채 알은 주춤주춤 뒷걸음쳤다.

'더 이상 네가 아니게 되었을 때 내 손으로 거두겠다고 맹세한 모습이기도 하지. 그 모습을 해치는 건 나로서도 실로 싫은 일이지만.'

"진짜 그 녀석이 지금 네 짝이 되는 것을 막기 위해서라도 난 여기서 깨어나야 해. 무상반야광!"

그렇다 해도 무상반야광까지 동원한 것은 심리적인 불안에 대한 반발이었을 것이지만, 효과는 확실했다. 찬연한 빛의 파도 속에서 어둠의 존재는 물거품처럼 꺼져 갔다. 그때 사그라들던 알의 눈에 빛이 돌아왔다.

"태인? 어째서?"

고통스러운 표정을 짓는 알을 보며 태인은 흠칫했다.

'이건 심마다. 여길 넘지 못하면 여기서 벗어나지 못해. 방금 전에 기세등등하게 하던 말은 어디로 간 거냐.'

"태인?"

도저히 이해할 수 없다는 표정으로 물어오는 알의 모습에 태인은 고개를 돌렸다. 넘어야 했다. 하지만…… 만에 하나라도 진짜라면? 그 검은 모란이 끌고 온 것이 바로 알이었다면? 여기 들어와서 헤어진 이후 알에게 어떤 일이 있었는지 그는 몰랐다. 만에 하나라도, 정말이라면……. 태인의 고개가 다시 돌아갔다. 그의 눈에 머리 아랫부분이 이미 완전히 흩어진 알의 모습이 보였다.

"안 돼!"

태인은 결국 무상반야광을 멈췄다. 눈을 감고 있는 알의 머리를 들고서 태인은 쥐어짜듯 외쳤다.

"제길. 제길! 제길!"

"후, 끝났군. 아무리 아니다 싶어도 만에 하나라는 불안감을 버리지 못할 대상이 있다면 다크 피어니의 힘에서 벗어날 수 없지."

향기조차 없이 조용히 내면의 불안감을 파고들어서 헤어나지 못할 악몽의 늪으로 상대를 끌어들이는 최강의 꽃은 이제 완벽하게 상대를 제압해 가고 있었다. 케르니아는 자리에서 일어났다.

"꼬마손님을 상대해 줄 차례이긴 한데, 오호? 벌써 다 오셨네?"

케르니아가 벽에 박힌 보석에서 문 쪽으로 눈길을 돌리자마자 문이 열리며 알이 조심스럽게 걸어나왔다.

'이번에는 또 무슨 함정이 있으려나. 조심해야지.'

여차하면 튈 준비를 하고 알은 문 안으로 들어섰다. 이번에는 아까까지처럼 방이 아니었다. 널따랗게 펼쳐진 화원이 있는 여기는 본래 거대한 홀이었던 듯했다. 그리고 그 화원의 가운데에 눈에 익은 두 인영이 보였다.

"태인?"

제자리에 서서 꼼작도 안 하는 태인을 보고 알은 안 좋은 예감이 들어서 달렸다. 그 앞에 서 있는 마녀 케르니아의 득의양양한 웃음이 알의 불안감을 더욱 키웠다. 하지만 태인에게 닿기 전 알은 앞에 생겨난 투명한 벽에 부딪쳐 멈춰야 했다.

"너무 서둘지 말아요, 알렉시안 군. 그를 만나고 싶으면 먼저 저와 상대해야 순서이지 않을까요?"

"태인에게 무슨 짓을 한 거죠?"

날카로운 눈빛으로 변해 물어오는 알을 보고 케르니아는 고개를 살며시 끄덕였다. 마음이란 것은 일방적인 게 아니었다. 이 꼬마손님이 이런 눈빛을 하는 게 처음이긴 했지만 이 정도를 보여주지 않았다면 오히려 실망했을 것이다.

"별다른 일은 하지 않았어요. 그저 약간의 정당방위가 있었을 뿐이죠. 아니면 내가 그에게 목숨이라도 바쳤기를 기대한 건가요?"

"그건……."

사실은 그렇게 되었기를 바라는 마음이 있었기에 알은 대답을 하지 못했다. 케르니아는 생긋 웃으면서 바닥을 가볍게 두들겼다.

"꽃은 다 써버렸지만, 천 년 동안 익힌 흑마법이 그것만은 아니랍니다. 쉽게 생각하지 않으시는 게 좋을 거예요. 마제스틱 프레스(Majestic Press)."

뭔가 대화를 걸어오는 척하다가 날린 기습 공격에 알은 무방비로 당해서 바닥에 납작 엎드려야 했다.

"끄극."

온몸을 짓누르는 무게에 입에서 작은 비명을 내면서 알도 마력을 움직였다.

'적어도 그 흑룡 때만큼은 아냐!'

"내쳐진 영혼들을 사르며 분노와 증오 속에 맺어진 염화의 보석이여. 유황과 인 속에서 단련되어 태어난 불길의 결정체여. 여기서 내 손에 잡히어 나의 적을 치는 무기가 될지어라. 블레이징 에메랄드(Blazing Emerald)."

마녀의 주위로 네 꼭지점에 불길이 맺혀 일어났다. 순식간에 자신의 시야를 가리고는 압박해 들어오는 불길을 보고 케르니아는 가볍게 손을 저었다.

"북극에 자리 잡은 설원의 원혼. 그 차디찬 숨결을 이곳에 끌어오라. 블리자드(Blizzard)."

그러자 그녀의 주위로 얼음 알갱이가 몰아치며 불꽃을 상쇄시켜 나갔다. 치익 하며 솟아오르는 수증기 사이에서 그녀는 바닥에 쓰러져 있어야 할 알이 사라졌음을 깨달았다.

'지금이다!'

불과 얼음이 부딪치는 사이 마녀의 중압 주문에서 빠져나온 알은 그대로 사각지대로 파고들어 손을 내밀었다. 가느다란 케르니아의 목이 그대로 알의 손에 잡혔다.

"뱀파이어의 팔이란 게 가냘파 보여도 어느 정도의 힘을 낼 수 있는지 안다면 움직이지 말아요."

자신의 목을 쥔 알을 뒤돌아보며 케르니아는 여전히 웃었다.

"제법이네요, 꼬마뱀파이어님. 그대로 부러뜨리지 그래요?"

인질 쪽은 당당하건만 오히려 인질범 쪽이 당황해서 말했다.

"장난치지 말고 태인을 돌려놔요!"

"그 다음에는 둘의 합공에 내 목숨을 바치고요?"

"그건, 그러니까……."

역시 대답할 말이 없어서 알은 우물쭈물했다. 애초에 마녀를 잡는 게 이번 일이었다. 마녀를 잡지 못하면 교황청에 의해 태인과 자신에게 대단히 안 좋은 일이 일어날 게 틀림없었다. 하지만 그렇다고 본인에게 죽어주세요라는 부탁을 어떻게 한단 말인가.

'어, 어쩌지? 태인을 구하긴 구해야 하는데, 마녀도 잡아야 하고, 하지만 지금 와서 마녀한테 태인도 풀어주고 잡혀까지 달라는 건 너무 뻔뻔하고.'

고민하는 알을 귀엽다는 듯 쳐다보며 케르니아가 말했다.

"아직도 결론이 안 나셨나요?"

그 말에 화들짝 놀라서 알은 손에 더 힘을 주며 대답했다.

"다, 당신은 잡혀가야 해요! 중간에 죄없는 사람들을 잔뜩 조종해서 나쁜 짓을 했잖아요!"

목이 아파올 만도 하건만 케르니아는 당당하게 되물었다.

"오호호, 제가요? 예전이라면 몰라도 최근의 전 꽃 가꾸기에 바빴답니다. 그런데 그쪽에서 먼저 쫓아오니, 저로서는 방어할 수밖에 없지 않아요?"

"하지만 사람들을 조종할 필요는 없었잖아요."

그러자 케르니아는 살포시 한숨을 내쉬었다. 그 모습에 알은 자기가 뭔가 잘못 생각했나 해서 더 당황해 버렸다.

"정면으로 당당하게 승부해라, 그런 말을 하고 싶은 건가요? 하지만 제게는 그럴 힘이 없는걸요. 애초부터 정신 조종이 제 주특기이고, 저로서도 살기 위해서는 특기를 한껏 발휘할 수밖에 없었죠. 궁지에 몰린 제가 어떻게 나올지 알면서도 쫓아온 건 그쪽 아닌가요? 그래 놓고 저한테 책임을 미루는 건 너무 비겁하지 않아요?"

"그건……."

알은 입을 다물었다. 케르니아의 말에 완전히 승복한 것은 아니었지만, 반론할 말을 찾을 수도 없었다. 이런 식의 논리싸움은 도저히 천년을 지낸 마녀를 당할 수 없었다.

"그러면 태인만 제정신으로 돌려줘요. 태인이 교황청에 당하지 않게 하려면, 당신을 쫓을 수밖에 없겠지만 그래도 여기서는 놓아드릴 테니까."

"다시 쫓고 쫓기면 당신 말대로 애매한 사람들이 또 휘말릴 텐데 그래도 좋다는 건가요?"

알은 입을 다물었다. 미처 생각하지 못했지만, 당연한 일이었다. 아니면 생각하기 싫어서 그저 외면하려고 했던 건지도 모르지만. 여기서 마녀를 놓아준다면 분명히 앞으로 더 많은 누군가들이 다칠 게 틀림없었다.

'하지만 난…… 나는…….'

알은 이를 악물었다. 마녀도 얻는 게 없는 이상 태인을 제정신으로 돌려줄 리 없었다. 그리고 누군지도 모른 많은 자들과 태인 중에서 하나를 고르라고 한다면, 아무리 미안하다 해도 그가 고를 건 애초에 정해져 있었다.

"모든 게 뜻대로 될 수는 없으니까……."

작은 목소리로 대답하는 알을 보는 케르니아의 눈빛에 작은 질투가 스쳐 지나갔다. 정신을 지배해 버리는 그녀의 능력으로는 결코 가질 수 없는 순수한 마음이었다. 영원히 가질 수 없는 것에 대한 열망이란 분노밖에 낳지 않았다.

"후, 그것도 곤란해졌는데요. 아까라면 고려도 해보았겠지만."

"무슨?"

뭔가 이상함을 느꼈지만 알은 케르니아의 목을 부러뜨릴 만큼 손을 세게 쥐지는 못했다. 그리고 바로 강력한 충격이 그를 흔들며 저 멀리 날려 버렸다.

"커헉."

알이 토한 피를 옷에 묻힌 채 케르니아는 연이어 주문을 외었다.

"강철의 전사를 묶는 묵광의 거미줄. 보이지 않으나 존재하는 사신의 함정. 헬 댄서즈 스트링(Hell Dancer's String)."

마악 바닥에 추락하는 알의 몸에 날카로운 그물이 닿았다. 그러나 그물은 추락을 멈춰주는 대신에 알을 그대로 동강 내며 바닥으로 떨어뜨렸다. 하지만 줄에 의해 잘리기 무섭게 들러붙어서 바닥에 떨어질 때는 그대로 원상 복귀하는 알을 보고 케르니아는 쓴웃음을 지었다. 뱀파이어 상대로는 주문을 잘못 골랐음을 깨달은 것이다.

하지만 잘렸다가 몸이 다시 들러붙고 하는 동안 알도 다른 일을 할 수 없었고 그사이 마녀의 주문은 새로 작렬했다.

"치솟아 삼키며 흐르는 도도한 불길의 강. 지옥의 경계를 흐르며 절규를 삼키고 다시 내뱉는 원혼의 심판대. 내면의 분노를 여기에 토하여 억눌린 원한을 갚으라. 헬 버스터(Hell Buster)."

정신공격이 주특기라 해서 그녀의 흑마법이 약한 것은 절대 아니었다. 그래서 화상을 입은 몸으로나마 검은 구체를 불러 그녀의 불길을 삼켜 버리는 알렉시안을 그녀는 인정하기로 했다.

"대단하네요. 역시 내용물이 대단하면 포장도 보통은 넘게 되는 건가요? 하지만 승부는 난 것 같죠? 홀 오브 디스트럭션."

알이 만들어낸 것과 똑같은 구체가 케르니아의 앞에 떠올라 쏟아져 나갔다. 두 구체는 서로 세력을 겨루며 중간에서 팽팽 돌았다. 그 틈에 알은 육박전을 벌이기 위해 몸을 날렸다.

"잡았다! 끄억!"

마녀의 코앞까지 육박해서 손을 다시 내밀려던 알은 순간 느껴지는 고통과 함께 다시 옆으로 날려가야 했다. 이미 불길을 빨아들이는 데 대부분 힘을 소모한 알의 구체를 박살 낸 케르니아의 구체가 알을 강타했던 것이다.

"후훗. 영혼의 바다까지 무릎 꿇리는 준엄한 지옥의 권위 빌려 내 이 땅에 펼치나니, 정한 것도 부정한 것도 그 앞에 굴복하라. 언홀리 생츄어리(Unholy Sanctuary)."

몸의 한쪽이 구체에 뜯겨 나가 반도막이 된 알을 붉은빛의 육망성이 사로잡았다. 육망성이 묶은 것은 육신만이 아니었다. 재생이 멈춘 채 마력까지 움직일 수 없는 몸이 된 알을 케르니아는 승리의 미소와 함께 놀렸다.

"슬슬 작별 시간이네요. 그 주문 오래 유지할 수는 없는 거 알죠? 말뚝을 박아서 깔끔하게 끝내 드릴게요."

한쪽 구석에서 말뚝과 마늘, 그리고 성수로 짐작되는 물통을 꺼내 드는 케르니아를 보고 알은 다급히 되물었다.

"태인을 어쩔 거죠?"

알에게 다가가던 케르니아가 그 자리에 멈춰 서서 큰 소리로 웃었다.

"오호호홋, 지금 이 상황에서 그를 걱정하는 건가요? 과연 그가 헤어 나오지 못할 만도 하군요. 죄송하지만 저도 선택의 여지가 없답니다."

"태인이 이번 일을 맡은 건 저 때문이에요. 제가 죽고 나면 태인이 더 이상 교황청에 얽매일 이유가 없어요."

케르니아는 빙긋이 미소 지었다. 부러울 정도로 순수한 애원을 담아 호소하는 목소리. 저주받은 힘을 지닌 그녀만이 아니라 평범한 인간이라 하여도 과연 일생에 저와 같은 존재를 얻을 확률이 얼마나 될 것인가.

'그러니 더욱 얄미워서라도 살려둘 수 없잖아.'

"새로운 이유가 생기게 되겠죠. '복수'라는 매우 파괴적이지만 강력한 이유가 말이에요."

"그만둬요. 태인이 위험하다고 생각되면 나도 어떻게 할지 몰라요. 나도 아직 마지막 하나는 있다고요."

그 어설픈 협박을 케르니아는 무시하며 다가갔다. 언홀리 생츄어리는 오래 지속할 수 있는 주문이 아니었다. 빨리 끝내 버려야 했다.

"곤란하다니까요. 하지만 같은 곳에 묻어드리는 친절 정도는 베풀어 드리죠."

'태인을 죽이겠다고?'

한 발짝, 두 발짝 다가오는 케르니아를 보며 알의 눈빛이 조금씩 바뀌어갔다. 상대의 사정을 모르는 것은 아니었다. 하지만 옳고 그름을 떠나서 그건 용납할 수 없었다. 이해의 영역이 아니었다.

'그건 절대로 안 돼!'

이미 이번 싸움을 시작하기 전에 결심했었다. 흑룡 때처럼 무력하게 기적이나 바라며 기도하지 않겠다고. 태인에게 결코 어떤 일도 일어나지 않게 하겠다고. 그게 다른 누군가를 짓밟아야만 성립 가능한 욕망이라 해도 상관없을 만큼 지금 절실했다. 애원하는 소년의 목소리가 사라지고 위험한 야수의 느낌을 풍기는 목소리로 알은 외쳤다.

"그만둬! 마지막 경고야. 지금 태인을 돌려놓고 도망치면 놓아주겠어. 하지만 더 이상은 용납 못해."

그렇게 말하는 알의 눈동자에서는 빛이 완전히 사라졌다. 하지만 빛 대신에 분노를 바탕 삼아 타오르는 불길이 한층 짙어진 어둠과 어울려 타오르고 있었다. 그에 맞추어 알의 몸 전체에서 뿜어져 나오는 기운이 점점 더 짙어졌다. 아니, 단순히 짙어진 것만이 아니었다. 이전의 그것이 단지 빛이 없는 상태의 어둠이었다면, 이건 깊디깊은 악의를 머금고서 스스로 뻗어가 주위를 잠식하는 지옥의 어둠이었다. 신의 반대 편에 선 자들에게서 나타나는 그 힘을 보고 케르니아가 눈에 이채를 띠었다.

'설마 이거였나? 흑룡을 돌려보낸 건 다크 비숍, 그자의 힘일 거라고 생각했는데 이쪽이었나?'

위험하다. 굳이 직감이니 본능이니 하는 거창한 말을 동원하지 않아도 바로 알 수 있었다. 눈앞에 있는 것은 더 이상 어린 뱀파이어가 아니었다. 언홀리 생츄어리에 묶인 상황에서도 다가가는 것이 두려울 정도의 기세를 뿜어내고 있는 한 마리 야수였다.

"좋아요. 저쪽 남자는 놓아드리도록 하지요. 하지만 당신은 죽어야 해요."

이 기세를 누그러뜨릴 수 있다면 약간의 거짓말은 상관없었다. 더 이상 변수가 발생하기 전에 마무리 짓기 위해 케르니아는 그대로 말뚝을 찔러갔다. 하지만 알의 손이 그 말뚝을 잡았다.

'풀었어?'

아직 다른 부분은 묶여 있었지만 분명 말뚝을 막고 있는 것은 알의 한 손이었다. 지금 이 존재를 아직 알이라고 부를 수 있다면 말이다.

"아니, 너를 믿을 수 없어. 태인을 돌려놓고 떠나. 마지막 경고다."

케르니아는 한순간 자기도 모르게 뒷걸음쳤다. 하지만 다시 그녀는 손에 힘을 주고 힘껏 달려들었다.

'뭘 망설이는 거야. 무언가 위험한 게 깃들어 있다면 그전에 처리하면 그뿐.'

다가오는 말뚝을 보며 알은 분노했다. 마녀는 자신을 죽이고 그 뒤에 태인을 죽이려 하고 있다. 그건 결코 일어나서는 안 될 일이었다. 그걸 막을 수 있다면 어떤 힘이라도 상관없었다. 그리고 불확실한 기적보다 훨씬 확실한 힘이 있다는 것을 지금 이 순간 그는 느끼고 있다. 그의 내면 깊은 곳에 자리 잡아 있는 또 다른 그의 힘 말이다.

알은 자신의 정신을 완전히 분노에 맡겼다. 타오르는 증오가 깊숙이 잠재되어 있던 그의 힘을 다시 한 번 끌어내었다. 한 번 손잡아 버린 어둠은 그의 영혼에 선연한 낙인이 되어 남아 다시는 예전같이 아무것도 묻지 않은 백색으로 돌아갈 수 없겠지만 상관없었다. 그 자신을 내던진 부름에 마침내 알 안의 알은 응답했다.

알의 몸이 일순간 커졌다. 갑자기 청년이 된 알의 표정에서 절박함이 서린 분노가 사라졌다. 대신에 긍지와 위엄이 상처받은 제왕의 분노가 드러났다. 그리고 제왕은 일말의 망설임도 없이 건방진 역도에 대한 징벌을 명했다.

"흑아사월륜."

알렉시안의 손이 가볍게 허공을 젓고 그 손의 궤적을 따라 나타난 검은 선이 주위를 뒤덮었다. 마녀의 손에 들려 있던 말뚝도, 마늘도, 성수도, 심지어는 붉은 육망성도 그 선 아래 소멸했다. 어느새 완전해진 몸으로 땅을 딛고 서서 알렉시안이 작게 중얼거렸다.

"정말로 어지간히 다급했던 건가. 그렇다고 해도 설마 자력으로 나를 깨워낼 줄이야."

"다, 당신은……."

알렉시안은 케르니아의 말을 무시하고 태인을 향해 다가갔다. 투명한 벽이 그의 앞을 막았으나 그가 가볍게 손을 들어 내려치자 깨어져 사라졌다. 정신을 잃고 있는 태인을 들어 올린 알렉시안은 그 목에 이빨을 박았다. 알렉시안은 가볍게 한 모금의 피를 빨아내 삼켰다. 그 다음에는 거꾸로 그의 피가 태인의 몸속으로 들어갔다. 그렇게 피를 교환하고 나서야 비로소 알렉시안은 고개를 돌려 케르니아를 바라보았다.

두근.

'알이 위험하다.'

손에 알의 머리를 든 채 괴로워하던 태인에게 급격한 불안감이 깃들었다. 방금 전의 괴로움과는 비교도 안 되게 심장을 죄어오는 불안감의 정체를 태인은 '알 수 있었다.'

'알이 위험해!'

아까 했던 말 그대로 이 환상 속에 헤매고 있어서는 진짜 알이 위험했다. 하지만 이 불안감을 무엇으로서 확신할 수 있는가? 그 똑같은 의문에 망설이던 순간 태인은 목 쪽의 가벼운 통증과 함께 머리 속에 울리는 소리를 들었다.

"옛 맹세를 지키지 않겠다면, 계약을 이행하겠다."

어떤 뜻인지 알아들을 수는 없었지만 이해할 수는 있었다. 태인은 바로 손에서 불꽃을 일으켜 알의 머리를 태우며 외쳤다.

"안 돼!"

악몽에서 깨어난 듯 숨을 헉헉거리며 태인은 눈을 떴다. 그의 눈앞에 몇 번 보지는 않은, 그러나 낯설지 않은 존재의 등이 보였다. 태인은 쓰디쓴 고통으로 그 이름을 불렀다.

"알렉시안."

다크 피어니의 악몽에서 깨어난 태인과 알렉시안을 보고 케르니아는 뒷걸음쳤다. 태인이야 다크 피어니에 그만큼 당했으니 힘이 거의 안 남아 있다고 해도 저 청년 뱀파이어는 대단히 위험했다. '비샵'이 노리던 게 무엇인지 그녀는 이제야 깨달았다.

'처음부터 이걸 노린 거였군.'

그녀는 주저없이 손에 낀 반지를 만졌다. 일단 도망치고 볼 일이었다. 하지만 그 순간 알렉시안의 선고가 먼저 떨어졌다.

"섭혼암류결."

검은 기류가 칡덩쿨처럼 얽히며 케르니아를 묶었다. 알렉시안은 조용히 다가가며 말했다.

"네게 원한은 없지만, 그가 네 죽음을 원하는구나. 너 또한 가엾은 존재일 뿐이니 편하게 보내주마."

알렉시안의 뒷모습을 보며 태인은 고개를 떨구었다. 어떻게 된 것인지 대충 알 만했다.

'이번에도 나 때문이군.'

처음부터 그랬다. 그날 지하철에서 알이 최초로 알렉시안의 모습을 그에게 보인 것도 같은 이유에서였다. 자신을 구해준 알렉시안의 힘을 보며 태인은 살았다는 안도감 대신에 자책과 후회를 느꼈다.

'지켜주겠다고 해놓고서 오히려 내가 원인이 되어 알을 구석으로 몰아넣는 건가.'

태인은 다시 고개를 들었다. 그의 눈에 겁에 질린 케르니아의 모습과 강력한 기운을 흩뿌리며 위압감 넘치게 다가서는 알렉시안이 비쳤다. 알렉시안의 손에 또 한 명의 목숨이 사라지려 하고 있었다.

'피가 묻는다? 알의 손에?'

이건 그때와는 달랐다. 그때는 자신이 시험차 알렉시안을 깨워낸 것이지만, 이번에는 알이 자기 손으로 알렉시안을 깨워낸 것이다. 그러니 알렉시안이 피를 묻힌다면 그건 알에게도 그 응보가 돌아가게 된다.

'그렇게는 안 돼.'

태인은 몸에 남은 힘을 점검했다. 거의 바닥이 난 듯했지만 약간은 남아 있었다. 태인은 자세를 바로 잡았다. 이것이면 충분했다.

"알, 얌전히 있어. 착한 뱀파이어는 그렇게 어둠의 힘을 함부로 쓰면 안 돼."

태인은 자리에 일어나 섰다. 다리는 후들거리고 손을 떨리며 이마에서 식은땀이 맺혀 흘렀어도 그는 당당하게 말했다. 절대로 더 이상 알이 싸우도록 할 수 없었다. 이 자리에 쓰러져 죽는 한이 있더라도 알이 스스로의 존재를 버려가며 힘을 끌어내는 걸 보고 있을 수는 없었다.

"비켜서 있어, 이 이상의 싸움은 내가 한다. 넌 나를 믿고 물러나 있어."

태인은 자신보다도 약간 큰 알렉시안의 어깨를 마치 어린아이를 대하듯 집고는 옆으로 밀었다. 별로 강한 힘이 실린 동작이 아니었음에도 알렉시안은 순순히 밀렸다. 그리고는 묘한 눈빛으로 태인을 쳐다보았다. 그는 입을 열어 무언가 말하려고 했지만 태인의 말이 빨랐다.

"알았지, 알? 날 믿어. 안 그러면 혼난다."

알렉시안의 움직임이 잠깐 멈췄다. 그의 눈빛과 표정이 빠르게 바뀌었다. 그러다가 지금까지와 전혀 어울리지 않는 밝은 웃음을 지으며 그는 고개를 끄덕였다.

"응, 믿을게."

이미 그 자리에 있는 건 어둠의 제왕이 아니라 어린 소년이었다. 다시 작아진 몸으로 알은 태인의 뒤로 물러섰다. 그런 알에게 태인은 미소 지어 보인 후 다시 고개를 돌려 케르니아를 쳐다보았다. 케르니아 또한 대마녀답게 알렉시안의 힘이 거둬지자마자 당당한 웃음을 되찾아서는 태인을 마주 보며 말했다.

"괜찮으시겠어요? 지금 당신의 힘으로는 날 상대 못할 텐데. 아니면 이쯤에서 헤어지자는 건가요?"

"분명히 말하지만 처음부터 내가 네 상대야. 화조비천상!"

태인의 손끝에서 떠나간 부적이 다시 한 번 불길이 되어 새 모양으로 맺혔다. 태인은 후들거리는 다리를 잡아 세우며 힘을 끌어올렸다. 한 번 안 먹힌 수법을 아까보다 훨씬 줄어든 힘으로 다시 써오는 자신을 비웃는 케르니아의 모습이 그의 망막에 맺혔다.

'그래, 힘만은 아까보다 훨씬 줄었지. 하지만.'

힘보다 훨씬 중요한 차이점이 이번에는 있었다. 어째서 알이 사용한 관음수호주가 흑룡의 그 막강했던 역천패극뢰 앞에서도 무너지지 않았던가, 태인은 이제는 알 것 같았다.

"기초라 하여 무시하지 말라. 그 주문의 진정한 의미를 알고 그 마음을 실어 진수를 얻는다면 그 무엇보다도 강하나니, 진심으로 관음의 이름을 부르지도 않고 믿지도 않으면서 단지 그 사용이 쉬워 처음에 익히고 버리니 기초적인 주술로 착각하나 진수를 이룬다면 어떤 비전의 주문보다 아래가 아니다."

으레 따르는 소리로서 흘려들었던 그 말의 의미가 이제는 명확했다. 그때 알은 어떤 절박함으로서 그 이름을 불렀던가. 진정한 힘이 마음에서 비롯된다는 말의 의미를 어찌 마음으로서 자유로이 힘을 다루는 것만을 의미한다고 착각했던가. 태인은 자신의 마음을 담아 주작의 힘을 불렀다. 부정한 것을 멸하기 위해 타오르지만 또한 상처 입고 쓰러진 것들에게 다시금 새로이 일어설 힘을 주는 파괴와 재생 양쪽 모두를 다스리는 거룩한 성조의 힘. 그리고 그 힘을 청원하는 그의 마음은. 태인은 부적을 날리며 나지막하게 주문을 읊조렸다.

"불꽃으로 타오르는 몸을 날려 함께 사그라듦은 스스로를 버려 부정한 것을 멸하고자 함이요, 그 재 속에서 다시 솟아남은 파괴를 위한 파괴가 아닌 지켜야 할 것을 위한 파괴를 이름이니, 그 불꽃 맹렬할지언정 거룩하리라."

"태인, 주문이 바뀌었다? 전에는 못 알아들은 한문을 잔뜩 늘어놓더니."

등 뒤에서 들려오는 알의 말에 태인은 다시 한 번 미소 지었다. 예전에는 그랬었다. 그게 제대로 된 격식을 갖춘 주문이고, 예부터 쓰고자 하는 힘에 맞추어서 강대한 존재들이 힘을 부여한 말이었다. 하지만 이제는 더 이상 필요없었다. 사용하는 힘을 쓰고자 하는 자신의 마음이 깃든 말들이 자신만의 주문이 되어주고 있었다.

'그래, 이게 바로 나의 주문. 내 마음을 담아 부르니, 알을 지키고자 하는 내 마음이 제대로 담겼다면 내 기대에 응해다오, 불새여.'

모습을 감춘 불새가 마침내 화려한 비상을 시작했다. 주위로 불꽃의 깃털을 흩날리며 다가오는 불새를 보며 케르니아 또한 준비한 주문을 풀어놓았다.

"듀얼 홀 오브 디스트럭션(Dual Hall of Destruction)!"

두 개의 검은 구체가 겹쳐지며 불새의 양 날개를 삼켜 들어갔다. 하지만 불새는 쉽게 꺼지지 않았고, 태인의 영창은 계속되었다.

"그러니 그 마음과 그 힘 실로 내 바람에 합당하여 내가 여기 부르니, 이곳에 와 그 찬연한 날개를 펼쳐라."

태인은 온몸에 힘이 하나도 없었지만 또 다른 의미에서 기운이 넘쳤다. 태인은 기필코 이 자리에서 상대를 끝내기로 결심했다. 더 이상은 추기경의 명 때문이 아니었다. 상대의 힘에 조종당해야 했던 사람들과 스스로 알렉시안에게 자리를 내주어야 했던 알을 위해서였다.

"설마 트루 매직(True Magic)을! 태초의 존재들만이 간직한 그 힘을 어떻게 당신 같은 인간이!"

쉽게 꺼지지 않고 타오르는 불새에게서 무슨 일이 벌어지는지 눈치챈 케르니아가 비명에 가까운 침음성을 흘렸다. 그녀는 재빨리 반지에 힘을 불어넣었다. 그녀의 주위로 마법진이 생겨나며 공간의 틈이 벌어지기 시작했다.

"보내준다고 하지 않았다."

'그래, 보내줄 수 없어. 스스로의 존재까지 걸고서도 나를 믿고 뒤에 물러나 있는 알을 위해서라도.'

태인의 주문이 다시 이어졌다.

"그리하여 재로 사그라들지라도 다시 그 안에서 솟구침은 미처 지키지 못한 것에 대한 약속 때문. 다시 그 날개 펼쳐 일어나 수호의 불꽃으로 파괴를 멸하라. 화조비천상!"

한순간 불새가 폭발하며 두 개의 검은 구체와 함께 사라졌다. 그리고 바로 뒤이어 그 재에서 꺼지기 전보다 더욱 빛나는 모습으로 솟아올랐다. 한낮의 태양처럼 찬란한 금빛으로 타오르는 불꽃은 너무나 눈부셔서 뜨거움 이전의 거룩함을 지니고 있었다. 그리고 다시 솟구친 불새는 우아하게 날개를 허공에 저으며 위로 솟구쳤다가 다시 아래로 내려와 마악 주문을 완성해 가던 케르니아를 덮쳤다. 케르니아의 마력이 그에 반발하며 마구 쏟아져 나왔다.

빛나는 보석의 한가운데에 검은 구멍이 있었다. 하지만 보석의 빛이 점점 더 강렬하게 빛나면서 검은 구멍은 점점 줄어들었다. 그 검은 구멍 가운데에서 지옥의 원한으로 가득 찬 저주가 새어 나왔다.

"이 내가, 내가 당하다니! 좋아하지 마라. 너는 무사할 줄 아느냐! 내 마지막 힘으로서 네 운명을 말하니 네가 남겨진 이곳도 네게 지옥이 될 것이다."

케르니아의 입가에서 나오는 소리는 지금까지 하고도 또 달랐다. 불꽃에 휩싸여 몸이 비틀리는 가운데 목 또한 타고 있음에도 거기서는 상처 입은 야수가 낮게 그르렁거리는 느낌의 소리가 나왔다. 뼈조차 검게

타 들어가는 손을 들어 케르니아는 태인을 가리켰다. 그 손이 다시금 가루가 나서 서서히 부서져 떨어지는 가운데 그녀의 저주가 이어졌다.

"너를 가장 위했던 자가 너로 인해 죽을 것이며, 네가 가장 위했던 자로 인해 네가 죽게 될 것이다. 이는 나 케르니아 지옥으로 떨어지는 원한을 빌려 행해진 예언이다."

마지막 말을 할 때의 케르니아는 불 속에서 완전히 타버려서 무너지기 직전의 잿더미가 형태만 간신히 갖추고 있는 모습을 하고서 저주의 말을 내뱉었다. 그리고는 저주의 말이 끝나자마자 모든 힘이 빠져 버린 듯 잿더미는 내려앉았다. 그 원독 서린 마녀의 저주에 태인은 한마디 대꾸해 주었다.

"시끄럽군."

사령왕의 저주와 묘하게 닮아 있는 케르니아의 저주였지만 신경 쓸 여력이 없었다. 그는 무너지듯 무릎을 꿇었다. 마지막 한 방울의 힘까지 짜내며 그의 뜻을 수행했던 몸이 이제는 휴식을 요구하고 있었다. 풀썩 쓰러지려는 그의 몸을 작은 손이 붙잡았다.

"괜찮아?"

검은 가운데에도 작은 빛이 깃들어 별 하나 떠 있는 밤하늘을 연상시키는 눈동자를 보고 태인은 희미하게 미소 지었다. 그가 무사히 지켜낸 모습이었다. 그러니 몸이 아무리 지치고, 힘들어도 괜찮았다.

"그래, 괜찮아. 그러니까 뒤를 부탁한다."

그 말을 끝으로 태인의 고개가 그대로 푹 숙여졌다. 정신을 잃어버린 태인의 몸을 붙잡고 알은 슬프게 중얼거렸다.

"태인이 괜찮으니까 나도 괜찮아. 하아, 이번에도 잊어버리자."

결코 과거로 완전히 돌아갈 수는 없겠지만, 그래도 알은 다시 한 번

잊어버리고 묻어버리기로 했다. 그게 아무리 근본적인 해결책이 아닌 미봉책에 불과하다 해도, 어차피 삶이란 결과가 아닌 과정이니까 그 과정을 이어 나갈 수 있는 순간까지는 이어 나가기로 알은 결정했다.

알은 쓰러진 태인을 들쳐 메었다. 키 때문에 모양은 안 나왔지만 힘에는 자신있으니 문제없었다. 그러고 나자 알의 주위로 불길이 일어나며 검은 구멍이 생겨나기 시작했다. 타오르는 불길과 어둠 속에서 지옥의 말이 공간과 공간의 결을 넘어 안내하는 공간 이동 주문 헬 게이트였다. 자신의 힘으로서 태인을 감싼 채 헬 게이트 속으로 걸어 들어가며 알은 말했다.

"다시 깨어날 때까지는 내가 지켜줄게. 이건 알렉시안으로서 하는 약속이니까, 설령 천상이나 지옥이라 해도 깰 수 없어."

그렇게 말해 놓고 알은 잠시 동안 주저했다. 뭐라고 더 말해야 할지 몰라서 망설이는 것인지, 아니면 방금 말에 자신이 없어서 주저하는지는 알 수 없었다. 하지만 점차 어둠이 주위를 둘러가자 알은 마침내 한마디 더 내뱉었다.

"그러니 나중에 깨고 나면 나는 다시 다 잊어버려도 되지? 그냥 믿고 있어도 되지?"

기절한 상대에게 결코 대답받을 수 없음에도 알은 애타게 물었다. 간절하면서도 상대가 깨어 있을 때는 결코 묻지 못할 질문을 대답받을 수 없는 지금에서야 비로소 할 수 있었다. 그리고 뒤이어 알은 마치 대답받았다는 듯이 고개를 끄덕였다. 곧 이어 어둠이 완전히 둘을 감쌌다. 그리고 다시 어둠이 사라졌을 때 이제 그 자리에는 아무것도 없었다.

뻐꾹. 우왓! 우당탕! 쨍그랑! 틱. 택.

무언가 제대로 연결이 안 되는 소리들의 결합이 이루는 소음 속에서 태인이 눈을 떴다. 소리의 근원을 알고자 태인은 몸을 들어 벽에 기댔다. 그러자 그의 눈에 유리 조각을 들고 있는 알이 들어왔다. 알은 그가 깬 것도 모르는지 열심히 조각을 주워 모으고 있었다.

　"뭐 하냐?"

　"보면 몰라? 깨진 유리 조각 줍고 있…… 앗, 태인 깼어?"

　태인은 잠시 주위를 훑어보고 이해할 수 없던 소리의 조합을 이해할 수 있었다. 뻐꾸기 시계를 알이 넘어뜨리면서 유리를 깨먹었고, 같이 망가진 시계 바늘이 나아가질 못하고 제자리에서 바르르 떨면서 내는 소리였다. 깨자마자 보이는 모습이 한심스러웠지만 태인은 화내는 대신에 조용히 물었다.

　"여기는 우리 집? 대체 어떻게 여기로 온 거야? 설마 여기로 올 때까지 내가 내내 정신을 잃고 있었던 것은 아닐 테고."

　그 말에 알은 고개를 갸웃했다.

　"태인이 나 여기 데려온 거 아냐? 나도 정신 차려보니 우리 집이던데? 마녀가 보이고, 태인은 쓰러져 있고, 그래서 열받아서 날뛰다가 마녀한테 뻗은 것까지는 기억하는데 그사이에 태인이 회복해서 마녀 물리치고 날 데려온 줄 알았는데 그게 아냐?"

　대체 뭐가 어떻게 된 거냐는 눈빛으로 물어오는 알을 보고 태인은 잠시 머리 속을 정리했다.

　'역시 이번에도 기억 못하는 건가. 차라리 다행일지도.'

　"그렇다고 해두지. 그건 그렇고 한 대 맞아라."

　침대에서 일어나자마자 한참 유리 조각을 줍고 있는 자신의 머리를 때리는 태인을 알은 억울해서 올려다보았다.

"왜 때려!"

"착한 뱀파이어가 해선 안 될 짓을 했잖아. 난 좀 씻고 교황청에 보고 올릴 테니까, 깨끗이 치워놔."

찬물로 샤워나 하려고 태인은 방을 나섰다. 뒤에서 시계 좀 깨먹었다고 구박하다니 너무해라는 알의 불만이 들렸기에 태인은 쿡 웃었다. 해선 안 될 짓이 무엇인지에 대해 알이 잊어버린 게 차라리 다행이었다.

'두 번 다시 그런 일이 없게 해야겠지.'

마지막 주술을 썼을 때의 감각을 떠올리며 태인은 욕실 문을 열었다.

"하아."

밖에서 들려오는 물소리를 듣고 알은 고개를 태인이 누워 있던 침대 위에 걸쳤다. 그리고는 방금 전의 밝은 눈빛이 아닌 슬픈 눈빛으로 아주 작게 중얼거렸다.

"잊을 수 있어. 이대로 평화로운 시간이 조금만 더 흐른다면 정말로 잊을 수 있을 거야."

[그러기를 빌어주지.]

[말 걸지 마. 난 좀 있으면 정말로 다 잊어버릴 거니까.]

[그래, 지금은 물러나야겠지. 아직은 너의 시간이니 말이야. 그러나 네가 모든 것을 외면한 채 건넨 그 작은 손길조차 거부당할 때 나의 인내 또한 끝날 거다.]

머리 속에 기분 나쁘게 울리는 목소리를 바닥으로 밀어버리며 알은 다시 작게 중얼거렸다.

"태인보다는 안 강해져야 할 텐데."

'그럼 최소한 최악의 사태는 피할 테니까.'

그 다음 말은 너무 작아서 바람결에 흘러가 버리듯 사라져, 말한 사람 본인의 귀에조차 제대로 들리지 않았다. 기억 또한 그 소리처럼 바스라져 사라졌다. 깊은 곳으로.

　"후우. 끝났나. 아깝지만 어쩔 수 없지."
　불타오르는 성을 보며 케르니아는 미소 지었다. 이것이 그녀가 준비한 마지막 카드였다. 그녀가 미리 던진 도발에 약이 오르고, 뒤이어진 그녀와의 힘든 싸움에서 승리한 자들은 설마 그 승리 자체가 그녀가 준비한 마지막 트릭이라는 데까지는 생각을 미치지 못했다.
　그녀의 모든 꽃을 처리했다고 생각한 자들은 그 정원에 한 송이 꽃이 더 있음은 떠올리지 못했다. 바로 '마녀' 라는 이름을 지닌 미녀라는 위험한 꽃 그 자체를 말이다. 자신의 모든 힘을 부어 만들어낸 화신으로 상대하게 한 후 패배한 척하며 숨어 도망치는 것. 지난 세월 동안 그녀가 생존해 온 비법이었다.
　"다시 죽은 듯한 잠적의 시작이군. 이번에는 원체 젊은 친구였으니 몇 십 년은 더 해야겠는걸. 어쨌든 좋은 상대였어. 그들은 이겼고, 나는 살아남았으니 공평하겠지."
　"그게 좀 문제가 생기신 것 같습니다만."
　등 뒤로 들려오는 목소리에 화들짝 놀라며 케르니아는 돌아보았다. 언제 다가왔는지 서 있는 드뤼셀을 경계하며 그녀는 다급히 말했다. 지금 그녀는 모든 힘을 태인과의 싸움에 써버린 직후였다. 평상시라 해도 당해낼지 자신이 없는 상대가 이렇게 찾아왔다면 매우 위험했다.
　"지금 약속을 깨겠다는 건가요? 당신은 더 이상 이 일에 손대지 않겠다고 하지 않았나요?"

"물론 저는 약속을 지킵니다. 단지······."

"단지 무슨······ 윽."

드뤼셀의 의도를 경계하며 한 걸음 뒤로 물러서던 케르니아는 갑자기 그녀의 가슴을 뚫고 나온 검은 기운을 보며 천천히 무너졌다. 믿을 수 없게도 그 기운은 드뤼셀의 것이라기보다 아까의 뱀파이어의 그것을 닮아 있었다.

"설마······ 이건?"

드뤼셀이 안 되었다는 듯 혀를 찼다.

"그러니까 살고 싶으셨으면 알 군의 입에서 당신에 대한 사형 선고를 안 떨어지게 하셨어야죠. 아니면 신들의 품으로는 갈 수 없으니 지구 밖으로라도 일찌감치 도망가던가. 유감입니다, 잘 가시길."

"그럴 수가. 그렇다면 그는······."

케르니아는 더 이상 말하지 못한 채 검은 기운에 삼켜져 사라졌다. 잠시 뒤 검은 기운까지 사라졌을 때 그 자리에는 아무것도 없었다. 드뤼셀을 볼일이 끝났다는 듯 돌아섰다.

"케르니아가 그렇게 생각한다는 것은 추기경과 교황, 다른 많은 높으신 분들도 그렇게 생각한다는 뜻이겠지. 아무래도 자네가 다시 깨어나야 할 날이 멀지 않은 모양일세. 킹도 언제까지나 외면하지는 못할 테니까."

조금은 쓸쓸한 어조였지만, 드뤼셀이 다시 돌아섰을 때 그의 얼굴에는 다시 웃음만이 떠올라 있었다.

"이제 추기경 예하의 활약을 기대해 볼까. 네 번째는 대체 뭘로 고르실지 엄청 기대되는군."

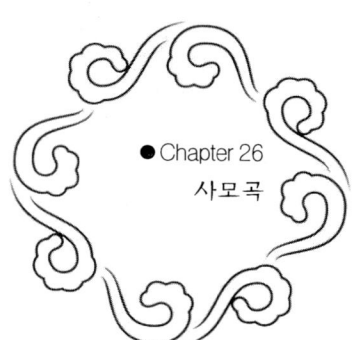

● Chapter 26
사모곡

추기경은 이제 허탈하다는 듯 보고서를 받아 들고 있었다.

"흑룡도 아니되고, 대마녀도 아니된다면 이제는 인정해야겠지. 진짜인지, 아니면 진짜를 숨기기 위해 그들이 힘을 쓰고 있는 더미인지는 모르겠지만 일단 부서뜨리지 않을 수 없겠지."

추기경은 십자가를 잡고 조용히 기도했다. 마지막 남은 기회는 한 번. 이 한 번은 더 이상 상대를 시험하는 데 헛되이 쓸 수 없었다. 오늘 같은 때를 대비하여 바티칸은 그동안 실로 광범위한 자료를 모아놓았었다. 그리고 그중 하나가 실로 이번 일에 적합했다. 묻어두기로 했던 자료를 꺼내듦은 비록 어쩔 수 없다 해도 신께 죄사함을 청해야 할 일이었다.

"주께서 우리에게 위기를 경고하심은 그에 대비할 것을 지시하심이니, 그분의 사도로서 어찌 떠오르는 악을 멸하지 않으리오. 하나 그 악이 실로 강대하니, 제가 비밀의 맹세를 깨드리게 함입니다. 주여, 저의 죄를 용서하소서."

마침내 기도를 끝내고, 추기경은 다시 눈을 떴다. 그는 잠시 망설이며 사도회에 소속된 자들의 면면을 살펴보았다. 이번 일은 특수한 만큼 아무에게나 맡길 수 없었다.

"그래. 내가 직접 나설 때가 온 것이겠지. 보자. 일단 그의 연인 쪽은…… 그래, 그쪽은 사무엘에게 맡기고 그와 뱀파이어 쪽은 내가 직접 상대해야겠군."

바티칸의 비천사장. 최후의 경우에만 꺼내드는 카드였지만 추기경은 더 이상 아끼지 않기로 했다.

고요한 음악이 배경으로 깔린 카페는 호젓했다. 웨이터는 숙련된 솜씨로 다가와 색깔 빨대가 꽂힌 잔 두 개를 소리나지 않게 테이블 위에 올려놓고는 다시 사라졌다. 잔을 앞에 두고 약간 멍한 표정으로 보는 남자의 어깨를 반대 편의 여자가 탁 하고 가볍게 쳤다. 그리고는 자신의 잔을 들어 올리며 말했다.

"귀환을 축하하는 자리인데 왜 그렇게 표정이 어두워?"

"아, 응."

혜련의 말에 태인은 웃어 보였다. 하지만 입으로 웃고 눈으로 우울해하는 그 표정에 혜련도 한숨을 내쉬며 걱정에 동참하기로 했다.

"역시 뜻대로 잘 안 되는 거지?"

"아냐, 힘들었지만 무사히 다 끝났는데 안 될 게 뭐 있어. 이제 마지막 한 번만 처리하면 되는데."

'후, 빤히 보이는 거짓말. 뭐 좋아, 이럴 때 위로해 준다면 훨씬 더 가까이 다가갈 수 있을 테니까.'

혜련은 부드럽게 미소 지으며 작은 소리로 말했다.

"지금 와서 내 앞에서 큰소리치지 않아도 괜찮아. 나도 같이 걱정해 주고 싶어서 그러는 거니까. 처음은 그렇다 쳐도 두 번째와 세 번째 임무는 정말로 교황청이 임무를 빙자해서 널 차도살인하려는 게 아니냐는 말이 돌았다고. 내가 얼마나 걱정하고 고민했는지 모르지?"

그건 일말의 거짓도 섞이지 않은 진실이었다. 생각보다 훨씬 더 교황청에 태인이 찍힌 것 같은데 이러다 죽으면 그동안 공들인 게 아까워서 어쩌나, 태인이 무사히 해낸다 해도 교황청이 그 뒤로 또 무슨 일을 벌여올지 모르는데 태인에 대해 다시 생각해 봐야 하는 게 아닌가 하는 고민으로 지난 나날을 다 보냈던 그녀다.

그 말에도 태인은 웃음을 거두지는 않았다. 하지만 아까처럼 억지웃음이 아닌 위로에 대한 고마움으로 나오는 잔잔한 미소였기에 혜련은 작전 성공이라고 속으로 외쳤다.

"그랬군. 하긴 힘들긴 힘들었어. 위험한 고비도 많았고. 그래도 어떻게든 무사히 다 넘겼으니까."

"무사히 다 넘기기는. 그거 알아? 결과적으로 네가 두 번 다 무사히 일을 처리해 내면서 이제는 네가 역시 세리우스 때 최선을 다하지 않았다는 교황청 말이 맞구나 하는 식으로 분위기가 돌아가 버렸다고. 해내면 해낸 대로 너한테 안 좋게 말이 돌아서 내가 얼마나 속상한지 알아?"

아무리 원석이 좋다 한들 제대로 가공하지 못하거나 작은 흠집만 나도 보석의 가치는 뚝 떨어지는 법이었다. 기껏 잡았던 남자의 평판에 자꾸 흠집이 나는 바람에 혜련은 정말로 속상해했다.

'그래도 네 실력만큼은 전 세계적으로 인정받게 되는 계기도 되었으니, 아주 손해는 아니라고 생각하기로 했지만.'

이왕이면 실력에 대한 인정은 다른 식으로 받았으면 좋았을 걸이라는 생각에 다시 속이 쓰리는 혜련이었다.

혜련의 표정으로 그녀가 진심으로 자신의 일로 속상해한다는 걸 깨달은 태인은 하하 웃으며 잔을 들이켰다.

"그렇게 말이 돌았냐? 하긴 어느 정도 예상한 일이기도 해. 그래도 할 수 없잖아. 어쨌든 이제 마지막 일만 끝나면 교황청에서도 더 뭐라고 안 할 테니까 안심해."

"그렇게 간단히 생각할 문제가 아니라는 거 알잖아. 안심시키기 위한 거짓말은 필요없어. 정말로 너와 고민을 나누고, 함께하고 싶다니까. 날 못 믿는 거야?"

'아깝다. 이렇게 말하면서 아주 약간의 눈물을 같이 글썽이면 더 좋을 텐데, 잘 안 되네.'

그 말에 태인은 웃음을 멈추고 혜련을 조용히 쳐다보았다. 분위기에 맞춰 마주 쳐다보던 혜련은 방금 마신 차 향기처럼 강렬하지 않으면서도 그윽하게 바닥부터 적셔오는 태인의 눈빛에 가슴이 뛰는 걸 느꼈다.

'뭐, 뭐야. 오늘따라 저렇게 멋있는 모습을 하다니. 기습 공격이잖아.'

혜련이 얼굴이 붉어지려는 걸 느끼고 차를 마시는 척 고개를 숙이자 그제야 태인은 입을 열었다.

"그래, 맞아. 교황청에 속셈이 있다면, 이번 일까지 무사히 끝낸다 해도 언제 또 무슨 일이 있을지 모르지. 노리는 게 나든 알이든 간에.

그래서 말인데……."

태인은 말끝을 흐렸다. 용기를 못 내고 주저하는 그 모습에 혜련은 답답해서 먼저 재촉했다.

"뭔데 그래? 말해 봐. 우리 사이에 지금 와서 숨길 일이 뭐 있어?"

"이번 일 끝나면 은퇴할까 해. 어차피 돈은 먹고 살 만큼 벌어놨으니까. 그냥 저 멀리 작은 나라의 시골에 파묻혀 조용히 지낼까 해. 아무리 교황청이라도 그렇게 되고 나면 더 이상 건드리지 못할 테니까. 괜찮겠어?"

'뭐, 뭐―!!'

태인의 말에 혜련은 속으로 폭발했다. 물론 그 폭발을 태인에게 들킬 만큼 그녀는 미숙하지 않았다. 태인이 보지 못하는 테이블 밑에서 순간 손으로 의자 한쪽을 꾹 잡기는 했지만, 금방 평정을 찾아서 그녀는 밝게 웃으며 태인에게 대답했다.

"괜찮아. 네가 원한다면 나도 좋아. 함께 있을 수 있는 시간이 더 많아질 테니 나로서는 대환영이지."

'립서비스야 얼마든지 해도 괜찮지. 일단 이렇게 점수는 따놔야겠지?'

제일 걱정했던 혜련이 좋은 쪽으로 반응해 주자 태인은 안도의 한숨을 내쉬었다. 혜련이 무척 실망할 것 같아서 망설였는데 먼저 고민을 털어놓을 분위기를 만들어주고, 이렇게 거꾸로 위로해 주니 태인은 혜련이 무척 고마웠다.

"고마워. 그렇게 되고 나면……."

"나면?"

혜련이 눈을 반짝이자 태인은 웃음으로 얼버무렸다.

"아냐, 그때 되면 말할게. 이만 일어서자. 다음 코스로 옮기자."

"좋아."

'쳇. 쑥맥 같으니. 분위기로 봐서 청혼하겠다는 말을 할 것도 같았는데. 뭐, 좋아. 지금 같아서는 그 말을 듣기 전에 나도 좀 계산을 해봐야 할 거 같으니까.'

몇 시간 뒤 영화를 보고, 저녁을 먹고, 가벼운 음주까지 한 후 혜련은 태인과 헤어졌다.

자신의 방에 들어온 혜련은 문을 완전히 잠근 후 주위와 단절된 걸 확인하고 침대에 걸터앉으며 그때까지의 가면을 벗었다. 그녀는 미소 짓는 걸 그만두고 신경질적인 표정으로 돌아가 침대의 이불을 쥐어뜯었다. 혹시나 누군가 들을지 모른다는 생각에 그녀는 화를 꾹꾹 참으며 작게 중얼거렸다.

"강태인, 은퇴하겠다고?"

'웃기지 마! 뭐, 돈은 먹고 살 만큼 벌어놨어? 누가 겨우 그 정도 돈 보고 너랑 결혼하려는 줄 아냐! 그 정도 돈은 1년 생활비도 안 되는 생활을 할 수도 있는데, 뭐 은퇴? 날더러 시골에서 양떼라도 치라는 거야?'

그녀는 이를 갈았다. 모든 게 마음에 들지 않았다.

'그리고 내가 필요한 건 한국 최고의 퇴마사지, 세상사에 지쳐 도망치는 애 늙은이가 아니라고. 아우, 정말이지 인간이 야심이 좀 있고, 욕심이 좀 있어야지. 정말이지.'

혜련은 옷을 갈아입으며 곰곰이 생각했다. 모든 걸 원점에서 다시 검토해 봐야 했다.

'진작에 그런 성격인지 알아보고 차버렸다가 괜찮게 변했다 싶어 다시 잡았더니 은퇴라니. 이게 다 그 망할 뱀파이어 때문이야. 아무리 야심이 적니 어쩌니 해도 그냥 은퇴까지 할 녀석은 아닌데. 그리고 내가 옆에서 적당히 내조해 주면 능력이 있는 이상 충분히 출세시킬 자신이 있어서 잡은 건데. 어쩌지?'

혜련은 옷을 다 갈아입고 거울을 쳐다보았다. 잠옷으로 갈아입은 모습은 그 모습대로 외출복을 입었을 때와는 또 다른 매력이 흘러넘치고 있었다. 공주병 기질의 착각이 아니라, 객관적으로 평가해서 정말로 자신은 아름다운 여자라는 걸 혜련은 자신했다.

'어쩌긴 뭘 어째! 이런 나한테 어울리는 남자로 만들어야지. 교황청에서 노리는 게 그 뱀파이어라면 예정한 대로 그 망할 녀석을 확실하게 제거한 후 해피엔딩으로 가는 거고, 만약 내가 모르는 무언가가 있어 태인도 이미 블랙리스트에 오른 거라면……'

그녀는 눈가에 주름이 진다는 걸 알면서도 인상을 찌푸렸다. 지금 내려야 하는 결론이 상당히 마음에 안 들었지만 어쩔 수 없는 탓이었다.

'내가 옆에서 도와준다 해도 본인 성격이 저런 이상 줄다리기 잘해 가면서 출세할 리는 없고, 포기해야겠지?'

태인에게는 난 아무래도 좋다고 잔뜩 립서비스를 하기는 했지만, 그건 어디까지나 나중에 일이 잘되었을 때를 대비해 미리 호감을 따두기 위한 립서비스였다. 정말로 그렇게 된다면 미련없이 그만둘 생각인 그녀였다.

'그런 점에서는 깔끔한 남자니까, 나중에 구질해질 염려 없이 이해하는 척해줄 수 있는 건 다행이지만 답답해. 보통 때 같으면 그래도 어느 정도 소식이 들어오긴 마련인데, 이건 교황청에서도 완전 일급 기밀

취급이니. 그렇다고 아무것도 못 알아낼 내가 아니지.'

혜련은 머리결을 정리하며 그동안 모은 정보를 다시 분석했다.

'이 정도 일을 시키는데도 제동이 안 걸렸다는 건 협회 차원에서도 방관한다는 거지. 거기다가 재선 기간이 다가오는데 선거 활동이 오히려 잠잠해진다는 건 빅딜이 있었다는 건데. 그 부분이 정말 이해하기 힘들었어. 교황청에서 대체 왜 그 정도를 양보해 가면서까지 집요하게 태인과 알을 괴롭히는지 말야. 하지만 이번에 태인이 해낸 일을 보면 그럴 만한 이유가 확실히 있어.'

세상이 태인의 힘을 다시 본다고 한 그 말은 혜련 자신의 말이기도 했다. 그녀 자신은 '태인과 알'의 힘을 다시 보았지만 말이다.

'태인과 알에게 내가 모르는 어떤 비밀이 있고, 교황청은 그걸 안다면 그렇게 나오는 것이 이상할 게 없지. 그리고 그런 이상 이번 사건을 해결하든 말든 교황청의 눈길은 계속 따라다니겠지. 하지만 그 비밀, 내 생각이 맞다면 태인이 아냐. 알 그 녀석에게 있어. 거의 확실해. 교황청을 떠나서 그런 비밀 자체로 알 녀석은 평화롭고, 정상적인 성공의 길에 장애 그 자체야.'

물론 태인 자체에 문제가 있다면 그때는 태인과도 굿바이 해버리면 그만이었다.

'그래, 그만이지.'

왠지 마음 한구석에서 생각과는 다른 느낌이 들었지만 혜련은 무시해 버렸다. 가끔 마음이란 건 이성의 제어를 벗어나 버리지만 일일이 신경 써서는 이 험한 세상에서 살아갈 수 없는 법이었다.

'무슨 쓸데없는 생각 하는 거야. 태인에게 문제가 있으면 어쩔지는 그때 가서 생각하면 되고, 일단 알에게 문제가 있는 경우를 고민하자.

난 좋은 여자 역할만 해주어도 교황청이 알아서 알을 제거해 줄 텐데, 문제는 그 와중에 태인 그 미련탱이가 의리를 지킨답시고 나서다가 더 망가질 가능성이 크다는 거란 말야.'

혜련은 또다시 한숨을 내쉬었다. 이러면 안 되지라는 생각에 그녀는 거울을 보고 얼굴을 다듬었다.

"태인, 그 멍청이는 내가 자기 때문에 이렇게 엄청 고민하고, 희생을 치른다는 걸 알기나 할까."

'어쩔까? 아예 교황청에 정식으로 내 속내를 비춰볼까? 아냐, 역시 그건 너무 무모해. 그보다는 분위기 잘 봐가면서 아무것도 모르는 척 자연스럽게 완벽한 기회를 교황청에 넘겨주는 거야. 하지만 교황청이 속전속결로 알만 처리하면 몰라도, 하는 김에 태인까지 엮어서 처리하려고 들면 소용없는데. 어쩌지? 역시 교황청과 얘기해 봐야 하나? 아우, 골치야. 태인 넌 좀 손쉽게 살면 안 되냐? 나보다 훨씬 유능하면서 내가 네 앞길을 걱정해 줘야 해?

고민이 미용의 적이라는 걸 잘 아는 혜련이었지만, 쉽게 답이 안 나오는 상황에서 불면의 밤은 깊어만 갔다.

다음날 아침, 늦게 잔 이상으로 늦게 일어난 혜련은 뜻밖의 선물을 받았다. 벨소리에 나가보니 꽃 배달이 와 있었던 것이다. 화사한 장미와 안개꽃이 어울러진 꽃바구니 사이에 꽂혀 있는 메모를 보고 혜련은 기분이 좋아져 웃었다.

'태인 제법이네. 보나마나 어디서 본 거 흉내 낸 거겠지만 제법이잖아?

하지만 바구니를 안아 들고 나서 메모를 보았을 때 혜련은 흠칫했다.

교황청에서 온 사무엘 키리에라고 합니다. 오늘 저녁 식사에 초대하겠습니다.

그리고 메모 뒤의 봉투에 동봉된 건 식당 약도였다.

'사무엘 키리에?'

그게 진짜 이름이라면 좋겠지만 혜련은 상당한 불길함을 느꼈다. 사무엘은 죽음의 대천사였고, 키리에는 신이여 불쌍히 여기소서란 뜻의 라틴어였다. 그 둘을 이름으로 서명한 자의 초대장이라니 혜련이라 해도 상당히 두려웠다. 이 업계에 종사하고 있는 만큼 바티칸의 저력은 그녀가 제일 잘 알았다.

바티칸의 절대정예인 대천사의 화신들. 그중 대외적인 활동을 활발히 하며 얼굴을 내미는 게 교대로 세대교체를 하는 동서남북의 사대천사장들이었다면, 나머지는 특수 임무를 띠는 은밀한 자들이었다. 그리고 그녀는 그런 자들이 오히려 더 무섭다는 사실을 알고 있었다.

'미하일이나 헬레나가 강하다 해도 그 애들은 장래가 유망한 아직은 애송이들이야. 하지만 이번에는……'

혜련은 두려움을 떨치려는 듯 고개를 한번 흔들고는 훗 하며 웃었다.

"뭐, 좋아. 어차피 한번 부딪쳐야 할 거라면 쓸데없이 고민하지 말고 부딪쳐 주지. 그쪽이 무슨 생각인지 알면 나도 행동하기 편하겠지."

그녀는 재빨리 샤워하고 몸단장을 시작했다. 저녁이라고는 했어도 이건 전투였다. 잡아먹히지 않으려면 최대한 준비해야 했다. 그 첫 번째는 꿀리지 않는 몸단장이었다.

그리고 마침내 결전의 시간, 혜련은 웨이터가 열어주는 문을 들어왔다. 고급 레스토랑이었고, 그에 어울리게 화려하게 장식된 실내였지만 그녀는 그 배경을 무색하게 만들 만큼 빛났다. 아끼던 보석과 옷, 구두를 총동원하고 머리까지 미장원에 들러서 새로 다듬었던 것이다. 각종 장식과 타고난 미모가 합쳐져서 그녀 자신이 최고의 보석이 되어 혜련은 자신감 넘치게 걸었다.

'자, 떨지 말자, 혜련. 상대가 죽음의 대천사장이든 뭐든 만나주는 거야. 이 기회에 바티칸이 태인과 알을 어쩔 생각인지 확실하게 탐색해 보자고. 주도권은 나한테 있어. 저쪽이 답답해서 먼저 만나자고 한 거잖아?

별실의 문을 열고 혜련은 들어섰다. 그리고 미리 와 있는 상대방을 보고 혜련은 한순간 실망했다. 상대의 모습은 그녀가 상상했던 것과 달리 너무나 평범한 한국의 청년이었다. 물론 이 식당에 꿀리지 않을 정도의 품위는 있어 보였지만, 그 정도였다. 그러나 그가 뒤이어 유창한을 넘어 완벽한 한국어로 인사했을 때 혜련은 한 가지 생각에 등골이 서늘했다.

'죽음의 대천사의 정체가 알려지지 않았으니 한국인이 아니라는 법도 없어. 하지만 한국인이 아님에도 완벽한 한국인으로서 행세할 수 있는 거라면…….'

"이렇듯 식사에 초대해 주셔서 감사합니다."

"와주셔서 이쪽이야말로 감사합니다."

그 뒤 한동안은 탐색전이었다. 웨이터에게 주문을 한다든지 식사 요리에 대해 가벼운 품평을 한다든지 그런 대화가 이어졌다. 그리고 마침내 후식이 나왔을 때 상대는 본론을 꺼냈다.

"강태인과 친한 사이라고 알고 있습니다. 맞습니까?"

"초면에 다짜고짜 애인에 대해 묻다니 실례 아닌가요? 아니면 이탈리아의 예법은 그런가요?"

혜련은 대답을 회피하면서 상대의 정체를 탐색해 보고자 하였으나 상대는 얄밉게도 조금도 침착을 잃지 않았다.

"실례라, 그렇군요. 하지만 저로서는 호의로서 묻는 말입니다. 통상의 경우라면 실례이겠으나 지금 이 경우에는 혜련 양의 안위와 매우 큰 관계가 있는 질문이니 가르쳐 주시면 서로에게 좋을 것 같군요."

부드러운 말속에 숨겨진 은근한 협박을 느꼈지만, 혜련은 한 번만 더 버텨보기로 했다.

"그 말은 대답여하에 따라 제 목숨이 위험할 수도 있다는 것처럼 들리는군요. 교황청에 대한 불미한 오해가 없도록 하려면 한국어를 조금 더 공부하셔야겠는걸요?"

"핫하, 그렇게 오해하셨군요. 걱정 마십시오. 이번 질문에 대한 대답은 상관없습니다. 이후 행동은 혜련 양의 목숨에 영향을 끼칠 수도 있겠지만 말입니다."

말 내용은 비수를 들이밀고 있었건만 사무엘의 얼굴은 더할 나위 없이 부드러웠고, 그 목소리 또한 마치 사랑의 밀어를 속삭이기라도 하듯 달콤했기에 혜련은 소름이 돋았다. 상대는 말 그대로 어둠 속에서 자비로운 죽음의 손길을 내미는 대천사였다. 더 이상 버티는 걸 혜련은 포기했다. 하지만 순순히 항복할 수는 없기에 그녀는 다른 걸로 마지막 저항을 했다.

"좋아요. 대답하겠어요. 하지만 그전에 본모습을 보여주지 않으시겠어요? 자기 모습을 숨긴 채 변장한 사람을 믿고 여자의 사생활을 다 털어놓을 수는 없잖아요?"

그 말에 사무엘은 호쾌하게 웃었다.

"핫하. 과연 여장부라시더니 보통이 아니군요. 하지만 이것도 양해해 주십시오. 제 본모습을 견디시기에는 혜련 양의 힘이 부족하십니다."

"당신이 제우스라도 된다는 건가요?"

"물론 아닙니다. 저야 사무엘일 뿐이지요. 하지만 제 본모습을 본 후의 결과를 묻는다면, 세멜레와 같은 운명을 걷게 되실 겁니다."

헤라의 부추김에 넘어가 제우스의 본모습을 본 후 죽었던 디오니소스의 어머니 이름이 사무엘에게서 나오자 혜련은 안 보이게 손끝을 떨었다. 어디까지 믿어야 할지 몰랐지만 하나는 확실했다. 이자는 미하일이나 그런 대천사와는 달랐다. '대천사'의 이름을 달고 있지만 '타천사'라는 의심까지 받는 자의 이름답게 필요하면 악마보다 더 잔혹한 짓도 서슴지 않을 자였다. 더 이상 버티려고 발악하는 게 오히려 추한 꼴만 보이게 될 거라는 걸 혜련은 인정했다.

'그래, 물러날 때는 깨끗이 물러나야겠지.'

"애인이에요. 되었나요?"

"그러시군요. 하면 그와 어디까지 운명을 같이하실 생각입니까?"

이건 아예 대놓고 하는 협박이었기에 혜련의 손길은 더 떨렸다. 하지만 그녀는 곧 침착을 되찾았다. 바로 이런 문제에 대해 고민했던 게 어젯밤 일이었다. 지금 그 답을 확실히 알 수 있으니 자신이 당한다고만 생각할 것 없었다.

"알과 태인, 죽음의 대천사의 낫은 어느 쪽을 거두려는 거죠?"

"장수를 잡으려면 말부터 쏘아라라는 말이 동양에 있더군요."

대답은 바로 나왔다. 혜련의 얼굴에 한순간 핏기가 사라졌다. 그녀는 떨리는 목소리로 대답했다. 주도권을 완전히 놓쳤다는 사실을 알고 있었지만 생각했던 것 이상으로 냉정을 유지할 수 없었다.

"최종목표 자체는 장수라는 말이군요."

"말이 위험한 자리를 피하게 되는 행운이 있다면 말입니다."

혜련은 힘없이 대답했다.

"제가 뭘 해주기를 바라시는 거죠?"

한참 뒤 사무엘이 떠난 빈자리에서 혜련은 멍하니 앉아 생각했다. 사무엘 쪽이 자세히 말해 주지는 않았지만 교황청의 목표는 확실히 알 수 있었다. 그리고 교황청은 그걸 위해 어지간한 희생은 아끼지 않을 생각임이 분명했다.

'나도 결정해야겠구나. 태인과 알을 확실하게 분리시켜서 교황청이 처리하도록 하든지, 아니면 태인까지 포기하든지 말야. 하아, 일단 언제든 발뺄 준비는 해야 하는 건가. 대체 알 녀석 정체가 뭐지? 교황청에서 어째서 저렇게까지 노리는 거지? 사무엘이란 존재는 교황청 스스로에게도 치부일 텐데.'

혜련은 살짝 몸을 떨었다. 그런 자와 알았다는 자체만으로도 그녀 자신도 위험에 처할 가능성이 상당하다는 것이 직감적으로 느껴졌다. 그 상태에서 새로 시킨 커피가 다 식을 때까지 한 방울도 마시지 않은 채 그녀는 계속 탁자 위만 쳐다봤다. 그녀의 머리 속으로 수많은 상념이 스쳐 지나갔다. 태인을 만나고, 헤어지고, 다시 만나고, 그리고…… 그사이에 있었던 일들이.

마침내 레스토랑 문 닫을 시간이 되고 웨이터가 정중하게 그녀에게 일정 시간 안의 퇴실을 부탁하고 나갔다. 그녀는 고개를 끄덕인 후 잠시 아랫입술을 깨물고서 반대 편 의자에 사무엘이 아직 있기라도 한 듯 노려보았다. 그러더니 자리를 박차며 일어서고는 듣는 자도 없건만 선포하듯 약간 높은 소리로 말했다.

"에잇. 날 뭘로 보는 거야! 내 이름은 혜련이라고. 이런 일로 노리기로 결정한 태인을 간단히 포기할 것 같아? 좋아. 알이든 교황청이든 상관없어. 강태인, 넌 내가 구한다. 나중에 결혼하면 바가지 박박 긁힐 각오 해."

알은 햇볕 비치는 베란다에 엎드려서 손으로 턱을 괴고는 다리를 위아래로 까닥거렸다. 그러다가 그대로 철푸덕 하고 얼굴을 바닥에 박고는 두 손을 쭈욱 뻗었다. 소파에 앉아 혜련과 나눈 대화를 떠올리며 앞날에 대해 진지하게 고민하던 태인은 그 모습을 보고 가볍게 픽 웃었다.

'꼭 양지볕의 고양이 같군.'

가끔은 알이 뱀파이어라는 사실 자체를 잊어버릴 때가 있었다. 낮에 알이 활동한 이후로는 그게 더 심했다. 하지만 정말로 저 모습이 인간과 얼마나 차이가 있다는 건지 태인 스스로도 대답할 수 없었다.

'그래, 역시 이 일이 끝나면 조용한 곳으로 사라져야겠어. 그러면 알 녀석도 정말로 평화로운 삶을 누릴 수 있겠지.'

약간 쌀쌀한 날씨가 햇빛을 더욱 따듯하게 느끼게 했다. 태인도 기지개를 한 번 켠 후 몸을 길게 눕혔다. 쉴 수 있을 때 쉬어두는 게 좋을 것이었다. 그때 그의 방에서 벨소리가 들렸다.

'후, 또 임무인가. 과연 얼마나 힘든 일이 떨어질지.'

태인은 한숨을 삼키고 안으로 들어섰다. 그러나 그 앞에 온 지시 사항을 읽어보며 태인은 당혹했다.

'나는 바티칸에 와서 이번 일에 대해 최종적인 소명을 하고, 임무는 알에게 혼자 맡기라고? 그래서 이번 사건의 기본 원인이었던 알이 스스로의 힘으로 잘못을 보상하였음을 보이라고?'

태인은 불길함을 느꼈다. 설마 자신이 없는 사이에 알을 제거하려는 것은 아닐까 하는 의혹이 그를 감쌌다.

'아무리 그래도 알과 떨어지는 건 안 돼. 저쪽에 협상해 봐야겠군.'

몇 가지 의례적인 절차가 끝나고 태인은 바로 본론을 얘기했다. 당연히 추기경이 반대할 것이라고 생각했지만 예상외로 추기경은 선선히 물러섰다.

[허어. 정 그렇다면 좋네. 하지만 이번 일에 자네가 끼어들어서는 안되네. 동의하나?]

"알겠습니다."

[좋네. 그럼 그렇게 알지.]

그 말과 함께 추기경은 전화를 끊었고, 태인은 무언가 당했다는 느낌을 지울 수 없었다. 아무래도 처음부터 바티칸도 그를 아예 알 곁에서 떼어놓을 생각까지는 아니었고, 단지 그가 이번 일에 개입하지 못하도록 하기 위해서 미끼로 처음 지시를 내린 게 아닌가 하는 생각이 들었다. 하지만 이제 와서 다시 연락해서는 역시 이번 일에 자신이 나서야겠다고 말할 수는 없었다.

'무엇보다 그렇게 해줄 생각이면 처음부터 이렇게 나오지 않았겠지. 어쩔 수 없지. 일단 알에게 맡겨놓고 정 위험하다 싶으면 어떻게든 달리 수를 내보자.'

태인은 표정을 관리하고는 밖으로 외쳤다.

"알!"

"응?"

다리를 까닥거리며 양지볕의 고양이에서 강아지로 진화해 가던 알은 즉시 뱀파이어로 돌아가 태인의 부름에 대답했다. 다다다 소리 내며 달려온 알에게 태인은 간단히 용건만 말했다.

"너 고등학교로 전학 가야겠다. 이번 임무는 학교에 다니는 학생과 얽혀 있어서 말야. 위조 신분 만들어서 전학시켜 줄 테니까 한번 잘해 봐."

"학교~오? 그 청춘들이 낭만을 꽃 피우는 학교 말야?"

"낭만의 꽃밭이 기다릴지 입시 지옥이 기다릴지는 모르겠지만, 어쨌든 그 학교다."

"괜찮아, 괜찮아. 난 어차피 대학도 안 가는걸. 그런데 그 학교에 우리가 가야 할 만큼 괴물이 있어? 여고괴담 수준의 원령이라면 우리가 갈 필요 없잖아? 아, 내가 간다면 남고 괴담인가? 아아, 이야기 된다. 수수께끼의 전학생. 그의 정체는 뱀파이어! 와우, 그리고 뱀파이어가 쫓는 것은 전설의…… 뭐지? 여하튼 뭔가……."

"……."

태인은 이번 일에 얽혀 있을지 모를 각종 음모에 대해 말하려다가 관두기로 했다. 어설프게 말해서 쓸데없는 기합이 들어가는 것보다 지금 같은 상태가 차라리 일을 처리하기 더 좋을 듯했다.

"알, 잘 들어. 이번 일은 너 혼자서 해결해야 해. 지금부터 잘 설명해 줄 테니까 잘해야 해."

"혼자?"

"그래, 네가 전적으로 해결한 사건도 있어야 용서하는 쪽의 체면이

서지 않겠냐는 거지. 그래서인지 지금까지와 달리 그렇게 강적은 아니야. 악마와의 사랑에 빠져서 파계한 수녀를 추적하는 거야. 그리고 그 수녀를 유혹해 타락시킨 악마를 잡으면 돼. 수녀는 제압해서 바티칸에 넘기고 말야."

"헤에?"

뭔가 순정만화적 스토리가 떠오른 알은 눈을 깜박거렸다.

'우웅, 하지만 그건 만화니까 그렇고. 현실이라면 그보다 훨씬 끈적끈적한 이야기겠지?'

왜 아니겠는가. 로맨스란 이야기 속에는 많아도 현실에 훨씬 많은 것은 스캔들이었다.

"그런데 그 악마가 이미 지옥으로 돌아가고 없으면 어쩌지? 수녀를 다시 만나기라도 하기 위해 나올 때까지 기다려야 하나?"

"그건 바티칸에서 보장한다는군. 둘 사이의 계약이 있어서 악마는 그 수녀가 죽을 때까지 곁을 떠나지 않는다고 하니까 말이야. 일단 그 수녀가 기르고 있는 아들 쪽을 먼저 접근해 봐. 그 다음에 자연스럽게 친해져서 그 집에 대해서 조사해 보고."

그냥 바로 쳐들어가라고 할 수도 있겠지만 그러기에는 못내 찜찜했다. 이 정도로 바티칸이 잘 알고 있다면 예전에 자기들끼리 해결할 일이지 알이 손쉽게 해결할 일을 지금까지 놔두었다가 이번에 인심 쓰듯 골라주었다라고 좋게 생각할 수는 도저히 없었다.

'일단 시간을 끌면서 나대로 좀 궁리를 해보자. 무리하게 서두를 이유는 없지.'

"웅, 알았어. 그런 다음에 그 악마만 물리치면 되는 거지?"

"그래, 그렇게 강한 악마는 아니라고 하니 네 선에서 제압할 수 있을 거야."

"응. 믿고 맡겨줘, 잘해볼 테니까."

알도 속으로는 조금 불안했지만, 태인 앞이라 당당하게 대답했다.

며칠 뒤 알은 처음 입어보는 교복에 어색해하며 등교했다. 거기다가 태인이 남들이 알의 정체를 눈치 채지 못하게 해준다고 주술을 걸어 끼워준 팔목의 염주가 영 거슬렸다. 하지만 알은 그냥 이 상황을 즐기기로 했다.

'비록 진짜 학창 생활은 못 즐기겠지만, 짧은 기간이나마 좋은 게 좋은 거지. 암, 그렇고말고.'

딴생각을 하면서도 알은 넘어지지 않고 무사히 선생님을 따라 교실에 들어섰다.

"오늘은 너희들에게 전학생을 소개하겠다. 강유 군이다. 왕따시키지 말고 잘 지내기를 바란다. 그럼 유 군, 스스로 네 소개를 하도록."

알은 자신에게 집중된 시선이 다소 부담스러웠지만 꿋꿋이 자기소개를 했다. 이런 식으로 시선받는 게 처음 일도 아니었다. 가짜 이름으로 소개하는 것도 나름대로 스릴있는 일이었다.

"안녕. 난 강유라고 해. 친하게 지내자."

"소개 간단해서 좋군. 반장이 책상 하나 갖다 놨으니까 저기 빈자리에 앉도록."

선생님의 말에 따라 알은 학생들 속으로 걸어 들어갔다. 그의 키를 미리 안 선생의 배려 덕분인지 책상은 맨 앞줄이었다. 그 잠깐 틈에 알은 앉아 있는 면면을 살펴보았다. 다행히 그에게 별다른 적대감을 품은 눈은 발견되지 않았다. 잠깐 본 게 정확하다고는 말할 수 없어도 말이다. 자리에 앉으며 알은 속으로 중얼거렸다.

'별로 오래 머물 건 아니지만, 그때까지라도 친하게 지내면 좋겠지. 운 좋으면 나중에까지 길게 이어질 친구를 사귈 수도 있을까.'

까지 생각하던 알은 다시 한숨만 내쉬었다. 애초부터 정상적으로 학교에 온 게 아니었던 것이다.

'내 팔자에 무슨. 이번 일이나 끝나면 모를까. 정말로 끝나면 학교나 보내달라고 할까. 뱀파이어라고 학교 다니지 말란 법은 없잖아. 나도 친구를 사귀고 싶어~어!'

알은 다시 고개를 들었다.

'뭐, 좋아! 여기 있는 동안이라도 친구를 사귀는 거야! 안 될 건 뭐야!'

정말로 학교에 오자 알은 만화책에서 본 수많은 아름다운 학창 시절 이야기가 부러워졌다. 자리에 앉자마자 혼자서 알아들을 수 없는 작은 소리로 중얼거리다가, 한숨을 내쉬다가, 고개를 푸욱 숙였다가, 갑자기 기운을 차렸다 하는 이 새로운 전학생 '강유'를 보고 학생들은 공통된 결론을 내렸다.

'조금 맛이 간 녀석이군.'

마침내 수업 시간이 끝나자 잠시 알과 주위 인물 사이에 묘한 기류가 흘렀다. 무시하느냐, 아니면 접근하느냐는 갈등이었다.

'아앗? 설마 전원 무시? 왕따? 안 돼애! 아무리 잠깐이라지만 그런 끔찍한 건 당하고 싶지 않아.'

다행히 구원의 손길은 멀지 않은 곳에 있었다. 안 그래도 알 쪽에서 먼저 접근해야 했던 반장이었다.

"전학 온 걸 환영해. 내가 반장이야. 이름은 이정은. 아무래도 이 학교가 처음이라 좀 낯설지? 애들도 그래서 조금 서먹해하지만 너무 걱정 마. 금방 친해질 거야."

"아? 응. 으응, 고마워."

알은 정은을 올려다보았다. 자기보다 더 큰 키였지만 머리를 길게 늘어뜨리고 있어서 남자 같다는 느낌은 들지 않았다. 그래도 전체적으로 또래보다 좀 더 성숙하고 힘있어 보였다.

'에에, 그래서 반장인 건가? 예쁘네. 하지만 나란히 서 있으면 누나와 동생이 될 거 같아. 흑.'

알의 표정을 겁먹은 걸로 잘못 해석한 정은은 알의 어깨를 툭 치고는 그대로 반을 한 바퀴 둘러보았다.

"다들 알았지! 전학생 괴롭히지 말고 잘 대해줘! 왕따시키면 혼난다!"

정은의 말에 반 남학생 몇이 웃으면서 말을 받았다.

"어련하시겠어, 반장. 걱정 말라고."

"너무하다, 우린 저렇게 안 챙겨주면서. 아아, 귀엽다고 차별 대우하는 거지."

'으음. 저렇게 반장 패거리인가? 난 그 패거리에 들어가게 되는 거고? 하지만 지금은 그게 문제가 아니고, 난 철민이라는 녀석에게 접근해야 하는데. 문제가 있는 녀석이면 아무래도 뭔가 음침한 분위기일 텐데.'

"시끄럿! 차별 대우는 무슨 차별 대우야. 반장으로서 전학생이 잘 적응하게 돕는 건 당연한 거지. 난 화장실 갈 테니까 네가 책임지고 해."

그 말과 함께 정은은 성큼성큼 걸어나갔다. 그러자 바로 정은을 놀렸던 남학생 중 한 명이 알에게 다가왔다. 그러자 뒤따라 함께 있던 무리가 몰려와 알을 둘러쌌다.

"야, 너 이름이 유라고 했지? 큭, 유가 뭐냐. 당신이라니. 어때, 너 특별한 취미는 있나?"

"응? 게임 같은 건 좋아하지만 특별한 취미라고 할 것까지는."

"잘됐다. 우리 부에 들어라. 어차피 특별 활동 부서 하나씩은 강제로 이름 다 걸쳐야 하거든. 그러니 이왕이면 너도 아는 사람 많은 부에 드는 편이 편할 거 아냐. 어때, 좋지?"

알은 약간 당황해서 상대를 쳐다보았다. 서글서글하게 웃는 모습이 꽤 호감 가는 얼굴이었다. 빠른 말에도 불구하고 가볍게 여겨지지는 않는 무게감이 있게 남자다운 인상이기도 했고 말이다.

'한철민, 이 녀석이었어? 맙소사.'

뭔가 기대했던 것과 달리 너무나 밝고, 건강한 인상에 알은 더 당황해 버렸다.

'물론 조사를 하려면 내 쪽에서 먼저 접근이라도 해야 할 판이긴 한데. 그래도 그렇지, 대체 언제부터 그 부가 나한테 아는 사람이 많은 부가 되어버린 거지……'

알은 자기가 사회 경험이 부족한 건지, 아니면 상대가 특별하게 사교적인 건지 헷갈렸다.

"아니 뭐, 나쁘지는 않은데 하지만……"

"오케이! 남아일언중천금. 이로서 부원 한 명 확보! 니들도 들었지? 증인이다. 이 녀석이 나중에 딴 말 못하게 해!"

태인이 내린 임무에도 불구하고 알은 왠지 조금 잘못 물린 것 같다는 느낌이 들었다. 무엇보다 자신은 아직 그 부서가 무엇인지 듣지도 못했던 것이다.

"저기 그런데 대체 무슨 부인데?"

"응? 내가 아직 말 안 했나? 양궁부야, 양궁부. 좋은 부지. 좋은 부고 말고."

"쯧쯧. 전학생, 정신 못 차리는 틈에 당했구나. 주전들이나 좋지, 네가 들어가서 할 일이 얼마나 있을 거 같냐."

"뭔 소리야, 임마! 우리 부서는 취미 활동으로 하는 일반 학생을 위한 배려도 충분히 하고 있다고!"

"어쩌다 한 번 활 잡게 해주고는 각종 궂은 일 다 시키는 배려 말이지?"

"다 시키긴 뭘 다 시켜! 양궁부원으로서 깨끗이 관리하는 건 기쁘게 해야 할 일이지. 야야, 저 녀석 말 듣지 마. 사실 어차피 특별 활동 때 대부분 애들은 놀다시피 하는 거고, 그럴 거면 양궁부에 들면 주전 아닌 이상 가끔 청소나 하면 사실상 대부분이 자유시간 된다고. 대회 때는 응원 핑계로 수업도 빼먹을 수 있고. 딴생각하지 말고 입부해."

"……."

옆에 둘러싼 자들이 와자지껄하게 떠드는 가운데 알은 그냥 웃기로 했다. 어쨌든 걱정했던 것처럼 왕따당하는 것보다야 낫지 않겠냐는 생각이었다.

그 다음 며칠은 즐거웠다. 방과 후 몰려 나갔다가 철민의 말에 휘말려 그만 그날 간식을 알이 다 사게 되었다든지 저녁 내기 3:3 농구 시합에서 알의 키를 생각하라는 주위의 말을 무시하고 우겨서 알을 반대편에 넣고 시합을 한 철민이 예상외로 날렵한 움직임과 점프를 보여주는 알에게 당해 거꾸로 저녁을 사게 되고는 투덜댔다든지 하는 사소한 에피소드가 있긴 했지만, 알로서는 하나하나가 즐거운 일이었다.

그리고 마침내 특별 활동 시간 철민에게 이끌려 양궁장에 간 알은 음모의 실체를 마침내 알아챌 수 있었다. 정은도 양궁부였던 것이다. 그것도 주전이었다. 저 멀리서 코치의 지도를 받으며 활을 쏘고 있는 정은을 보고 알은 한숨을 내쉬었다.

"저기 혹시 둘이서 짜고 날 여기로 끌어들인 거야?"

떨떠름한 표정으로 자신을 쳐다보는 강유에게 철민은 호쾌하게 웃으며 대답했다.

"핫하, 그럴 리가 있냐. 단지 난 양궁부라는 매우 훌륭한 부서에 인원이 적어서 네게 적극 추천했을 뿐이야."

하지만 철민이 아닌 주위 다른 사람의 눈은 그걸 이제 알았냐고 말하고 있었기에 알은 철민의 말을 반만 믿기로 했다.

"그보다 이 형님의 실력을 보여주마."

경망까지는 아니었지만, 결코 중후하다고 해줄 수 없는 철민의 실력이 과연 어느 정도일지 궁금해 알은 눈을 동그랗게 떴다. 그 모습에 손으로 V자를 그려 보이고 철민은 활을 집었다. 그 순간 철민의 표정이 제법 진지하게 변해서 알은 조금 놀랐다.

'아주 엉터리는 아니었구나.'

휘익.

화살이 날아가 멋들어지게 과녁에 명중했다. 하지만 알은 풋 하며 가볍게 비웃음을 날렸다.

"에, 뭐야. 겨우 7점이잖아. 큰소리치더니."

"훗. 7점은 아무나 쏘는 줄 아냐. 저렇게 멀리 있는 과녁을 맞추고자 하면 그날의 날씨와 바람, 화살의 상태, 활줄의 상태를 전부 다 고려해서…… 야, 임마. 어딜 보는 거야."

철민의 외침에 돌아보지 않은 채 알은 마악 과녁 한가운데를 겨우 몇 ㎝ 빗나가서 맞추는 정은의 화살을 가리켰다.

"저쪽은 10점인데?"

"그거야 반장은 주전이니까 그렇고. 후, 멋있긴 멋있지? 긴 머리 나풀거리면서 활 쏘는 저 모습을 보면 따악 누님이라는 말이 절로 나온다니까."

"응, 멋있긴 멋있어. 근데 잠깐. 그럼 넌 주전이 아니라는 거야?"

뒤늦게 철민의 말에 숨은 뜻을 깨달은 알은 경악했다. 그러나 철민은 뻔뻔스럽게 대답했다.

"당연히 난 주전이 아니지. 내 실력으로 운동으로 먹고 살겠다고 들다간 굶어죽기 딱 좋지. 난 어디까지나 취미 생활이야, 취미 생활."

그러면서 철민은 황홀하다는 표정으로 정은을 쳐다보았다. 그 모습이 교실에서 반장에게 버릇없이 굴 때와 전혀 달라서 알은 순간 무언가를 느꼈다.

'가만…… 혹시 이 녀석의 취미 생활이라는 게 양궁이 아니라……'

알은 고개를 끄덕였다. 이해할 만도 했다. 활시위를 당기는 정은의 이마에 맺혀 한 방울 흘러내리는 땀이 어지간한 보석보다도 아름다웠다. 거기에다가 약간의 빛을 발하며 날아가는 화살은 정말 멋있었다.

'응? 빛? 잠깐만. 저거.'

알은 눈을 껌벅였다. 화살에 발광제를 바른 것도 아닌데 빛이 날 리 없었다. 다시 보니 꽂힌 화살은 평범했다.

"역시 잘못 본 거야. 빛이 날 리가 없지."

"응? 너도 보았냐, 누님의 몸에서 뿜어져 나오는 저 멋진 미의 오로라를? 아아, 우리의 반장."

"아니 그게 아니라……."

"자식, 부끄러워할 필요 없어. 어때? 나만의 반장 사진이다. 하나에 1,000원."

"아니, 괜찮은데."

알은 진심으로 사양했지만 철민은 끈질겼다.

"자식, 상도를 아는구나. 500원. 더는 나도 못 깎아."

"아니, 저기 그러니까……."

곤란한 알을 정은이 구원했다.

"둘이 뭐 하는 거야! 활 쏘는 데 방해하지 말고 옆에서 배우든지, 아니면 청소나 해!"

"네. 알았습니다, 반장."

경례를 해 보이며 철민은 물러났다. 하지만 알은 오히려 정은 쪽으로 다가갔다.

"그럼 옆에서 지켜봐도 되지?"

정은이 알을 다시 돌아봤다. 잠시 알이 어떤 마음으로 지켜보려는지 탐색하는 듯한 눈빛을 던지던 정은은 고개를 끄덕였다.

"너무 가까이 붙지 말고 뒤에서 봐. 오늘 연습량 채우면 기본은 가르쳐 줄 테니까."

"고마워."

알은 고개를 끄덕이고 한 발짝 뒤로 물러났다. 그러자 철민이 그대로 뛰어와 알의 목을 팔 사이에 끼워 가볍게 조르며 외쳤다.

"앗, 이 자식. 대쉬라니 반칙이다! 좋아, 그럼 나도 옆에서 볼래."

알은 숨이 막혀 캑캑거렸고, 정은은 그 소동을 애써 무시하며 다시 활시위를 당겼다. 전국대회 예선이 멀지 않았으니 노력해야 했다.

"반장, 파이팅!"

그녀가 막 활시위를 놓는 순간 철민은 기습적으로 외쳤고, 정은은 순간 손이 흔들렸다. 화살은 당연히 정중앙에서 벗어나 9점 존을 맞추고 말았다.

"야, 너!"

정은은 화를 내며 돌아보았으나 철민은 히죽히죽 웃었고, 결국 고개를 돌린 건 정은 쪽이었다. 알은 대충 둘 간의 역학관계를 알 거 같아 고개를 끄덕였다. 다시 집중해서 활을 쏘는 정은을 알은 열심히 지켜보았으나 아까처럼 화살에서 빛이 보이지 않았다. 알은 자신이 착각한 건가 해서 고개를 갸웃거렸다.

"야, 야. 아무리 멋있어도 그렇지 보고만 있으면 심심하지 않냐? 우리도 저쪽 가서 놀자. 활 쏘는 거 안 어려워. 걸고 당기고 쏘면 날아가게 되어 있어."

"어느 쪽으로든 말이지?"

알은 아쉬워서 자기도 모르게 작게 중얼거렸다. 이럴 때 세리우스가 있다면 궁술도 가르쳐 줄 텐데 하고 말이다.

"자자, 쏴봐, 쏴봐. 그리고 오늘 10발 쏴서 지는 쪽이 저녁 사는 거다. 알았지?"

"잠깐! 그런 게 어딨어! 난 오늘 처음 쏴본다고. 그나마 쏘는 법도 제대로 배우지 못했는데!"

"시끄럽다! 너 때문에 농구 한 날 저녁 산다고 내 일주일치 용돈이 날아갔어. 안 한다고 하기만 해봐! 나부터 쏜다."

알의 의사를 더 듣지도 않고 철민은 바로 활을 당겼다. 알은 뭐라고 더 항의하려다가 그냥 순순히 활을 들었다. 태인한테 받은 돈이 좀 있었으니 그냥 자기가 사는 편이 낫겠다는 생각이었다. 알은 별로 힘들이지 않고 활줄을 당겼다. 무겁니 어쩌니 해도 뱀파이어의 힘에 부칠 정도는 아니었다.

'으음. 이렇게 쏘는 건가?'

휘익.

날아간 화살이 과녁 밖으로 벗어났다.

"쿠하핫. 좋아, 좋아. 다시 제2발이다."

철민은 즐거워하며 두 번째를 쏘았다. 8점. 상당히 잘 맞은 그 화살에 철민은 의기양양했으나 다음번 알이 쏜 것을 보고 안색이 달라졌다. 아슬하게지만 알도 7점은 맞추었던 것이다.

"훗. 처음 하는 주제에 운이 좋군. 좋아. 마저 쏴보자고."

'후웅. 그러니까 뭐 어차피 져줘도 별 상관없는데.'

하지만 그 다음 순간 철민이 자기 무덤을 팠다.

"어이, 봤지? 다들 내기 걸어."

"우리도 한몫 끼는 거냐?"

"당연하지! 죽어도 같이 죽고, 살아도 같이 산다. 사나이 우정의 기본 아니냐."

도대체 이런 내기와 사나이 우정 사이에 무슨 관계가 성립하는 건지 알은 궁금했지만 순식간에 주위는 철민과 맞장구치며 모조리 다 철민 편에 걸어버렸다. 그러면 대체 내기가 어떻게 성립하는 건지 궁금해하던 알에게 철민이 간단히 설명했다.

"좋아. 진 팀이 이긴 팀에게 저녁 사는 거다. 우리가 이기면 유 네가 사는 거고, 네가 이기면 우리가 네 저녁 살게."

"응? 잠깐. 그렇게 되면…… 야, 그런 게 어딨어!"

자기가 이기면 여럿이서 돈 모아 자기 하나 저녁 사주고, 자기가 지면 저 많은 인간들 저녁을 다 사먹여야 한다는 사실을 깨달은 알은 바로 항의했다. 그러나 철민은 다시 한 번 알을 눌렀다.

"시끄럽다. 남자가 일구이언을 하다니. 이미 하기로 한 내기에 무슨 반발이냐. 그리고 전학 왔으면 한번 쏴야지. 공평한 내기니까 떠들 시간에 활이나 명중해. 쏜다. 으랏차! 7점."

"……."

아무리 저녁 사는 것도 좋지만 이대로라면 태인이 준 용돈이 순식간에 바닥난다는 사실을 깨달은 알은 비상수단을 동원하기로 했다. 주위에서 눈치 채지 않게 그의 마력이 조용히 흐르기 시작했다.

철민이 이건 사기야라고 외치게 된 건 그로부터 30분도 지나지 않아서였다.

"넌 생긴 건 약하게 생긴 녀석이 무슨 하는 운동마다 그렇게 잘하냐? 정체가 뭐야?"

"응? 아하하, 그냥 원래부터 내가 운동신경이 좀 있어. 그나저나 약속대로 밥 사."

대답하기 곤란했던 알은 재빨리 화제를 돌렸다. 그러자 철민이 인상을 팍 쓰더니 주위를 돌아보았다. 이미 알이 9발째를 쏘았을 때 같이 내기했던 인간들은 어디론가 도망고 없었다.

"으, 좋아. 어쨌든 저녁만 먹여주면 되는 거지? 따라와!"

'흐음. 뭔가 말하는 폼이 컵라면 하나 같은 걸로 때우려는 모양인데. 괜찮아, 얻어먹는 건 뭐든지 두 배로 맛있는 법이니까.'

학교를 나와 잠시 걸어가자 앞에 편의점이 보였다. 알은 그래도 컵라면 중에서는 비싼 걸로 사야지라고 속으로 중얼거렸다. 하지만 철민은 그대로 편의점을 지나쳤다.

'응? 그럼 뭔가 분식집 라면이라도 되는 건가? 하긴 가격도 그게 그거니.'

하지만 철민은 분식집도 지나쳤다. 이제 알은 철민이 대체 어디로 가려는 건지 궁금해졌다. 그래서 막 물어보려고 할 그때 철민이 어느 집 앞에 멈춰 서더니 벨을 눌렀다.

"야? 여기는 어디야?"

"어디긴 어디야, 우리 집이지. 말했다시피 나 용돈 없으니까 그냥 조용히 한 끼 얻어먹고 가라. 뭐 사내라고 불만 터뜨리면 한 대 맞을 줄 알아. 내가 누구 때문에 알거지가 되었건만, 양심이 있으면 오늘은 져야지."

벨소리가 울리고 안에서 중년 여인의 목소리가 들렸다.

"철민이니?"

"응, 나야, 엄마. 친구 녀석 한 명 데려왔으니까 그 녀석 밥까지 차려줘."

'헤에. 엄마라.'

알은 부러운 눈빛으로 철민을 보았다. 그로서는 결코 온전히 이해하지 못할 엄마라는 존재. 모자사이라는 것이 결코 환상처럼 아름답기만 한 사이가 아니라 하지만, 그러나 어쩌면 이야기 이상으로 아름다운 존재. 알은 그냥 빙긋 웃었다. 인간인 철민에게는 너무나 당연할지 모를 하루의 일상이겠지만, 그에게는 전설 속의 파랑새 그 이상도, 이하도 아니었다.

'그나저나 이렇게 되면 태인이 시킨 일도 더 잘 완수하게 되는 건가?'

생각에 잠겨 있던 알에게 앞치마를 입은 아주머니가 다가오며 말을 걸었다.

"네가 유 군이니? 어서 오렴."

"에? 저를 아세요?"

"호호, 철민이가 네 이야기를 좀 했단다. 듣던 그대로의 모습이라 바로 알아봤지. 그나저나 어쩌나. 손님이 올 줄 알았으면 저녁을 좀 더 그럴듯하게 하는 건데. 평범한 반찬밖에 없는데."

알은 깜짝 놀라며 고개를 들었다. 그의 눈에 비로소 여인의 모습이 들어왔다. 주름살이 지고, 거친 손을 하였지만 잔잔하게 웃음 짓는 그녀에게서 알은 세월에 밀려 낡았지만 여전히 튼튼하고, 아늑한 작은 집을 떠올렸다. 기대했던 것과는 완전히 다른 모습이었다. 적어도 사랑에 빠져 파계한 수녀라고 할 때 떠올리던 것과는 아무 상관이 없는 모습이었다.

'하긴 세월이 세월이니. 후우, 혜련 그 누나도 자식 낳고, 늙고 하면 이 아주머니처럼 되려나? 으음. 그 누나라면 중년이라도 여전히 쌩쌩할 거 같아. 한 60이나 넘으면 모를까.'

"괜찮아요, 엄마. 이 녀석에게 그 정도면 충분해요. 방에 들어가 있을 테니 밥 다 되면 불러요. 가자, 임마."

철민에게 질질 끌려가며 알은 철민의 어머님에게 고개 숙여 인사했다. 과연 가정의 맛이란 게 어떤 걸지 알은 궁금했다.

'정말로 별 이상 없는 평범한 가정이랑 같으려나? 그럼 오늘 저녁은 따뜻한 가정의 맛이라는 걸 느끼게 되려나?'

탁.

방에 들어와 윗옷을 대충 집어 던지는 철민을 향해 알은 말을 건넸다.

"어머니가 있어 좋겠다."

"응? 좋긴 뭐가 좋냐. 뭐 하지 마라, 뭐 하지 마라, 뭐 하지 마라, 뭐 해라, 뭐 해라, 뭐 해라. 온갖 잔소리는 시도 때도 없이 시리즈별로 다 늘어놓는데."

무언가 너무나도 평범한 어머니에 대한 이야기라 알은 본 건 잊어버렸다.

"그래도 부러워."

알의 솔직하게 부러워하는 얼굴에 철민은 조금 뜨악해하는 표정을 지으며 침대에 앉았다.

"넌 어머니가 없냐? 그럼 아버지랑 살아?"

"아니, 삼촌이랑. 난 아버지도, 어머니도 없는걸."

'사실 그 삼촌도 엉터리지만 말야. 하긴 태인은 일반 삼촌에 비하면 훨씬 잔소리가 심하니까 준아버지급이라고 해도 되겠다.'

툭.

그런 알에게 게임기 패드가 날아들었다. 철민이 집어 던진 것이었다.

"받아, 임마. 비도 안 오는데 구질구질한 이야기 그만 하고. 누구든 보살펴 주고, 사랑해 주는 사람 있으면 그게 부모지 별거냐. 나도 아버지는 없다고. 게임이나 하자. 너 주로 뭐 하냐?"

"앗, 이거 최신 기종이구나. FFX 12 있어?"

가슴에 떠올랐던 앙금이 완전히 사라진 것은 아니었지만, 알은 철민의 말에 맞장구쳤다. 그리고 십여 분 뒤 밖에서 둘을 불렀다. 알은 과연 어떤 요리가 나와 그에게 따뜻한 가정의 맛이라는 걸 보여줄까 기대하며 나갔다.

"계절이랑 좀 안 맞지? 우리 철민이가 냉면을 좋아해서 말야. 겨자랑 식초 있으니 입맛대로 넣어 먹으렴."

"야, 먹어. 어지간한 냉면집보다 우리 엄마가 훨씬 잘해."

"그러게. 맛은 있네. 맛은······."

차디찬 냉면은 따듯한 가정의 맛과는 거리가 있었지만 맛 자체는 좋았다. 냉면을 다 먹고 나서 다시 철민이 놀다 가라고 붙잡는 통에 알은 꽤 늦게나 태인의 집으로 돌아왔다.

알은 조심스럽게 문을 열고 살그머니 고양이 걸음으로 자신의 방을 향해 걸었다. 그러나 어떻게 알았는지 태인이 귀신같이 바로 불렀다.

"알, 뭐 하다 이제 오냐!"

"응? 아하하. 그러니까 조사 활동차 말이야. 철민 군과 그 가정상황을 조사해 본 거지 뭐."

'그럼, 절대로 조사 활동이었다고. 그런 거 다 잊고 논 건 절대 아니야.'

집에 들어가기 전에 한 번 떠올리고, 나올 때 되어서나 다시 한 번 떠올린 걸 가지고 그런 것 다 잊고 있지는 않았다고 말할 수 있는지는 의문이지만 말이다.

"알, 이번 일이 마지막이야. 알고 있지?"

"응, 알고 있어. 걱정 마, 걱정 마."

"그 집까지 갔다니 묻자. 상대의 흔적은 찾았냐?"

그 말에 알은 움찔했다. 열심히 찾아보지 않았던 것이다. 그렇다고 사실대로 털어놓을 수는 없어서 알은 나름대로 변명거리를 생각했다.

'하지만 눈에 띄게 이상한 게 있었다면 내가 못 느끼지는 않았을 텐데. 그녀의 어머니 쪽에서는 신성력의 흔적이 느껴지긴 했지만, 요마의 기운이라고 할 건 그 집 어디에도 안 느껴졌는걸.'

"으응, 그게 찾아봐도 안 느껴져. 아무래도 철민이의 아버지로 변신해 있지 않을까 했는데, 은근슬쩍 가족 사진이라든지 신발이라든지 그런 거 정도는 훑어봤는데 정말로 철민 스스로 말하는 대로 아버지가 없이 사는 것 같더라. 다음에 가면 더 열심히 찾아볼게."

알이 그렇게까지 말하자 태인은 더 추궁하지는 않았다. 하지만 그는 과연 이대로 알에게만 맡겨둬도 될지 걱정이 되었다.

'알 녀석, 아무래도 제대로 하고 있는 것 같지는 않은데. 하지만 알의 감각도 그렇게 나쁜 편은 아닌데. 상대가 어수룩하게 숨어 있지는 않다는 거로군. 그렇지만 뭔가 조금 이상한데. 분명히 그 수녀는 요마와의 사랑에 빠져서 파계했다고 들었어. 거기다가 지금도 같이 산다고 바티칸에서는 말했는데 알이 전혀 느끼지 못했다? 물론 불가능한 얘기는 아니지만……. 하긴 서둘러 결론 내릴 일은 아니군.'

마음 같아서는 그가 직접 나서서 조사하고 시원하게 끝내 버리고 싶었지만 제약에 묶인 몸이라 난감했다.

방에 들어와서 잠자리에 누우며 알은 고뇌에 빠졌다.

'으응. 확실히 이 일을 미뤄둘 수 없겠지? 철민과 친해진다고 철민이 자기 집안 사정 순순히 털어놓을 것 같지는 않고. 아니, 어쩌면 철민도 아예 모르고 있을지도. 하지만 철민이 어머니 쪽은 알고 있을 테니. 으음, 어쩌지, 물어볼 수도 없고. 그런데 철민이가 그 요마와 아줌마의 사이에서 태어난 자식인 건가?'

알은 곰곰이 생각에 빠졌다. 가능성은 두 가지였다. 하나는 정말로 친자식으로서 사랑하고 기르고 있는 경우이고, 다른 한 경우는 생각하기는 싫었지만 무언가 비밀의식에 제물로 쓸 겸 남의 이목도 속일 겸 해서 데리고 있는 경우일 수 있었다.

'후자라면 철민이는 지금 굉장히 위험한 상황일 텐데. 제물로서 바쳐진다면 아마도 딱 성년이 될 그때를 맞추기 위해 기다리는 것일 테니 시간상 얼마 남은 게 아닌데.'

"아아아! 점심 시간이다! 잘 먹겠습니다, 하나님!"

단 한 마디로 식사 기도를 끝내 버리는 철민을 보고 알은 저런 불량 신자라고 작게 중얼거렸다. 그래도 명색이 목에 십자가 목걸이를 걸 정도면 기도만이라도 제대로 해야 할 텐데 말이다. 알의 중얼거림을 들은 철민이 젓가락을 알의 도시락 통에 밀어 넣으며 말했다.

"임마, 그러다 내 반찬 남이 다 가져가면 난 굶어죽으라고? 하나님도 이 불쌍한 어린 양이 굶어죽길 바라진 않으실 거다. 너야말로 염주 차고 다니면서 이 불쌍한 중생에게 식량 보시 좀 베풀지 그러냐?"

해물전 두 개를 한꺼번에 꿰어가며 카운터 펀치를 날리는 철민 때문에 알은 입을 다물었다. 먹는 데 집중하지 않았다가는 정말로 오늘 보시행의 극의를 행하게 될 상황이었다.

"가끔 느끼는 거지만 너희 삼촌 상당히 유능한가 보다."

"응? 왜?"

밥풀이 튀고 젓가락이 부딪치는 전쟁의 와중에서도 목 위쪽으로는 화기애애한 대화가 오갔다.

"반찬들이 하나같이 고급스럽잖아. 돈 잘 안 벌면 이렇게 못해줄 텐데 말야."

"그게…… 뭐, 조금 벌긴 벌지."

막상 태인이 얼마나 버는지는 알도 정확히 몰랐기에 알은 적당히 얼버무렸다. 하지만 그 말이 나오자 말자 철민이 눈을 번뜩였다.

"그러면 용돈도 많이 받겠네?"

그 질문에 숨겨진 비수를 깨닫고 알은 재빨리 피했다.

"하아, 그게 버릇 나빠진다고 거의 안 줘. 으, 거의 안 주면 말도 안해. 일 꼬박꼬박 시키고는 알바비로만 쳐서 준다고. 정말이지 다른 데서 그만큼 일했으면 두 배는 벌었을 거다."

알은 투덜댔다. 뱀파이어인 그를 퇴마사로서 써줄 데가 있을 거 같지는 않았지만, 그래도 인간으로 치면 그 정도 일을 도왔으면 아마 몇 년 용돈은 걱정없을 만큼 벌었을 거라는 게 알의 생각이었다. 알이 공정한 시세를 모르는 게 그의 행복이었다.

"있는 사람들이 더한다더니 정말이군, 쯧쯧. 어째 그렇게 우리 엄마랑 똑같냐. 남의 엄마는 외아들에게 물질적인 풍요를 듬뿍 베푼다는데, 우리 엄마는 왜 그렇게 자식 교육을 엄격하게 하려는지 몰라."

알은 철민에게 한층 더 동질감을 느꼈다. 비록 책상 위의 혈투는 아직 이어지고 있었지만 말이다.

"아참, 너 페스트로인 3 구하면 구워달라 했지? 조만간에 집에 같이 가자. 립버전 뜬 거 같으니까 구해지는 대로 구워줄게."

"정말?"

알이 좋아라하는 순간 철민의 손이 재빠르게 그 허점을 타고 파고들어 마지막 전을 집어갔다.

"CD 3장짜리니까 만 원이다."

"공CD 한 장에 얼마 한다고."

"인건비, 전기세, 재료비, 기타 부가가치세 및 각종 위험수당, 안전수당, 감가상각비 포함이야."

아예 환율 위험 대비 비용이나 산재 보험 비용까지 청구해라고 알은 투덜댔지만 값을 깎지는 않았다. 아직 발매일도 오지 않은 게임의 CD라면 만 원쯤 지불할 용의가 있었다.

'아, 좋다. 오늘만 같으면 이번 임무 마냥 오래 걸리면 좋겠네. 하지만 그럴 수는 없겠지. 하아, 드러날 진실이란 게 철민이한테 충격이 안 되도록 하는 법은 없을까.'

제물로 바쳐지기 위해 사육되고 있었다라고 한다면 최악이었고, 사랑으로 키웠다고 해도 자신이 인간이 아님을 알게 되면 철민의 충격이 얼마나 클까 생각하니 알은 지금이라도 일을 그만두고 싶었다.

'그래도 정체성의 혼란 정도는 정말로 사랑으로 커왔다면 극복하겠지만 전자라면 하아, 그래, 일단 철민을 좀 더 철저히 조사해 보자. 악마와의 사이에서 태어난 혼혈이라면 스스로는 못 느끼고 있다 해도 아직 각성전의 힘이 숨어 있을 건 틀림없으니까 말야.'

만약 그게 아니라면 철민이 위험할지도 모른다는 우려는 사실로 드러날 가능성이 컸다. 알 자신도 악마와 그렇게 먼 관계라고는 할 수 없었고, 천사들의 화신에게 시달리고 있는 처지이긴 했지만.

'그래도 솔직히 객관적으로 말해서 성격이란 측면에서 천사들이 악마들보다야 훨씬 낫지. 걔네들은 좀 오버하는 데가 있어서 그렇지 적어도 악마처럼 할 짓, 못할 짓 안 가리고 마구 하지는 않는걸.'

알은 어떻게 하면 자연스럽게 철민의 내부를 탐색할까 하고 머리를 쥐어짜 댔다. 가장 좋은 방법은 철민의 내부에 자신의 기운을 흘려 살살이 훑어보는 것이었지만 남자끼리 마냥 손잡고 있을 수도 없는 노릇이었다.

'으슥한 구석에 끌고 가서 최면이라도 걸어봐?'

하지만 역시 최면은 양날의 검이었기에 함부로 하고 싶지 않았다. 그럴듯하게 한다고 해도 정신의 조작이란 날카로운 자의 후각에는 그 흔적을 드러내기 마련이었다.

'좋아. 역시 이럴 때는 고전적인 게 최고야!'

알은 한참 다른 친구와 이야기에 열중하고 있는 철민의 뒤로 살금살금 다가가 갑자기 두 손을 들어 철민의 눈을 가렸다.

"에비. 내가 누구게?"

"임마. 갑자기 웬 70년대 식 장난이냐. 빨랑 못 풀어?"

"맞춰보라니까."

"여기서 네 목소리 모르는 사람이 누가 있다고. 빨리 안 풀래?"

"나도 자존심이 있지. 안 맞추면 안 풀어줘!"

쓸데없는 실갱이를 벌이는 가운데 알의 마력은 조용히, 그러나 구석구석 철민의 내부를 뒤졌다. 하지만 안쪽 어디에서도 그의 힘에 반응해 부딪치려고 하는 철민의 힘은 느껴지지 않았다.

"야, 유. 너 밥 먹고 체한 거지? CD 안 구워준다?"

"에헤헤헤, 형님."

목적을 달성한 알은 재빨리 손을 풀었다. 때마침 울린 점심 시간 끝나는 소리에 알은 자기 자리에 가 앉았다. 그리고 수업을 준비하는 척했지만 속으로는 복잡했다.

'이렇게 되면 그 철민이 어머님이라는 분에게 직접 부딪쳐 봐야 하나? 하지만 뭐라고 하지?'

고민에 잠긴 알을 보고 철민은 철민대로 웃음을 거두었다. 지금 그는 알 쪽에 자신의 표정이 보이지 않도록 조심하고 있었다. 수업이 시작되어서 굳은 표정이 너무 이상하지 않은 게 다행이었다.

'슬슬 본격적으로 나오겠다 이 말이지.'

아직 어리던 시절, 하염없이 그를 고민하게 만들었던 자의 얼굴을 떠올리며 철민은 씨익 웃었다.

'후, 고생하시는 엄마한테 또 하나 짐을 씌우는 건가.'

'우웅, 어쩌지? 에이, 이래저래 고민만 하면서 시간 보내지 말고 아예 오늘부터 잠복근무라도 들어갈까. 하긴 언제는 이리저리 머리 잔뜩 쓰는 게 내 스타일이었나 뭐. 더 이상 뱅뱅 돌다가 마감기한 어기겠다.'

이번 일의 마감이 언제인지는 못 들었지만 무작정 길지는 않을 거라는 건 확실했다.

'좋아. 오늘부터 잠복근무다.'

열한 시를 넘어 열두 시를 향해가는 깊은 밤. 철민은 깨작거리면서 샤프로 뭘 적는 척하고 있었다. 앞에 참고서를 펴놓고 그 뒤에 문제집을 깔아놓은 것이 얼핏 보면 시험공부를 하는 듯했지만 실제로 그의 모든 정신은 창밖에 있는 담장의 어둠 속에 동화되어 있는 존재에 쏠려 있었다. 정작 그 존재가 왔다는 것은 미처 모르고 있었지만 말이다.

"공부하고 있니? 이것 좀 먹어가면서 하려무나."

문이 열리고 몽연이 들어오자 철민은 재빨리 돌아보며 웃었다.

"와~ 사과군요? 고마워요, 엄마."

어머니가 나가고 나서 철민은 사과를 한입 베어 물고 중얼거렸다.

"그러니까 너무 날 탓하지 말라고. 너 같으면 평범한 수험생 생활을 그만두고 어둠과 모험의 세계로 빠져들고 싶겠냐? 그쪽이 본격적으로 나온 이상 이쪽도 이제 확실하게 대답해 줄 수밖에 없잖아?"

잠시 뒤 철민은 빈 접시를 들고 갔다. 거실에서는 소리를 낮게 줄여 놓고 몽연이 심야 다큐멘터리를 보고 있었다.

"사과 꽤 맛있네요. 하나만 더 깎아주실래요?"

"그렇니? 알았다."

몽연은 사과를 가져와 깎기 시작했다.

사각. 사각.

사과 껍질이 위태위태하면서도 끊어지지 않고 계속 이어져 둥글게 말렸다. 철민은 아무렇지도 않은 듯 하품을 한번 하고는 지나가는 말인 양 던졌다.

"이상하죠, 어머니? 강유 그 녀석을 보고 있으면 아주 옛날부터 알던 사이 같다니까요. 얼마 전에 전학 온 녀석인데 말이죠."

"그렇니? 무척 마음에 드나 보구나."

톡.

끊어지지 않고 이어진 채 벗겨지던 사과 껍질이 마침내 끊겼다.

"하하, 네. 아니, 그 이상이랄까요. 그 녀석 비슷한 녀석은 예전에 본 적도 없는데 이상하게 친근감, 아니, 동질감이라 해야 하나. 그런 게 들어요. 이상하죠? 훨씬 전부터 알고 지내던 녀석들도 많은데, 사귄 지 한 달도 되지 않은 녀석이 마치 가까운 가족이라도 되듯이 느껴지니 말이죠."

툭.

이번에는 얼마 벗기기도 전에 칼에 힘이 들어가면서 속까지 꽤 묻은 채로 껍질이 떨어졌다.

"그래? 옛날 사람들은 하룻밤 사이에도 깊은 우정을 쌓기도 했으니까 말야. 뜻만 통하면야 친구가 되는 게 뭐 오래 걸리겠니."

"아하하. 어머니도 참. 그 녀석이랑 뜻이 통하고 말고 할 게 어딨어요. 그냥 같이 노는 정도인데. 거기다가 뭐랄까. 친구라기보다는 꼭 헤어졌던 가족 같은 느낌이라. 음, 뭐라고 해야 할지."

퍽.

칼이 그만 엇나가면서 반대쪽을 잡고 있던 손을 스치고 지나갔다.

"엇! 괜찮으세요?"

"으응, 괜찮다. 그만 이야기에 정신이 팔려서 손을 살짝 베었구나."

"잠시만요. 지혈제가 어딨더라."

"지혈제까지는 되었고 거기 밴드나 하나 건네주렴."

"밴드만요? 여기 있어요."

밴드를 받아 드는 어머니의 손길이 떨리는 것을 보고 철민은 죄책감을 느꼈다. 하지만 어쩔 수 없었다. 이런 식이 아니면 어머니가 미처 눈치 못 채고 있는 위험을 알릴 수가 없었다. 그 뒤 몽연이 사과를 다 깎아 건네주고 그걸 다 먹어치울 때까지 철민은 아무 말 하지 않았다. 몽연도 생각에 잠겨 아무 말 하지 않았다.

"전 이만 올라가 볼게요. 먼저 주무세요. 저도 한 시간 정도 더 하다 잘 거니까."

어머니가 오늘밤 잠을 이루지 못할 걸 알면서도 철민은 그렇게 말했다. 자기가 그걸 알고 있다는 사실을 알면 그의 어머니는 더 슬퍼할 테니 말이다.

"그래, 알았다."

철민이 들어가자 몽연은 부들거리는 손끼리 서로 잡아 진정시켰다. 그녀는 고개를 저으며 낮게 중얼거렸다.

"아닐 거야. 설마 그럴 리가…… 아닐 거야. 하지만 그렇다면……."

시험해 보면 알 일이었다. 하지만 시험해 보는 자체가 두려웠다. 그랬다가 그녀가 두려워하는 바가 사실임이 드러날까 봐 두려웠다.

'하지만 미룬다고 될 일이 아니겠지.'

그녀는 오랫동안 써본 적 없는 도구함을 뒤지기 시작했다. 영원히 묻어두길 바랐지만, 두려워하는 바가 일어나기 전에 조치를 취해야 했다.

밤새 졸면서 지켜보던 알은 별 소득 없이 학교에 돌아갔다. 오히려 수업 시간에 존다고 혼나기만 해야 했다. 벌서면서도 졸고 있던 알의 어깨를 탁 하고 누가 쳤다. 침을 닦으며 고개를 든 알은 철민이 웃고 있는 걸 발견했다.

"임마, 게임 너무 많이 한 거 아냐? 적당히 해야지. 학교 와서도 졸면 어떡하냐?"

"그러게, 헤헤."

"흠. 이러다 너를 폐인으로 만들었다는 오명을 내가 다 덮어쓰는 것 아냐? 페스트로인 3을 구워주지 말아야 하나."

"앗! 구워준다고 했잖아. 돈이 필요없다 이거지?"

"핫하하하. 누가 필요없다고 했냐. 오늘 같이 가자."

"형님."

알은 아낌없이 고마워하면서도 못내 미안했다. 따지고 보면 자기는 게임이나 얻으려고 철민에게 접근한 게 아니었다.

몽연이 막 청소를 끝내자 밖에서 벨이 울렸다.

"저 왔어요. 그리고 오늘 유 녀석도 같이 왔어요."

'올 게 왔구나.'

몽연은 떨리는 가슴을 진정시키며 표정을 자연스럽게 보이게 하려고 노력했다. 모든 게 확실해지기 전에, 그리고 대책을 세우기 전에 들켜서는 안 되었다.

"왔니?"

문을 열어주자 두 사내 녀석이 앞다투어 인사하고는 거실로 올라섰다. 평소라면 그냥 흐뭇하게 쳐다보았을 풍경이지만 그녀는 주의 깊게 거실에 새로 놓아둔 거울 쪽을 보았다.

"잠시 거실에서 기다리렴. 과일 깎아주마."

"알았어요. 야, 먹고 들어가자."

둘이 나란히 거실에 앉자 과일을 가져오며 몽연은 주의 깊게, 그러나 눈치 안 채이게 흘낏 거울을 보았다. 정상적이라면 지금 각도에서 거실에 앉아 있는 아이들의 모습이 비쳐야만 했다. 하지만 거울에는 거실에 놓여진 물건밖에 보이지 않았다.

"흡."

몽연은 자기도 모르게 터지려는 경악성을 눌렀다. 뱀파이어만을 찾아내기 위해 특별히 만들어진 축복의 거울에는 상대의 모습이 비치지 않고 있었다. 이제 모든 것이 분명해졌다. 더 이상 부인하려고 해봐야 매가 쫓는데 머리만 숨기는 꿩 꼴이었다.

'마침내…… 쫓아온 건가? 그런 모습으로 위장하고서 말이지.'

이상할 것 없었다. 본래 악마란 그 모습을 아주 흉측하게 드러내지 않으면 아주 철저하게 꾸미는 법이었다. 거기다가 철민을 찾아올 그들은 본래 추악한 내면을 초자연적으로 아름다운 외면으로 꾸미는 자들이었다. 하마터면 손에 힘이 빠져 들고 있던 접시를 떨어뜨릴까 봐 몽연은 꽉 쥐었다. 그리고 부엌 구석으로 몸을 옮겼다. 몽연은 감정을 숨기지 못하는 자신의 모습이 들킬까 봐 벽에 몸을 붙이고서 숨을 몰아쉬었다. 아무것도 모른 채 마음이 통하는 친구를 만난 것 같다고 하던 철민의 얼굴이 떠올랐다. 동질감을 느낀다고? 당연했다, 철민은……

'아냐, 그렇지 않아. 그 애는 내가 길렀어. 15년도 넘게 내가 기른 내 아이야.'

몽연은 가볍게 다시 숨을 몰아쉬었다. 이제 결심이 섰으면 행동으로 옮길 때였다.

"주여, 힘을 주소서. 용기를 주소서."

과일을 먹이고 둘을 방으로 보낸 후 그녀는 작업을 준비했다. 상대도, 철민이도 눈치 채지 못하게 하려면 조심스럽고도 자연스러워야 했다. 사실은 철민이가 관계되었다는 생각에 그녀는 굉장히 허둥대고 있었지만, 스스로는 느끼지 못했다. 그만큼 그녀의 아들은 그녀에게 아킬레스건이었다.

"음, 학교 가기 전에 켜놨었는데, 생각보다 전송 속도가 느리군. 좀 더 기다려야겠는데."

"헤에, 어쨌든 조금만 있으면 내 손에 들어온다 이거지? 좋아, 좋아."

밖에서 몽연이 요리라도 하는지 부스럭거리는 소리가 들렸지만 알은 새로 얻을 CD에 정신이 팔려 있었다. 그런 알의 눈에 며칠 전에는 없던 아이콘이 들어왔다.

"엇? 너 저것도 구했냐?"

"뭐? 아아, 이노그라스 2? 아, 구했지. 후후. 3D 슈팅게임의 최고봉이라 할 만하지."

"좀 해보자아!"

"임마, 이게 니 컴이냐. 내가 할 테니 구경이나 해."

"으윽, 치사하다."

알과 철민이 컴퓨터의 사용권을 두고 옥신각신할 때 문이 열리더니 몽연이 들어왔다.

"철민아, 미안한데 심부름을 갔다 와야겠다. 여기 적힌 것들 좀 사다 주겠니?"

"네? 알았습니다."

쪽지를 받아 든 철민은 거기에 적힌 긴 목록을 보고 윽 하고 비명을 질렀다.

"으왓, 이걸 다 사라고요? 너무해요."

"오늘 저녁 할 거니까, 군말 말고 사 오렴. 잘 먹고 싶겠지?"

"예에, 알아모시겠습니다. 야, 나 좀 갔다 올게. 어차피 다 받아지려면 30분은 넘게 걸릴 테니까 그때까지 게임이나 하면서 기다려라. 갔다 와서 구워줄게. 쳇, 컴퓨터는 네 차지군."

"어. 응, 잘 갔다 와. 기꺼이 기다릴게."

임무도 좋지만 철민이 새로 구해놓은 게임도 좋았던 알은 기꺼이 고개를 끄덕였다. 철민이 자리를 비우면 자기가 철민의 컴퓨터를 차지하고 당당히 마음대로 쓸 수 있으니 좋은 일이었다. 어차피 임무야 어제도 그제도 못했는데 오늘 서두른다고 될 일이 아니겠지라며 알은 속 편하게 생각했다.

밖으로 나간 철민은 심부름을 하러 가는 척하며 좀 떨어진 곳에 몸을 숨겼다. 이제 어머니가 일을 벌이려 한다는 것을 눈치 챈 것이었다.

"하아, 우리 어머니도 성격이 꽤 급하시군. 설마 하니 바로 일을 벌이실 줄이야. 하긴 오래 끌어서 좋을 일도 아니니 조바심이 나신 거겠지. 이사 갈 준비 해야 하나. 그나저나 잘되어야 할 텐데."

여차하면 다시 달려갈 준비를 하며 철민은 각오를 다졌다. 강유와 같은 존재가 그를 찾아왔다는 것은 앞날을 예고하는 것이었다. 앞으로 제2, 제3의 그런 존재가 다시 찾아올지 몰랐다.

'아직은 아냐. 너무 이르다고. 하지만 그래도 온다면 나도 참진 않겠어. 최후의 순간까지는 피하겠지만.'

철민은 쓰게 웃으며 자신의 손을 내려다보았다. 한 번이라도 다시 그 힘을 꺼낸다면 모든 게 끝날 것이라는 그자의 경고가 생생히 머리 속에 다시 울려 퍼졌다. 그러나 누군가가 그의 어머니까지 위협한다면 선택의 여지란 없었다.

철민이 멀리 나가는 것을 확인한 몽연은 차분히 정신을 가다듬었다. 5분 정도 기다린 후 그녀는 알이 있는 방을 다시 두들겼다. 게임을 하고 있는 척하고 있던 대상이 의아한 눈길로 고개를 돌렸다.

"잠깐 저기 좀 같이 가주겠니? 무거운 게 있어서 말야. 미안하지만 나르는 걸 좀 도와줬으면 좋겠구나. 철민이가 심부름 가고 없으니 말이야."

"네? 네."

게임을 계속하고 싶긴 했지만 집주인의 부탁을 가장한 명령을 거부할 수는 없었다. 얼마나 무거운 걸 들라고 할지 몰라도 자동차를 들어나르는 걸 시키지는 않을 것이고 보면 힘쓰는 건 자신있는 알은 순순히 따라갔다.

'빨리 나르고 철민이가 돌아오기 전에 마저 해야지.'

몽연이 그를 지하실까지 데려가자 알은 조금 불길한 느낌을 받았다.

'나를 게 엄청 많은 건 아니겠지?'

철컥.

지하실 문이 열리고 알이 뒤따라 들어오자 몽연은 불을 밝히고서 계단을 내려갔다. 몽연을 따라 바닥까지 내려간 알은 불길함을 넘어 조금 이상하다는 느낌이 들었다. 지하실엔 무언가 꺼내고 말고 할 만한 짐이 전혀 보이지 않았던 것이다.

"뭘 나르라는 거지요?"

알은 어리둥절해서 주위를 다시 둘러봤다. 제법 넓고 깨끗하게 치워져 있는 지하실에는 미묘한 기운만이 감돌 뿐 창고라는 생각은 전혀 안 들었다. 그보다는 차라리 일종의 의식장이라고 해야 할지, 벽 한쪽에 붙어 있는 십자가와 그 아래 제단만이 눈에 띌 뿐이었다. 그때 몽연의 말투가 돌변했다.

"끝까지 시치미를 떼는군."

"에?"

그제야 알은 이상하다는 걸 깨닫고 당황했다. 그리고 그건 바로 표정에 드러났다.

"무엇 때문에 내 아들에게 접근한 거지?"

'에? 내 정체가 들킨 거야? 그럼 여긴 함정?'

알의 모습에서 자신의 추론이 맞았음을 확인한 몽연이 그 자리에서 절규하듯 외쳤다.

"너희 어둠의 무리에게 그 아이를 넘겨주지는 않아!"

그 말과 함께 몽연이 벽에 걸린 십자가를 손에 움켜쥐었다.

'내가 교황청에서 시켜온 줄 어떻게 안 거지? 어라, 잠깐. 어둠의 무리?'

"아니 저…… 그러니까."

알은 상대의 반응이 예상외로 나오자 당황했다. 어둠의 무리라니, 그야 물론 맞는 말이기는 했지만 적어도 지금 이 시점에서 그렇게 불릴 거라고는 전혀 예측하지 못했다.

"사라져!"

그 말과 함께 그녀의 손에 들린 십자가에서 조명탄은 저리 가라 할 정도의 밝은 빛이 났다. 하급한 뱀파이어라면 그 빛을 받는 것만으로 재가 되어버릴 위험한 빛이었다. 물론 알은 하급한 뱀파이어는 아니었고, 그래서 눈이 부셔서 감는 것으로 끝났지만, 연이어 몽연의 주문이 날아왔다.

"천상의 불꽃이여, 부정한 것을 사르는 거룩한 위엄이여! 홀리 파이어(Holy Fire)!"

"으갸? 블랙 윈드."

이번의 뜨거운 열기는 앞서의 빛처럼 무시할 게 못 되어서 알은 재빨리 중화시켰다.

"과연 평범하지 않구나. 하지만 철민이는 내어주지 못한다. 존엄히 울려 퍼지는 천상의 성가를 이 땅에 받으리니, 어둠을 몰아내고 빛을 밝히는 천사의 노래 아래 부정한 것들은 잠드라. 앤젤릭 코러스(Angelic Chorus)."

이 우격다짐적 공격에 알은 당황했지만 크게 곤란한 건 아니었다. 적어도 저것의 완성판이라 할 만한 헬레나의 가브리엘 보이스 앞에서도 떨기는 했지만 바로 쓰러지지는 않았던 알이다. 단지 지하실의 구조상 소리가 사방으로 울려서 알은 귀가 따가워 주위로 막을 쳤다.

"나 두르나니. 부정의 권세. 클락 오브 블라스페미(Cloak of Blasphemy)."

자신의 공격을 간단히 막아버리는 알을 보고 몽연은 이를 악물며 더 강한 주문을 끌어올렸다. 예전에 현역으로 활약하던 시절의 강력하면서도 어려운 주문들이었다. 다행히 오랜만에 했음에도 그 주문들은 그녀의 제어를 벗어나지 않았다.

"길가에 피는 꽃 하나에도 은총이 머물러 삶의 찬연함을 말하니, 지금 여기 존재함으로서 아름다웠도다. 죽음의 끝에서 다시금 일어나시어 우리의 본질을 그분께서 말씀하셨으니, 그로서 인도받은 자들 축복 아래 영원하리라. 물러가라, 죽음의 권세여! 버스트 오브 라이프(Burst of Life)!"

'헤에, 이 아주머니도 아주 약하진 않네.'

객관적으로 말해서 상당히 고급 주문이었지만 캐씨드럴 오브 홀리 마리아와 무상반야광이 동시에 뻗어 나오고, 내로라하는 육대 검공이 한꺼번에 펼쳐지는 것까지 다 구경했던 알로서는 그 이상의 점수는 줄 수가 없었다. 강남 40평 아파트가 누구에게는 꿈의 집일지라도 누구에게는 거저 줘도 거기서는 안 살 싸구려 집인 것처럼 말이다.

"운명의 끝에 서서 모든 것을 거둬가는 최후의 집행자여, 여기 너의 이름을 불러 권세를 부리나니 이곳에 눈길을 돌리고 손길을 뻗으라. 그리하면 모든 좋았던 것이 그 끝을 알고 구슬퍼하며 사멸할지니, 찬란한 영광과 권세가 모두 너의 앞에 굴복하였음을 나 기억하노라. 콜 오브 데스(Call of Death)!"

몽연의 주위에 따뜻한 기운이 뻗어 나가며 무생물의 색깔까지 생생하고 맑게 보였다. 무미건조한 시멘트의 회색조차 오월의 푸르른 나무처럼 선연하고 찬란한 빛을 띠었다. 반면에 알이 주위로 불러들인 기운 아래에서는 투명한 대기조차 그 본래의 색깔이 더욱 혼탁해져 공장에서 내뿜는 검은 연기가 차라리 맑아 보일 만큼 칙칙하게 변했다. 그리고 두 기운은 빠르게 서로를 상쇄시키며 사라졌다.

그 모습을 보며 몽연은 아랫입술을 깨물었다. 상대는 강했다. 그러나 물러설 수 없는 싸움이었다. 그녀에게는 지켜야 할 것이 있었다.

"천상의 광휘 여기 머물러 그릇된 힘을 멸하나니, 그 거룩한 힘 아래에서 나 평온을 구하도다. 정의를 이루는 광휘가 여기에 깃들어 어둠을 내리치는 심판의 일격 되리라. 볼트 오브 글로리(Bolt of Glory)."

"혼암의 계곡 아래 몰아치는 파멸의 흐름이여. 내 손에 이끌려 머나먼 공간을 넘어 이곳에 내려와 앞길을 가로막는 것들을 제거하라. 어비설 블라스트(Abyssal Blast)."

다시 한 번 두 상극의 힘이 부딪쳤다. 도가 지나치지 않도록 상대에게 맞춰서 적당히 풀어놓은 힘이었기에 애꿎은 집이 날아가거나 하지는 않았다. 무엇보다 속성상으로 둘은 완벽하게 더하기 빼기는 영이 가능하게 하는 힘이었다. 하지만 알은 조금씩 인내심이 바닥났다.

'이익, 이런 식으로 놀다간 끝이 없겠다.'

마력에 있어서는 알 자신이 확실히 우위였지만, 상대의 주문 운용은 능숙했다. 거기다가 처음에 기선을 제압당한 상황에서 무슨 일인지도 모른 채 받아만 치다 보니 진도가 나가질 않았다. 알은 조금 거칠더라도 일단 제압해 놓고 오해를 풀기로 했다.

'대체 왜 내가 철민을 데려가려 한다고 생각하는지 모르지만 후우,

아니, 철민의 정체에 따라서는 그럴 수도 있겠구나. 어쨌든 지금은 말이 안 통하니.'

더 이상 잔재주가 통하지 않게 강한 마력을 쏟아 부은 주문으로 확실하게 힘으로 제압하는 편이 낫겠다고 알은 판단했다.

"지옥의 넷째 군주. 파괴를 다스리는 바알의 좌우를 지키는 침묵의 암살자들이여. 짙디짙은 암흑의 심연에서 암흑조차 지우며 움직이는 태초의 파괴자여. 창세 이전에 존재하여 창세 이전으로 되돌리는 힘을 간직한 군주의 기사 중에서도 으뜸인 자여. 지상에 내려와 네 군주의 명예에 도전하는 자에게 그 강렬한 적의를 표하라. 그레이터 홀 오브 디스트럭션(Greater Hall of Destruction)."

알의 주위로 뭉치기 시작하는 공허의 구체를 보며 철민의 어머니는 당황하며 빠르게 완성되는 잔주문들을 알에게 날렸다. 하지만 그 힘은 알의 곁으로 다가가지 못하고 그대로 이미 그 자락을 조금씩 드리우기 시작한 공허의 구체 속으로 빨려가 사라졌다.

그리고 알의 손을 떠난 구체는 가로막는 것은 그대로 삼키겠다며 정직하게, 그러나 정말로 무엇도 막는 것을 허용하지 않은 채 목표의 바로 곁까지 다가갔다. 예전과 달리 능숙해진 마력운용으로 홀을 거기서 멈춰 세우고서 알은 부드럽게 말했다.

"이제 좀 진정하시고서 얘기하자구요. 그야 물론 제가 아무 볼일도 없이 접근한 건 아니지만 그전에 하나 물어봐도 돼요? 철민이를 데려가게 놔두지 않을 거라는 게 대체 무슨 말이에요?"

그 말에 상대는 흠칫하더니 알을 마주 보았다. 알의 눈빛을 보며 탐색하듯이 쳐다보던 그녀는 한참 침묵했다.

'왜 저래?'

알이 답답해서 다시 물어보려던 그때서야 비로소 그녀는 떠듬거리며 물었다.

"철민이를 데려가려고 온 것이 아냐? 난 네가 그 애를 데려가서 동족으로 각성시키려는 건 줄 알았는데."

"동족?"

그 난데없는 말에 알은 자기도 모르게 반문했다. 그리고 잠시 뒤 그 의미를 깨닫고 화들짝 놀라 소리쳤다.

"그럼 철민이가 뱀파이어였어요?"

알의 놀람이 거짓이 아님을 느낀 전 수녀 몽연도 당황했다.

"몰랐다는 거니?"

"전혀요. 언젠가 철민이에게 숨겨진 힘이라도 있는지 검사했을 때 아무것도 없길래 난 그냥 보통 인간인 줄 알았는걸요. 그래서 아주머니가 그 악마와 짜고서 평범한 인간 아이를 데려다가 뭔가 안 좋은 일에다가 쓰려고 기르는 건 아닌지라고 걱정했었다고요."

알은 고개를 갸웃했다. 철민이가 뱀파이어라니, 이건 완전히 생각하지도 못한 전개였다.

"그건 내가 그 애 자신도 모르게 그 힘을 봉인해 놨으니까……. 그러면 너는 대체 무엇 때문에 온 거지?"

제압당해 있다는 데서 오는 심리적 압박감 때문일까. 알의 말에 자기도 모르게 대답하던 몽연은 뒤늦게 그 사실을 깨닫고 자신이 궁금한 것으로 화제를 돌렸다.

"그러니까 전 바티칸의 명을 받고요. 아주머니와 아주머니로 하여금 파계하게 한 그 악마를 잡으러 온 건데, 아니, 저 악마 쪽이야 물론 바티칸이 그냥 두지 않겠지만, 아주머니의 경우에는 큰 징계는 없을 거라던데."

그 말에 몽연의 안색이 처음 이상으로 더 딱딱하게 굳었다.

"뱀파이어인 네가 교황청이 보내서 온 존재라고?"

알은 우물쭈물거리며 손가락을 비볐다.

"아니, 그게 물론 안 믿기시겠지만, 진짜거든요. 제가 조금 사고친게 있어서 그 뒷수습 의미로 일을 하나 떠맡았는데, 그게 이번에 아주 머니를 파계시킨 악마를 잡아서 데려가는 게 되어서요."

그 말에 몽연은 한참 아무 말 없이 알을 바라보았다. 그 눈길에 뭔가 자기가 잘못했나 싶어서 알은 괜히 미안해졌다. 무언가를 떠올린 몽연은 다시 입을 열었다.

"그렇다면 네가 바로 얼마 전에 세상을 떠들썩하게 했던 그 뱀파이어구나, 한국 최강의 퇴마사 중 하나라는 강태인의 부하로서 나이트 오브 뱀파이어 세리우스와의 싸움에서 활약했다는?"

"대단하시네요. 그렇게 순식간에 제 정체를 맞추다니."

놀라는 알을 보고 몽연은 씁쓸하게 웃었다.

"아무리 내가 현역에서 은퇴한 지 오래되었다고 해도 이렇게 힘으로 밀어붙여 제압할 수 있는 뱀파이어가 흔하진 않아. 거기다가 교황청과 그런 식으로 얽혀 있다고 말하면 모르는 게 이상하지."

"그, 그런가요? 하하."

멋쩍게 웃던 알은 자신의 머리를 한 대 쳤다. 아무리 대화 모드로 들어갔다고 해도 아직 그레이터 홀 오브 디스트럭션을 띄워둔 채로 마냥 웃다니 너무 정신없는 행동이었다.

'하지만 도저히 악마와의 사랑에 빠져 신을 저버린 파계수녀 같은 걸로는 도저히 생각할 수 없는걸. 교황청이 뭔가 잘못 알고 날 보낸 거 아냐? 대체 어떻게 된 거야?

"저, 저기 아주머니, 웃다가 이런 말 하기는 죄송스럽지만 전 일단 아주머니는 잡아가고 아주머니를 타락시킨 악마도 사로잡거나 무찌르거나 해야 되거든요? 그런데 제가 모르는 사정이 있는 모양인데 좀 알려주시지 않겠어요?"

"사정을 알면 우릴 눈감아주겠다고 약속할 수 있니?"

"그, 그건……."

알은 대답할 말이 없어서 우물쭈물했다. 사연이 어떻게 되었든 자신의 임무가 바뀌는 건 아니었다. 난 내일만 하면 돼라고 우격다짐으로 밀어붙일 생각은 아니었지만, 그렇다고 간단히 예라고 대답할 수도 없었다. 무엇보다 태인도 이번 일에 걸려 있었다.

곤란해하는 상대의 모습에 몽연은 한숨 쉬었다. 지나칠 정도로 솔직했다. 아무런 약속도 해주지 않았기에 오히려 믿음이 가는 모습이라니.

"그래, 일단 얘기해 주마. 너는 나보다 강하고, 교황청까지 그렇게 마음먹었다면 나로서는 간단히 도망치기는 애초에 틀린 일이겠지."

몽연의 서글픈 말에 알은 양심이 찔려 고개를 숙였다. 임무라고는 하지만 왠지 못된 일 하는 기분이었다.

"나를 타락시킨 악마를 처리한다고 했니? 후훗, 그게 철민이를 의미하는 말이라도?"

"네?"

철민이가 동족이라고 할 때부터 허를 찔렸었던 알은 이 예상외의 발언에 바로 고개를 들었다. 그 경악한 표정을 보며 몽연은 과거를 회상했다.

"난 교황청 산하의 엑소시스트였어. 한국인으로서 실력을 인정받아 외국에까지 파견되고는 했지. 그러다 내가 부여받은 임무가 뱀파이어 일가를 추적해 제거하는 거였어. 당연히 난 열심히 했고, 그 와중에 동료들도 죽긴 했지만 마침내 그 일가의 마지막 한 명까지 추적해 없앨 수 있었지."

그건 정말로 힘든 싸움이었었다. 그러나 그 끝에서 그녀가 봤던 것은······.

"여기가 네 끝이다."

그 말과 함께 문을 열고 들어가자 상대는 지친 표정으로 그녀를 맞이했다. 마지막으로 도망쳤던 뱀파이어 일가의 여인은 모든 걸 체념한 듯 그녀를 바라보았다. 반사적으로 몽연은 최면술에 저항하기 위해 힘을 끌어올렸지만 상대는 최면술을 걸어오지 않았다.

"마침내 여기까지 왔군요."

그 말을 하는 그녀의 주위로 피냄새가 났기에 몽연은 얼굴을 찌푸렸다.

"그 사이에 또 희생자를 만들었구나."

좀 더 빠르지 못했던 자신을 자책하며 십자가를 쥐는 그녀에게 상대는 고개를 저어 보였다.

"이번만큼은 인간의 피가 아닙니다. 바로 제 피랍니다."

"무슨?"

의문을 표하는 그녀에게 상대는 단검을 들어 스스로의 목을 겨누었다.

"부탁입니다. 저는 목숨을 내놓겠으니 이 아이만은 살려주십시오.

갓 태어나 아직 스스로에 대한 자각이고, 뭐고 전혀 없습니다. 당신이라면 이 아이의 힘을 봉해서 키워줄 수 있을 겁니다."

그 말을 하고 상대는 그대로 스스로의 목을 그었다.

"그게 무슨!'

하지만 몽연이 더 자세한 상황을 묻기도 전에 여인은 희미하게 미소지으며 말했다.

"아이는 죄가 없습니다. 부디 자비를……."

적이 마지막으로 보여준 예상외의 모습에 일순간 흔들렸던 몽연은 정신을 차리고 주위를 보았다. 쓰러진 여인의 곁에서 아이의 모습이 보였다. 남겨진 마지막 어둠의 핏줄이었다. 그것을 제거하여 임무를 완수하기 위해 몽연은 한층 더 다가갔다.

"주의 이름 아래……."

십자가를 쥐고서 어린 뱀파이어쯤은 한방에 날려 보낼 신성력을 끌어올리려는 그녀의 눈에 잠들어 있는 아이의 얼굴이 들어왔다.

"아……."

그 모습이 한순간 옛 미술관에서 보았던 성모의 품에 잠들어 있는 아기예수와 겹쳐서 몽연은 멈칫했다.

'내가 무슨 생각을…… 주여.'

뱀파이어의 아이와 주 예수의 아기적 모습을 비교하다니 있을 수 없는 일이었다.

'하지만 이 모습은…….'

아무리 상대가 어둠의 핏줄이라 하여도 평화롭게 잠들어 있는 아이의 가슴에 십자가를 꽂는 일은 거부감이 들었다.

"하아. 미안하다, 애야. 하지만 너는……."

그녀는 찬찬히 손을 아이의 심장을 향해 가져갔다. 고통은 없을 것이었다. 즉사할 테니까 말이다. 마침내 그녀의 손이 아이의 가슴에 닿았다. 이제 신성력을 모아 한 번에 방출하면 상대는 가루로 사라질 것이었다. 그때 그녀의 손을 느낀 아이가 눈을 아주 어설프게 떴다.

껌벅. 껌벅.

"아……."

"당신이라면 이 아이의 힘을 봉해서 키워주실 수 있을 것입니다."

지금까지 그녀의 힘으로 당해내기 힘들었을 강대한 악마는 많았다. 그중에서 인간이 따라오기 힘든 아름다움을 지닌 악마도 있었다. 하지만 그들 중 누구도 이렇지는 않았다. 절대의 무방비. 차라리 전력으로 방어했다면 쉽게 물리쳤을 텐데. 몽연은 한참이나 손을 떨며 갈등했다. 그리고 결국 손을 거뒀다.

"그래, 아기야. 조금은 기다려 주마. 네가 정말로 주의 길을 따를 수 있는지, 없는지 확인부터 해주마. 주께서는 자애로운 분이니 적어도 네가 자랄 때까지는 기다려 주시겠지."

그녀는 아이를 날려 버리는 대신에 주문을 바꾸었다. 자신의 목에 걸린 십자가를 아이의 목에 걸고서 그녀는 속박과 봉인의 주문을 외었다.

'과연 잘하는 것일까…….'

그 옛날을 떠올리며 그녀는 슬프게 미소 지었다. 이제는 그때 그 뱀파이어 여인이 그렇게 했던 이유를 확실하게 이해한다고 말할 수 있었다. 자신의 목숨을 위협하는 상대일지라도 그에 대한 분노를 느끼기 이전에 자식의 안전을 먼저 생각하게 되는 그 마음을 알 수 있었다. 철민은 지난 18년 동안 그녀가 고생해서 낳은 자식이었으니까 말이다.

"하지만 어째서 지금 와서? 그때 분명히 난 교황청에 은퇴를 허가받았어. 철민이를 키우는 것도 허락받았고 말이야. 왜 교황청에서 지금 와서 너를 보낸 거지? 철민이에게 잠든 어둠의 힘이 깨어나지 않는 한 우리를 건드리지 않겠다고 약속했는데?"

"그, 그건……."

대답을 쩔쩔매는 알을 보고 몽연은 한숨을 내쉬었다.

"그래, 네가 대답해 줄 수 있는 문제는 아니겠지."

태인은 근원을 알 수 없는 불안감에 자리에서 일어났다. 뚜렷하게 무엇이다라고 정의할 수는 없었지만 좋지 않은 일이 일어나고 있다고 그의 직감이 예고했다. 그리고 자신처럼 수련을 쌓은 자의 직감이라는 건 절대로 무시해서는 안 된다는 걸 태인은 알고 있었다.

'뭐지, 이건? 아무래도 알에게 무슨 일이 생긴 건가? 역시 이번 일은 함정이 있었군. 제길, 나중에 트집 잡혀도 어쩔 수 없으니 가봐야 하나?'

그때 밖에서 벨이 울렸다. 찾아온 손님이 누군가 해서 확인한 태인은 실체화한 불안감의 근원을 확인할 수 있었다. 정식 추기경복이 아닌 일반 사제복임에도 숨길 수 없는 강력한 존재감을 뿌리고 있는 상대는 그가 결코 다시 보고 싶지 않은 상대였다.

"오랜만이군, 강태인 군."

"예하? 어찌 직접 오셨는지……."

예상치 않은, 거기다가 매우 달갑지 않은 방문객에 태인은 당황했다.

'이자가 이제 직접 감시라도 하러 온 건가?'

"헛허, 별거 아닐세. 그저 자네와 뱀파이어 알렉시안 군이 일을 무사히 해내는지 마지막 정도는 지켜봐 줘야 할 거 같아서 말일세. 그동안 내가 시킨 힘든 일 때문에 고생이 많았겠지?"

"받아야 할 처분이었을 뿐입니다."

'알면 그렇게 시키지나 말던가. 이자가 대체 무슨 꿍꿍이인 거지? 안 좋아.'

단지 약 올리기 위해 직접 올 정도로 한가한 상대라고는 생각하지 않았다. 그렇기에 태인은 끈적한 촉수가 온몸을 쓰다듬며 지나가는 듯한 불쾌함과 얼음 더미를 그대로 등에 퍼부은 듯한 서늘함을 동시에 느꼈다. 그렇거나 말거나 추기경은 변함없이 부드럽게 미소 지으며 태인에게 말했다.

"그나저나 알렉시안 군이 얼마나 잘 활약하는지 궁금하군. 같이 가 보지 않겠나?"

"이번 일에 제가 함부로 끼어들면 안 된다고 하신 건 예하이십니다만?"

말꼬리가 결코 부드럽게 올라가지는 않았건만 추기경은 껄껄 웃었다.

"물론 그렇네만, 내게는 약간의 예지능력이 있지. 마침 한국에 들렀는데 슬슬 자네들 일이 끝나는 느낌이 들어서 말이야. 자네도 그간 고생했는데 알렉시안 군이 일을 마무리 짓는 광경 정도는 함께 봐도 좋지 않겠나? 나도 자네들의 마지막 임무 완성을 곁에서 지켜보고 그간의 관계를 깨끗이 마무리 짓고 싶구만."

'이건 대체?

뭔가 가서는 안 된다는 경보가 전신에서 울려 퍼졌다. 이번 임무에 쳐진 덫의 실체가 이제 서서히 드러나며 그를 물려고 하고 있었다. 순순히 한 발 내디뎠다가는 그대로 깊은 상처를 입게 될 게 확실했다. 그러나 대체 어떤 명분으로 거절한단 말인가? 아니, 어떤 명분을 대어도 어차피 거절을 용납할 거면 찾아오지도 않았으리라. 이제는 호랑이를 잡으려면 일단 굴로 가야 한다는 말을 믿을 수밖에 없었다.

"자, 가세나. 그곳에 도착하면 우리는 잠시 숨어서 알렉시안 군의 활약을 지켜보기로 하지. 우리가 온 걸 알아서야 알렉시안 군에게 의타심이 생길지 모르니 말야."

추기경은 미소 지으며 앞장섰다. 태인과 얘기하고 있었지만 그는 지금 동시에 다른 곳을 보고 있었다. 그것이야말로 그가 지닌 힘이었다. 그리고 정확히 시간에 맞춰 그는 그곳에 도착할 것이었다.

"이제 어쩔 거니?"

"저, 그러니까……."

알은 망설였다. 이대로 놓아 보내주고 싶었지만 그랬다가는 자기는 둘째 치고 태인이 무슨 일을 당할지 두려웠다. 하지만 그렇다고 철민을 죽여서 임무 완수라고 외치는 것은 더욱 못할 일이었다. 알은 머리를 싸매다가 결국 그 나름의 타협책을 내놓았다.

"죄송하지만 저도 그냥 가면 안 돼요. 아주머니에게는 미안하지만 그렇다고 그냥 가면 태인이……."

계속 말하자니 너무 뻔뻔한 내용이라 알은 잠시 입을 다물었다. 하지만 언제까지 끌 얘기도 아니라 말을 이었다.

"아주머니라도 데려가야겠어요. 바티칸도 아주머니는 심하게 하지 않을 거라고 했으니까. 나중에 기회가 생기면 신세는 갚을 테니 이해해 주세요."

그 데려가겠다는 말에 몽연의 표정은 오히려 환해졌다.

"철민은 보내주겠다는 거지?"

"아니, 뭐, 그렇게 물으시면 뒤쫓기는 할 거지만 그러니까, 단지 그 전에……."

알은 한 명을 떠올렸다.

'에, 드뤼셀. 지금쯤이면 화가 풀렸겠지? 화 안 풀렸어도 눈 딱 감고 부탁하는 수밖에 없잖아.'

알은 잘은 모르지만 확신했다. 드뤼셀이라면 절대로 누구의 추적도 닿지 못하는 곳에 철민을 빼돌려 줄 거라고 말이다. 나는 지금부터 열심히 추적할 건데, 절대 안 들키게 숨겨줘라는 게 뭔가 앞뒤가 대단히 안 맞는 부탁이었지만 그게 지금 알이 떠올린 최선이었다.

"그러니까 아주머니는 좀 아파도 이해해 주세요. 일단 제압은 해야 되니까."

"나는 괜찮아. 교황청이 어차피 너를 시킬 정도라면 나까지 무사할 수는 없으니까. 하지만 철민이 혼자서는 교황청이 마음먹었다면 도저히……."

"에, 그건 그러니까, 저도 생각이 있으니까, 구체적으로 말씀드리자면……."

"아니, 하지 마. 너를 믿을게. 비밀이라는 건 아는 자가 적을수록 좋아. 나조차도 모르게 해줘."

다급히 말하는 뭉연을 알은 다시 쳐다보았다. 어머니란 결국 이런 존재인 걸까. 그런 느낌이었다. 시대가 모성의 환상과 무의미함에 대해 백 가지 담론을 쏟아내어도, 뱀파이어인 알로서 그 이상 따뜻한 단어도 달리 알지 못했다. 그래서 그걸 철민에게서 떼어놓는 게 더 미안해졌지만, 알은 결국 천천히 손을 들어 올렸다.

"죄송해요. 하지만 교황청에 아주머니를 안 데려가면 태인이 너무 다칠 것 같아요. 언홀리…… 으왓?"

휘익. 퍽.

그 순간 지하실 문이 열리며 알에게 검은 화살이 쏘아져 들어왔다. 화살은 그대로 알의 손을 꿰뚫고 지나갔다. 예상치 못한 공격에 알의 주문은 깨어졌다. 그리고 손의 구멍은 쉽게 재생되지 않았다.

"앗, 뜨거워. 이, 이거?"

치익. 치익.

구멍은 줄어들기는커녕 거기에 붙은 검은 기운이 불처럼 번지면서 더 커지려고 했다. 알은 재빨리 마력을 집중해 불을 끄고 몸을 회복시켰다. 그리고 그 활을 날린 당사자를 확인했다.

"철민? 너?"

"일단 사과부터 할게. 난 네가 나와 같은 뱀파이어기에 그자가 약속을 깨고 날 데려가기라도 하려고 온 줄 알았지. 그런데 설마 교황청에서 왔을 줄이야. 완전히 오해했네. 그런데 말야, 누굴 제압해서 데려간다고?"

"아니, 저, 그게 그러니까……."

"내 엄마를 납치해서 교황청에 데려가서 뭐 하게? 마녀재판이라도 하게? 친구 부탁이라 어지간한 건 들어주고 싶지만 그건 많이 곤란한데?"

"아니, 그건 그렇고, 네가 지금 쓰는 그거…….."

알은 황당해서 방금 자신의 손을 꿰뚫었던, 그리고 지금도 철민의 손에서 타오르고 있는 기운을 가리켰다. 검고 짙게 타오르는 불꽃의 형상을 한 기운. 에너지의 일종이지만 지상에 존재하는 어떤 기운하고도 다른 이질적인 에너지. 영겁을 타오르는 지옥의 불길의 근원이 되는 핵에 자리 잡은 진정 짙디짙은 불길. 그것을 일러 서양에서는 '헬파이어'라고 하였고, 동양에서는,

"설마 그거 혼천묵염강?"

세리우스의 이야기를 하다가 저절로 입에 익어버린 그때 나타나지 않았던 나머지 마도의 세 무공 중에서도 일절로 꼽아주는 것의 이름을 떠듬거리며 말하는 알에게 철민은 씨익 웃으며 고개를 끄덕였다.

"맞아, 그렇게 부른다더라. 꽤 유명하지, 아마?"

'맙소사! 저거 극에 다다르면 태인을 상대로 싸워도 쉽게는 안 지는 거잖아!'

세리우스는 구대 극품공 중 여섯을 가지고 마히알과 헬레나, 태인 셋을 상대했었다.

'아니, 물론 그때 헬레나는 좀 엉뚱한 데 힘을 낭비하는 중이었고, 세리우스의 힘이 그것만은 아니었지만, 그래도 저거라면 끄억. 적어도 나랑은 맞먹겠다.'

"철민아, 네가 어떻게 그것을!"

경악하는 그의 어머니에게 철민은 멋쩍은 듯 웃었다. 저렇게 나올 줄 알았기에 정말로 영원히 이 힘을 쓰고 싶지 않았다. 어디 가서 조직 폭력배 두목이라도 되면 모를까, 사람을 죽이고 다치게 하는 것 말고는 쓸 데가 없는 이 힘은 영원히 묻어둘 수도 있었다.

"미안해요, 어머니. 사실 어머니의 봉인은 예전에 깨졌었어요. 목숨이 다하실 때까지는 모르게 해드리고 싶었는데."

"말도 안 돼! 그때 너 검사했을 때 아무 기운도 느껴지지 않았는데. 그게 봉인한 신성력과 네 숨겨진 어둠의 힘이 서로 중화되어서 겉으로 안 드러난 게 아니었단 말야?"

그제야 뭔가 이상함을 깨달은 알에게 철민은 간단히 대답했다.

"나도 이걸 어지간히 마스터했거든. 하아, 마공이라고는 해도 아예 안으로 갈무리해 버리니까 전혀 안 익힌 것처럼 숨기는 게 불가능하지 않더라. 물론 한 번이라도 꺼내 쓰면 그 여파가 꽤 오래 남기 때문에 지난 몇 년 동안 아예 잊다시피 살았던 힘인데 말야. 결국 이렇게 꺼내 쓰게 되는군."

"그럼 봉인은?"

"봉인이야 예전에 깨져 나갔으니 못 느꼈을 테지. 하아, 엄마가 간간이 새로 신성력을 불어넣어 봉인을 유지하려고 하셨기 때문에 네가 타이밍만 맞췄으면 남아 있는 걸 느꼈을 텐데. 뭐 각설하고. 그게 중요한 게 아니잖아."

철민은 그 불길을 들어 손으로 활을 당기는 자세를 취했다. 그러자 혼천묵염강은 그대로 그 손을 따라 형태가 변하며 이글거리는 활의 형상을 띠었다.

"별로 효자는 못 되었지만, 그렇다고 어머니가 핍박당하는데 보고만 있을 수는 없잖아?"

"너…… 그러니까 하지만 그녀는 네 진짜 가족을……."

알은 그녀가 다 죽였는데라는 말을 하려다가 입을 다물었다. 그건 너무 잔혹한 말이었다. 차라리 묻어야 할 진실이었다.

'하지만 만약에 저 모습을 죽은 뱀파이어 일가가 본다면 뭐라고 할까? 그래도 어떻게 그걸 말할 수 있겠어. 이제 어떻게 해야 하지?'

그때 철민이 활을 놓자 그 불길은 그대로 화살이 되어 알의 앞에 내리꽂혔다. 흠칫하며 알은 한 걸음 뒤로 물러섰다.

"자아, 어쩔래? 나랑 내 어머니가 합치면 네가 이길 자신 있어? 없으면 오늘은 후퇴하는 게 어때? 물론 나랑 어머니는 여기서 짐 싸들고 바로 도망갈 거지만 말야. 안 물러가겠다면 다음은 심장이다."

철민은 웃고 있지만, 그 말이 적어도 절반은 진심이라는 걸 알은 느꼈다. 알은 잠시 철민과 몽연을 쳐다보았다. 바티칸의 임무는 이들 둘을 잡아가야 끝났다. 그래야만 그와 태인은 자유였다. 하지만 아무리 자유도 좋지만, 아무리 태인의 자유가 여기 걸려 있다고 해도.

'하지만 그렇다고 그냥 보내준 게 들키면 태인은 또 나 때문에……'

"어쩔 거야? 정말로 심장을 뚫어줄까? 막아낼 자신 있냐?"

'나는…… 나는 생각을 해보자. 그러니까……'

고민하던 알은 한순간 한 가지를 떠올렸다. 그 말대로 철민과 몽연이 힘을 합친다면 자신은 이길 수 없었다.

"미안. 하지만 나도 그냥 놓아주면 나뿐만이 아니라 태인까지 엄청 당할 거라서 말야. '최선'은 다해야 하거든. 이해해 줄래?"

그렇게 말하며 마력을 모으는 알을 보고 철민은 피식 웃었다.

"아아, 그렇군. 이해했다. 반죽음으로만 만들어주지. 알아서 버텨봐. 솔직히 실전에서 제대로 써보는 건 처음이라 제어할 자신이 없거든."

철민의 손에서 혼천묵염강이 다시 뻗어 나갔다. 그에 맞서 혼돈의 번개를 뿌리며 알은 태인의 화난 얼굴을 떠올렸다. 혼천묵염강이 강하긴 해도 알도 최선을 다한다면 승부는 반반까지는 안 되어도 웬만큼은 가능하다고 봐야 했지만.

'미안해, 태인. 하지만 도저히 승부를 이겨낼 만큼 이 싸움에 최선을 다하려는 열의가 불타오르지가 않는걸.'

그의 번개를 가르고 들어오는 검은 불길을 보며 알은 눈을 질끈 감았다. 너무 뜨겁지나 않았으면 좋겠다는 게 소박한 소원이었다. 그러나 알의 기대와 달리 날아오던 불길은 또 다른 힘에 가로막혔다.

"당신은……?"

철민의 놀란 목소리에 알도 눈을 떴다. 그리고 예상외의 상대 둘에 철민 이상으로 당황했다. 철민의 뒤를 따라 전혀 기대하지 않은 얼굴 둘이 문 앞에 서 있었다.

"태인? 그리고 추기경…… 님?"

태인의 표정은 매우 어두웠고, 그에 반해 추기경은 대견한 손자를 보는 할아버지처럼 흡족한 미소를 띠고 있었다.

"수고했네, 알렉시안 군. 걱정 말게. 자네가 열심히 노력했다는 것은 내 아니까 말야. 단지 내가 상대의 실력을 정확히 알지 못하고 하마터면 자네를 위험에 처하게 할 뻔했다는 걸 뒤늦게 알고서 이렇게 자네 보호자인 태인 군과 함께 서둘러 오는 길일세. 다행히 늦지 않았구만."

위기의 순간에 나타나 적의 일격을 막아준 기사의 등장이라면 등장이었건만 적 이상으로 목숨을 구함받은 자의 표정이 일그러졌다.

"그…… 그렇셨나요."

"껄껄. 걱정 말게. 뒤늦게 끼어들어서 내 손으로 일을 마무리 지어놓고 자네들이 안 했으니 이번 임무는 무효라고 우기는 그런 몰상식한 짓은 할 생각이 없다네. 자, 알렉시안 군, 거들어줄 테니 마무리를 짓게나. 저 뱀파이어만 죽이면 약속대로 자네와 강태인 군에 대해서 교황청은 더 이상 자네들을 핍박하지 않을 걸세. 세리우스를 놓아보낸 일에 대해서도 따지지 않을 거고 말이야. 그리고 마리아 자매."

추기경을 보며 몽연은 힘없이 대답했다.

"그 이름은 예전에 버렸습니다. 그리고 저를 더 이상 찾지 않겠다고 하지 않으셨습니까?"

"그 이전에 단서가 있었지. 저 마물이 스스로의 힘을 자각하지 못하고 인간인 채로 일생을 보내게 한다는 전제 하가 아니었나?"

"그건……."

추기경은 고개를 저었다. 그녀 모르게 그녀의 봉인이 한층 강해지도록, 동시에 깨어지는 즉시 알 수 있도록 또 하나의 봉인을 그 안에 남겨두었던 것이 바로 그였다. 그래서 그 봉인이 깨진 것을 누구보다도 일찍 알 수밖에 없었다. 상대는 마리아는 속였을지 몰라도 그까지 속이지는 못했으니까. 그럼에도 피해가 없기에 마리아의 공적을 감안해 눈감아주었지만 말이다.

"한데 자네는 저 마물의 겉모습에 홀려 본연의 임무를 망각한 것으로 부족해서, 그럼에도 은혜를 베풀어 내려준 새로운 임무조차 제대로 해내지 못했네. 자네의 봉인은 예전에 깨졌고, 저 마물은 기회만을 기다리고 있다가 오늘 이렇게 힘을 드러내지 않았나? 하나 주께서는 탕아가 돌아오기를 기다리고 길 잃은 한 마리 양을 찾기 위해 밤을 지새우시는 분, 자네의 잘못을 탓하지 않을 테니 이제 그만 이 일에서 손을 떼고 본연의 임무로 복귀하게."

"예하!"

마리아가 어떤 마음으로 외치는지는 알았지만 추기경은 개의치 않았다. 지금은 피를 흘리더라도 성전을 시작할 때였다.

"설마 영광된 신의 사제로서의 길을 거부하고 저 악마를 비호하여 함께 도망치기라고 하겠다는 건 아니겠지? 천국으로의 길에서 벗어나 지옥으로 떨어지는 어리석음을 부리지 않기 바라네."

"웃기지 마시지. 누가 당신 멋대로 하게 해주겠다고 했냐? 모조리 다 때려눕혀 주지!"

철민의 손에서 혼천묵염강이 아까보다 몇 배나 더 거칠게 일어났다. 그 모습을 보며 추기경이 혀를 찼다.

"쯧쯧, 역시 악마의 본성이란 어쩔 수 없군."

"예하, 한 번만 더 기회를 주십시요. 결코 이 아이의 본성은 제거되어야 할 만큼 악한 아이가 아닙니다. 제가 18년간 길렀기에 누구보다 더 보장할 수 있습니다."

"자네는 가만히 있게. 아무래도 실수를 저지르기 전에 조금 엄히 다스려야 할 것 같군."

그 말이 끝남과 동시에 빛의 반구가 생겨나 몽연을 가두었다.

"얌전히 있게. 더 이상 실수만 하지 않는다면 자네에 대해서는 극히 가벼운 처분이 내려질 테니까. 자, 알렉시안 군, 저 악마를 처리하게나. 그러면 나는 마리아 자매를 데리고 돌아갈 테니."

추기경이 재촉했지만 알은 대답하지 못했다.

"태인! 철민은……."

태인의 말에 다급히 외치던 알은 태인의 눈빛을 보고 입을 다물었다. 태인도 그 이상으로 아파하고 있었다. 전후 사정을 모르고서 가질 눈빛이 아니었다.

'하지만 저대로 철민이 죽는다고? 저대로? 철민은…… 세리우스도 아닌데. 나 이상으로 어머니랑 잘살던 학생일 뿐인데?'

"철민아, 도망가! 너 혼자라면 도망갈 수 있어! 도망가서 살아만 남아!"

몽연은 광막 안에서 다급히 외쳤다. 그 말에 철민은 고개를 저었다.

"어머니를 놔두고 도망갈 수는 없어요. 좀 더럽게 센 녀석들한테 걸리긴 한 것 같지만."

몽연의 눈에서 마침내 눈물이 흘러내렸다. 눈물방울이 그대로 뺨을 타고 땅으로 흘러내렸다. 살아만 있게 해달라는 그 뱀파이어 여인의 말이 절실하게 와 닿았다.

"입을 다물게, 마리아 형제. 더 죄를 늘리고 싶은가! 지금 저 악마를 놓친다면 자네에게 내려질 처벌은 극히 중한 것이 될 걸세!"

추기경에 말은 몽연을 대상으로 했으나 그 뜻을 누구보다 먼저 알아들은 건 철민이었다.

"제길."

그의 손이 내려가고 혼천묵염강이 꺼졌다.

"그래, 당신이 이겼어, 영감. 가져가, 내 목숨. 하지만 내 어머니에게 내려질 처벌이 가벼울 거라는 그 말은 지켜. 안 그러면 원령이 되어서라도 너한테 복수하러 갈 거다."

그 모습에 몽연은 다급히 외쳤다.

"난 네 엄마가 아냐! 철민아, 난 나는……."

그녀는 망설였다. 정말로 죽을 때까지 철민에게는 말할 수 없던 비밀이었다. 철민이 사랑스럽게 크면서 그녀를 행복하게 해줄수록 그녀의 마음 한구석에서 더 큰 어둠으로 자리 잡았던 비밀이다. 하지만 철민을 살릴 수만 있다면 설령 그 대가가 이제 다시는 자신에게 웃어주지 않을 철민의 모습을 보게 될지라도…… 그녀는 결심하고 외쳤다.

"너의 진짜 가족을 추적해서 다 죽였던 교황청 산하 엑소시스트라고. 그러니까 도망가렴. 날 위해 죽을 필요 없어. 나는 결코 너의 진짜 어머니가 아니니까."

그러나 철민은 그 말에 씨익 웃으며 고개를 저었다.

"내게 아무런 기억도 없는 혈족의 이야기를 가지고 18년의 은혜를 원수로 갚으라는 말은 하지 말아요. 내가 아는 어머니는 한 명뿐이니까."

"철민아, 너……."

충격에 빠지지 않는 철민 때문에 몽연이 오히려 충격에 빠져 버렸다. 한순간 그녀의 뇌리에 중학교 때 이유없이 반항하며 애를 태우던 철민의 과거가 떠올랐다. 그 때문에 남몰래 엄청 눈물 흘리며 기도했었는데.

'설마 그럼 그때! 단순한 사춘기라서가 아니라!'

"고마웠어요, 엄마. 제대로 효도 한번 못했는데, 날 위해 그토록 많이 울어줘서 고마웠어요. 하지만 이제는 더 울지 말아요. 나까지 슬퍼질 거 같으니까."

조금은 더 애잔하게 말할 수도 있으련만 철민은 그러지 않았다. 그냥 변함없이 웃으면서 말해 놓고 그는 알을 돌아봤다.

"야 ,유! 아니, 알렉시안이라고 했지? 내 목숨 네가 가져가라. 어차피 죽을 자는 죽는 거고, 살아남는 쪽이라도 무사히 살아야지. 대충 사정 이해하겠으니까 걱정 말고 가져가. 더러운 녀석들에게 내 목숨 주기 싫어서 그러니까."

"저기, 난, 나는……."

무방비한 철민을 상대로 뒷걸음치는 알을 보고 태인은 손을 부르르 떨었다. 이번 일에 숨겨져 있던 진짜 함정을 그는 절실하게 느꼈다. 힘이 문제가 아니었다. 알과 너무나도 닮은 처지에 있는 또 다른 뱀파이어. 그 뱀파이어를 죽게 놔둘 거냐고 추기경은 알을 시험하고 있었다. 그리고 알이 만약에 제대로 해내지 못한다면…….

'모든 것은 원점, 아니, 그 이상의 악화.'

그렇게 놔둘 수는 없었다. 태인은 결단을 내리고 부적을 꺼냈다.

'후, 후환만 없다면 정말 추기경 얼굴을 한 대 갈겨주고 싶었는데. 이제 그렇게도 못하겠군. 이제 나도 추기경이란 똑같은 인간이 되는 건가.'

추기경은 인간을 지키고자 하고, 자신은 알을 지키고자 했다. 지키고자 하는 대상은 달랐어도 그 방법에 있어서.

'더 이상 나는 다르다라고 말은 못하겠군.'

"예하, 알렉시안이 혼자서 당해내기에는 무리인 자입니다. 마지막 마무리에는 제가 힘을 쓰도록 해주시지요."

"태인!"

알의 부름에 태인은 못 들은 척 무시해 버렸다. 그러나 그는 눈빛으로 모든 걸 얘기했고, 알도 알아듣고 고개를 숙였다.

"저 악마가 지금은 무방비인 것이 알렉시안 군 혼자서 얼마든지 당해낼 수 있을 듯한데? 정 알렉시안 군이 밀리면 그때나 개입하고 지금은 지켜보세나. 알렉시안 군에게도 명예회복의 기회가 되지 않겠나."

추기경에 말은 알은 주먹을 꽉 쥐었다. 이제 선택해야 할 때였다. 그는 태인을 보고 다시 철민을 보았다. 철민은 괜찮다고 웃고 있었고, 태인은 어쩔 수 없다고 괴로운 눈빛을 던지고 있었다.

'나는…….'

알은 손을 들어 올렸다. 그의 뜻에 따라 그의 마력이 움직이기 시작했다. 그러자 철민의 주위로 불길이 타오르며 원을 그렸다. 그 주문을 알아본 태인의 눈이 커졌다.

'알, 그건!'

'미안해, 태인. 하지만 나 도저히…….'

처음으로 제대로 사귄 친구의 목숨을 담보로 자신의 삶을 구하고 싶진 않았다. 검은 어둠이 철민을 감쌌다가 사라졌다. 그 자리에는 철민의 흔적도 사라졌다. 알은 고개를 돌려 추기경을 노려보며 말했다.

"이제 만족하세요?"

"허어, 알렉시안 군? 내가 잘못 보지 않았다면 방금 그것은 흑마법 계열의 순간 이동 주문인 '헬 게이트'가 아닌가?"

그 말에 눈물 흘리던 몽연이 고개를 들었다. 그녀의 눈에 비친 한 줄기 희망이 비쳤다. 반대로 알의 얼굴에는 공포가 스치고 지나갔다.

'알아봤어!'

하지만 알은 억지로 태연한 척하며 고개를 도리도리 저었다.

"아니에요. 잘못 보신 거예요."

"그런가? 흐음. 태인 군, 자네가 보기에도 방금 그건 순간 이동 주문이 아니었나?"

태인은 쓴웃음을 지었다. 추기경 이상으로 그는 방금 그 주문을 알아보았다. 그러나 그도 알과 마찬가지의 대답을 할 수밖에 없었다.

'손바닥으로 하늘을 가린다고 했던가? 그렇게라도 해야 하는 심정을 모르고서 함부로 비웃을 일이 아니군.'

"그렇게 불길이 일고, 어둠이 일대를 집어삼켰는데 그게 공격 주문이지 어떻게 순간 이동 주문이겠습니까? 예하께서 착각하신 듯합니다."

"그래? 좋아. 여기서 더 말해 봐야 내가 노망들어 엄한 트집 잡는 늙은이가 되겠지. 자네들 말을 믿지. 그동안 수고했네. 하나 만약에 이번 일에 있어서 속인 바가 있다면 그때는 각오해야 할 걸세. 아니, 아니, 내가 무슨 말을. 허허. 자네들이 아직 날 속였다는 아무런 증거도 없는데 미리 앞서 나갔군."

추기경은 광막을 풀었다. 그리고 몽연을 쳐다보았다.

"따라오게, 마리아 자매. 자네에게는 할 이야기가 많네."

몽연은 홀리기라도 한 듯 비틀거리며 일어났다. 그리고 추기경을 뒤따라가다가 알을 돌아보며 눈빛으로 물었다. 그런 몽연에게 알은 희미하게 미소 지어 대답했고, 몽연의 눈빛에 생기가 돌았다.

"알."

태인이 그의 등을 잡아오자 알은 움찔했다. 차마 얼굴을 마주 보지 못하고 알은 우물거렸다.

"저기, 태인, 그러니까……."

"잘했어."

"저기 태인, 그러니까 아까 그건……."

"잘했어. 가자. 이사 가려면 지금부터 짐 싸야지."

태인의 목소리가 따뜻해서 알은 용기를 내서 고개를 들었다. 그의 걱정과 달리 태인은 화내고 있지 않았다. 모든 걸 이해한다는 그 미소에 알은 다시 고개 숙였다. 고마웠고, 미안했다. 추기경은 오늘은 돌아갔지만 언제 다시 돌아올지 몰랐다.

'철민이 끝까지 숨을 수 있을까? 완전히 다른 모습으로 변해 살아줄까?

알은 넉살 좋게 웃던 철민의 얼굴을 떠올리고 고개를 끄덕였다. 왠지 그 녀석이라면 무사히 살아줄 것 같았다.

태인은 그냥 웃음 지었다. 엄청난 화약고가 불씨가 산 채 묻혔음을 알건만 그렇게 암담하지 않았다. 오히려 그걸 헤쳐 나갈 수 있을 거라는 묘한 용기까지 났다. 자포자기한 상황에서의 자기 최면? 그런 건 아니었다.

'그래, 잘했어. 알. 배고픈 자의 빵을 뺏어 내 배를 채운들 그 빵에 얼마나 영양가가 있을까. 다른 자의 눈물로 만들어낸 나의 행복이 얼마나 진실될까. 잘했어. 골치는 아프겠지만 정말로 행복과 평화를 얻고 싶다면 오히려 이 길이 옳아. 그러니 미안해하지 마.'

태인은 가볍게 발걸음을 옮겼다.

"뭐, 이제 다음 일은 머리카락 보인다. 꽁꽁 숨어라인가. 그동안 내가 해결한 사건도 꽤 되니까."

'세상도 나한테 받기만 하고서 돌려준 게 없다고는 말 못하겠지? 그들 대다수가 침묵과 방관으로서 추기경의 행동에 동조했으니까.'

절반은 미완이었음에도 홀가분했다. 앞으로 어디 가서 살까를 고민하며 태인은 알을 데리고 돌아갔다.

『뱀파이어 생존 투쟁기』 5권에 계속…